시작은 키스

LA DÉLICATESSE
by David Foenkinos

이 도서의 국립중앙도서관 출판시도서목록(CIP)은
e-CIP 홈페이지(http://www.nl.go.kr/ecip)와
국가자료공동목록시스템(http://www.nl.go.kr/kolisnet)에서 이용하실 수 있습니다.
(CIP제어번호: CIP2012001277)

시작은 키스

La délicatesse

다비드 포앙키노스 장편소설 | 임미경 옮김

문학동네

: 차례 :

나는 사물들과 화해할 수 없을 것이다. 나에게 입맞춤을 하려면
매 순간이 시간으로부터 떨어져 나와야 할 테니까.

시오랑

델리카 délicat
형용사

1. 아주 섬세한, 세련된, 그윽한
  · 델리카한 얼굴, 델리카한 향기.

2. 허약한, 취약한.
  · 델리카한 건강상태.

3. 다루기 어려운, 위험한.
  · 델리카한 상황. 델리카한 조작.

4. 아주 민감한, 예민한, 세심한.
  · 델리카한 남자. 델리카한 주의력.

〔경멸적으로〕 만족시키기 어려운, 까다로운.
  · 델리카하게 굴다.

델리카테스 délicatesse
여성명사

1. '델리카'한 상태.
2. 〔문어〕 ~와 델리카테스가 있다.
        : ~와 관계가 좋지 않다.

1

나탈리는 아주 신중한 성격이었다(스위스적인 여성성이라고
나 할까). 그녀는 별다른 충돌 사고 없이, 횡단보도 신호를 잘 지
키며 청소년기를 지나왔다. 스무 살이 되었을 때 그녀는 자신의
미래를 행복에 대한 약속쯤으로 그려보고 있었다. 그녀는 웃기
도 좋아했고, 읽기도 좋아했다. 이 두 가지 일이 동시에 벌어지
는 경우는 거의 없었는데, 슬픈 이야기들을 즐겨 읽었기 때문이
다. 문과계열은 실용성이 부족해 보여서 그녀는 경제학을 전공
하기로 결심했다. 미래에 대해 몽상가적 태도를 취하면서도 어
림짐작이 끼어들 만한 자리는 내주지 않았던 것이다. 그녀는 얼
굴에 묘한 미소까지 띠면서 에스토니아 국내총생산의 변화 곡선
을 몇 시간이고 들여다보곤 했다. 어른으로서의 삶이 다가오는

것을 느낄 때면 그녀는 어린 시절을 돌이켜보곤 했다. 행복했던 순간들은 대개 몇 개의 에피소드로 압축되어 떠올랐고, 장면은 언제나 같았다. 해변에서 뛰어놀고, 비행기를 타고, 아버지의 품에 안겨 잠들던 장면들이었다. 하지만 그녀가 그 시절을 회상하며 그리워하는 일은 결코 없었다. 이름이 나탈리인 여자치고는 매우 드문 경우였다.*

2

연인들은 대부분 자신들의 관계에 대해 환상을 품고 싶어 한다. 자신들의 만남에는 뭔가 특별한 것이 있다고 생각하는 것이다. 그래서 색다를 것 없는 지극히 평범한 그 숱한 관계들도 종종 갖가지 자질구레한 사연으로 치장되곤 하는데, 그런 것들이 가벼운 황홀감을 불러일으키다 보니 급기야 무슨 일에든 의미를 갖다 붙이려 들게 되는 것이다.

나탈리와 프랑수아는 거리에서 만났다. 한 남자가 한 여자에

---

* 나탈리라는 이름의 여자들은 과거를 그리워하는 경향이 뚜렷하다. (원주)

게 다가가 말을 건다는 것은 언제나 델리카한 일이다. 여자는 분명 의심을 품을 것이다. "이런 식으로 접근하는 게 이 남자의 습관이 아닐까?" 남자들이야 물론 그러는 게 처음이라고 한다. 말인즉, 느닷없이 어떤 새롭고 산뜻한 매력에 사로잡히는 바람에 평소 소심한 성격인데도 말을 걸게 되었다는 것이다. 그러면 여자들은 자동응답기처럼 시간이 없다고 대꾸한다. 나탈리도 이 법칙을 어기지 않았다. 바보 같은 짓이었다. 딱히 할 일도 없었고, 남자가 말을 걸어왔다는 사실이 기쁘기까지 했으니까. 그간 접근해온 남자가 한 명도 없었던 것이다. 그녀는 몇 번이나 자문하곤 했었다. 사람들 눈에 내가 너무 뿌루퉁하거나 무기력해 보이는 걸까? 한 친구에게선 "어떤 남자도 네게 말을 걸지 않을걸. 넌 꼭 흘러가는 시간에 쫓기는 여자 같거든"이라는 말까지 들었다.

한 남자가 처음 보는 여자에게 다가간다면 그것은 그 여자에게 듣기 좋은 말을 건네기 위해서다. 여자를 불러 세워놓고 "대체 어떻게 그런 구두를 신고 다닐 생각을 하는 겁니까? 발가락들이 강제노동수용소에 갇힌 꼴이군요. 창피한 일입니다. 당신이 지금 당신 발에다 스탈린 같은 짓거리를 하고 있다는 걸 알기나 합니까!"라고 퍼부어대는 가미카제 특공대 같은 남자가 있겠는가. 이런 식으로 말할 사람이 누가 있겠는가? 프랑수아는 분명

그런 유의 남자는 아니었다. 그는 분별 있게도 여자에게 찬사를
안기는 쪽이었다. 그는 자신의 마음을 흔들어놓은 것의 정체를
밝혀내보려고 애썼다. 어려운 일이었다. 왜 그녀에게 접근하게
되었을까? 무엇보다도 그녀의 걸음걸이에 답이 있었다. 그는 그
것에서 새롭고도 천진한 무엇, 무릎 관절들의 랩소디와도 같은
무엇을 느꼈다. 마음을 동요시키는 천성과 어떤 매력이 그녀의
움직임에서 풍겨 나왔다. 그는 생각했다. 바로 이런 여자와 함께
제네바로 주말여행을 떠나면 좋을 텐데. 그래서 그는 두 주먹 불
끈 쥐며 용기를 냈다. 그렇게 불끈 쥐어 될 수 있는 일이라면, 그
순간 그는 손이 네 개쯤 있었으면 싶었을 것이다. 그로서는 이런
일이 정말로 처음이었던지라 더욱 그랬다. 지금 이곳, 이 보도
위에서 그들은 마주쳤다. 서론이 굉장히 고전적이면 이어지는
본론은 대개 덜 고전적인 방식으로 시작되기 마련이다.

　프랑수아는 첫마디를 우물우물 떼어놓았다. 그러자 별안간 모
든 것이 명료해지기 시작했다. 그는 절망에서 솟아난 에너지, 다
소 비장할지언정 더없이 감동적인 에너지에서 추진력을 얻어 말
을 풀어나갔다. 이런 현상은 우리도 종종 경험하는 역설의 마법
으로, 너무나 불편한 상황에 처했을 때 오히려 무척 능숙하고 세
련되게 그 상황을 빠져나오게 되는 경우가 있다. 30초 후 그는

심지어 그녀에게서 미소를 이끌어내기에 이르렀다. 이름도 모르는 대상을 향해 큐피드의 화살을 날린 것이다. 그녀는 커피 한 잔 하자는 그의 제안을 수락했고, 그는 그녀가 실은 전혀 바쁘지 않다는 것을 알아차렸다. 그는 이제 막 시야에 들어온 한 여자와 이렇게 함께 시간을 보낼 수 있다는 게 무척 놀라웠다. 그는 거리에서 오가는 여자들을 바라보기를 좋아했다. 청소년기에는 양갓집 아가씨들을 집 앞까지 따라갈 수 있는 낭만 소년이었다는 것도 기억하고 있었다. 지하철에서 저 멀리 눈에 띄는 여자 승객이 있으면 그 여자 가까이 있으려고 다른 칸으로 옮겨가기도 했다. 그러나 관능적인 매력에 꼼짝 못하면서도 낭만적 기질을 버리지는 않았다. 그는 세상 모든 여자들에 대한 관심이 단 한 여자에게로 수렴될 수 있다고 생각했다.

프랑수아는 나탈리에게 무엇을 마시겠냐고 물었다. 그녀가 어떤 음료를 택하느냐에 따라 일의 향방이 결정될 것이었다. 만일 이 여자가 디카페인 커피를 주문한다면 자리에서 일어나 가버리겠어, 그는 생각했다. 이런 자리에서 디카페인 커피를 마신다는 것은 있을 수 없는 일이다. 누군가와 얼굴을 맞대고 앉은 테이블에 절대 어울리지 않는 음료다. 홍차, 그것도 더 나을 게 없다. 만난 지 얼마 되지도 않았는데 벌써부터 자기만의 고치를 지어 혼자 들어앉는 꼴이다. 그렇게 된다면 매주 일요일 오후를 텔레비전이나 보며 보내야 할 테지. 혹 더 처참하게는 장인 장모의 집에서. 그렇다, 홍차라는 것은 처갓집 분위기에나 딱 어울릴 법한 것이다. 그렇다면 무엇을 주문하는 것이 좋을까? 술 종류? 아니다, 이 시각에 술은 좋지 않다. 단숨에 술을 들이켜는 여자라면 겁이 날 것도 같다. 레드와인 한 잔이라 해도 용인될 수 없다. 프랑수아는 눈앞의 여자가 어떤 음료를 선택할지 기다리며 이런 식으로 여성스러운 첫인상을 주는 음료에 관한 분석을 해나갔다. 이제 뭐가 남아 있지? 코카콜라, 아니면 전혀 다른 탄산음료…… 안 될 말이다. 여성스러운 첫인상을 주는 음료와는 거리가 멀다. 빨대를 갖다달라고 해서 그걸로 마신다 해도 마찬가지다. 결국 그는 주스, 그거라면 괜찮겠다고 생각한다. 그래, 주스가 좋겠군. 마주 앉아 마시기에도 적절하고 너무 위협적이지도 않으니까. 주스를 마시는 여자는 온화하고 안정된 인상을 주지. 그런데 어떤 주스가 좋을까? 주스의 고전들은 피하는 게 낫겠다. 이를테면 사과주스나 오렌지주스. 그런 건 너무 흔하니까. 엉뚱하지 않으면서도 조금 독특한 음료일 필요가 있다. 파파야나 구아버주스는 왠지 모를 불안감이 느껴진다. 진부하지도 생뚱맞지도 않은 딱 중간을 선택하는 것이 최선이다. 살구주스 같은. 그래, 바로 그거야. 살구주스, 그거라면 완벽해. 만약 이 여자가 살구주스를 주문한다면 나는 이 여자와 결혼하겠어. 바로 그 순간 나탈리가 메뉴판에서 고개를 들었다. 맞은편에 앉은 낯선 남자와 매한가지로 기나긴 심사숙고를 끝내고.

"저는 주스를……"

"……?"

"살구주스를 마실게요."

그는 그녀를 가만히 바라보았다. 마치 그녀가 현실성을 위반했다는 듯이.

그녀가 차 한잔 하자는 낯선 남자의 제안을 수락했다는 것은 그 남자의 매력에 빠졌다는 의미다. 대번에 그녀는 어설픔과 단호함이 공존하는, 피에르 리샤르*와 말런 브랜도 사이쯤으로 말할 수 있는 그 태도를 좋아하게 되었다. 용모로 보자면 그에게는 그녀가 남자들을 평가할 때 높은 점수를 주는 어떤 특징, 즉 가벼운 사시斜視가 있었다. 지극히 경미한 증상이었지만 그녀는 알아볼 수 있었다. 그렇다, 그런 사소한 특징을 그에게서 발견해낸 것은 놀라운 일이었다. 게다가 남자의 이름은 프랑수아였다. 그녀는 예전부터 그 이름을 마음에 들어 했다. 1950년대를 떠올

---

* 프랑스 배우. 익살스럽고 경쾌한 역할을 많이 맡았다.

릴 때처럼 우아하고 평온한 느낌을 주는 이름이었다. 남자의 태
도는 점차 안정을 찾아갔다. 그들의 대화는 공백 없이 이어졌다.
거북함도, 불필요한 긴장감도 없었다. 거리에서 처음 만나 말을
걸던 첫 장면은 10여 분 만에 잊혔다. 전에도 만난 적이 있고, 이
렇게 마주하고 있는 것도 약속된 만남이라는 느낌이었다. 모든
것이 의외로 단순했다. 억지로 대화를 이어나가고 유머를 부리
고 괜찮은 사람으로 보이려 애써야 했던 그간의 모든 데이트들
을 좌절시키기라도 하듯. 왜 지금껏 그런 복잡하고 우스꽝스러
운 데이트들을 했나 싶을 정도였다. 나탈리는 눈앞의 남자를 바
라보았다. 그는 이제 더이상 낯선 남자가 아니었다. 남자의 무명
성을 나타내던 입자들은 그녀의 눈길 아래 점차 사라져갔다. 그
녀는 그와 마주치던 순간에 자신이 어디로 향하는 중이었는지
떠올려보았다. 어렴풋했다. 그녀는 목적지도 없이 거리를 배회
하는 여자는 아니었다. 코르타사르*의 소설을 읽은 참에 소설에
등장하는 거리를 따라가보려 했던 게 아닐까? 그 작품이 지금,
두 사람 사이에 놓여 있었다. 그렇다, 그녀는 『팔방놀이』를 읽었
고, 두 주인공이 '부랑자의 문장에서 탄생한 여정'을 따라 활보

---

* 벨기에 태생의 아르헨티나 소설가(1914~1984). 환상적이고 전위적인 작품을
발표하였으며, 특히 『팔방놀이Rayuela』는 20세기 대표적인 전위 소설로 꼽힌다.

하며 거리에서 마주치기 위해 애쓰는 장면들이 특히 마음에 들었다. 주인공들은 밤마다 지도를 펼쳐놓고 그날 걸은 길을 되짚으면서, 자신들이 마주칠 수도 있었던 순간은 언제였는지, 서로 스쳐 지나갔을 게 분명한 순간들은 언제였는지 가늠해보곤 했다. 그러니까 그녀는 소설 속으로 걸어 들어가고 있었던 것이다.

3

나탈리가 좋아하는 소설 세 편

알베르 코헨의 『군주의 연인 *Belle du seigneur*』

★

마르그리트 뒤라스의 『연인 *L'Amant*』

★

단 프랑크의 『이별 *La Séparation*』

4

프랑수아는 증권회사에서 일한다. 그와 5분만 있어보면, 나탈리에게 상업이 어울리지 않는 만큼이나 그에게 금융업이 어울리지 않는다는 사실을 알 수 있다. 아마도 실용성에 대한 어떤 강박이 끊임없이 직업 적성을 가로막는 것 같다. 그렇지만 또, 프랑수아가 다른 일을 할 수 있었을 거라 상상하기도 어렵다. 나탈리를 만나던 순간의 모습은 소심한 편이었지만, 그래도 그는 활기가 충만하고 아이디어와 에너지가 넘치는 남자였다. 열정적인 만큼 어떤 일이든, 하다못해 넥타이 판매원이라도 할 수 있었을 것이다. 그는 가방을 들고 있는 모습이 쉽게 상상이 되는 남자, 악수를 하면서 움켜쥔 것이 상대방의 손이 아니라 목이었으면 하고 바랄 것 같은 남자였다. 그에게는 무슨 물건이든 팔아치우는 사람들 특유의 신경을 건드리는 매력이 있었다. 그와 함께라면 여름에 스키를 탈 수도, 아이슬란드 빙하호에서 수영을 할 수도 있을 것이다. 그는 단 한 번 거리에서 아무 여자에게나 다가가 말을 걸더라도 멋진 여자를 잡을 수 있을 남자였다. 해내지 못할 게 없어 보이는 사람이었다. 그러니 증권업이라고 예외일 리 없었다. 모노폴리 게임을 했던 기억을 더듬으며 수억의 돈을 굴리는 증권 중개인들, 그도 그런 애송이 중개인 가운데 하나였다. 그렇지만 증권사 문을 나서면서부터는 딴사람이 되었다. CAC 40 지수*는 고층 사무실에 남겨졌다. 직업은 그가 자신의 열정을 실현시키는 것을 방해하지 못했다. 그가 무엇보다 좋아하는 것은 퍼즐 맞추기였다. 이상해 보일 수도 있지만, 그의 내부에서 들끓는 열정을 한 방향으로 유도하는 데 수많은 퍼즐조각들을 끼워 맞추며 토요일을 보내는 것보다 더 효과적인 방법은 없었다. 나탈리는 애인이 거실에 웅크리고 앉아 퍼즐 맞추기에 몰두하는 모습, 그 고요한 광경을 지켜보는 걸 좋아했다. 그러다 그는 별안간 몸을 일으키며 소리치곤 했다. "자, 이제 나가서 즐기자고!" 프랑수아는 단계적 변화를 좋아하지 않는다는 점을 짚고 넘어가야 한다. 그는 갑작스러운 변화, 침묵에서 광기로 옮겨가는 것을 좋아했다.

프랑수아와 함께 있으면 시간이 터무니없이 빠르게 지나갔다. 그에게 시간을 건너뛰는 재주, 목요일이 없는 바로크식 일주일을 만들어내는 재주가 있는 게 아닐까 싶을 정도였다. 바로 엊그제 만난 것 같은데 두 사람은 벌써 2주년을 자축하고 있었다. 그동안 둘 사이에 불협화음이라고는 전혀 없다 보니 남 얘기 좋아

---

* 파리 증시 주가지수.

하는 사람들은 아쉬워서 입맛만 다셨다. 사람들은 챔피언을 우러러보듯이 그들을 보았다. 두 사람은 사랑 경주의 노란 셔츠들이었다.* 나탈리는 훌륭히 학업을 이어나가면서도 프랑수아의 부담을 덜어주려고 노력했다. 자신보다 나이가 아주 조금 더 많은 남자를 선택했고 그 남자에게 이미 안정적인 직장이 있는 덕분에 부모 집에서 나올 수 있었지만 프랑수아에게 얹혀살고 싶지는 않았다. 그래서 일주일에 며칠은 저녁 시간에 극장에서 좌석 안내 일을 하기로 했다. 그녀는 대학의 다소 근엄한 분위기와 균형을 이루는 이 일이 마음에 들었다. 관객들이 모두 자리를 찾아 앉고 나면 그녀도 극장 한쪽 구석에 자리를 잡았다. 그러고는 이미 다 외워버린 공연을 지켜보곤 했다. 그녀는 여배우들이 대사를 할 때마다 똑같은 템포로 입술을 달싹이다가 관객이 박수갈채를 보내면 관객들을 향해 답례를 했다. 그런 다음 프로그램을 판매했다.

연극 작품들을 달달 외우고 있던 터라, 그녀는 자신의 일상 대화를 연극 대사들로 가득 채웠고, 거실을 이리저리 오가면서 다

---

* 자전거 경주 대회인 '투르 드 프랑스'에서 종합 선두 선수는 다른 선수들과 구별하기 위해 특별히 노란색 상의를 입는다.

죽어가는 새끼고양이 소리로 대사를 읊조리곤 했다. 그즈음 저녁엔 뮈세의 〈로렌차치오〉가 상연되고 있어서 그녀는 뒤죽박죽 앞뒤가 맞지 않는 그 연극 대사들을 읊고 다녔다. "이리로 와, 저 헝가리 사람이 옳아." 아니면 "거기 진창길에 있는 자 누구요? 누가 이렇게 듣기 싫은 소리를 질러대며 내 집 담벼락을 어슬렁대는 거요?" 그날 프랑수아의 귀에 들려온 대사들이 바로 이런 것들이었는데, 마침 그는 온 정신을 집중하던 참이었다.

"좀 조용히 해줄래?" 그가 나탈리에게 말했다.

"응, 알았어."

"아주 중요한 퍼즐을 맞추는 중이거든."

그래서 나탈리는 애인이 정신을 집중할 수 있도록 소리를 죽였다. 그 퍼즐은 여느 퍼즐들과 달라 보였다. 그림 주제도 뚜렷하지 않았고, 성채도 사람도 보이지 않았다. 하얀 바탕에 빨간 고리들이 그려진 퍼즐이었다. 고리들을 잘 맞춰 이으면 글자가 나타났다. 메시지가 퍼즐 안에 몸을 숨기고 있었다. 나탈리는 방금 펼쳐 들었던 책을 내려놓고는 퍼즐이 완성되어가는 과정을 지켜보았다. 프랑수아는 이따금 고개를 돌려 나탈리를 쳐다보았다. 붉은 고리들은 점차 온전한 낱말을 이루어가고 있었다. 이제 남은 퍼즐 조각은 몇 개뿐이었고, 수백 개의 조각이 촘촘하게 연결되어 완성될 하나의 메시지, 그게 무엇일지 나탈리는 이미 짐

작할 수 있었다. 그렇다, 이제 그녀는 거기 쓰인 메시지를 읽을
수 있었다. "내 아내가 되어주겠어?"

5

2008년 10월 27일에서 11월 1일까지 민스크에서 개최된
세계 퍼즐 챔피언십 입상자 명단

1. 울리히 포이크트(독일) : 1464점
2. 메흐메트 무라트 세빔(터키) : 1266점
3. 로저 바컨(미국) : 1241점

6

　나탈리가 조금도 서운하지 않을 만큼 결혼식은 아주 성공적이
었다. 소박하면서도 즐겁고, 요란하지도 너무 간소하지도 않은
파티였다. 하객이 준비한 샴페인이 한 병 있었는데 이것이 효과
만점이었다. 실제로 기분이 좋아졌던 것이다. 결혼식에서는 파

티 분위기를 만끽해야 하는 법이다. 생일 파티 때보다 한층 더. 즐겨야 하는 정도에도 위계가 있는데, 결혼식이 이 피라미드의 맨 꼭대기를 차지하는 것이다. 시종일관 미소를 짓고, 춤을 추고, 그러다가 어느 정도 시간이 흘렀다 싶으면 나이 든 사람들은 어서 가서 잠자리에나 드시라고 쫓아내야 한다. 그날 나탈리가 얼마나 아름다웠는지 잊지 말고 밝혀두자. 그녀는 몇 주 전부터 하늘로 날아오를 듯 움직이며 체중을 줄이고 피부 관리를 하는 등 결혼식에 선보일 자신을 가꿔왔다. 준비는 흠잡을 데 없이 완벽했고, 그 결과 그녀는 자신이 보여줄 수 있는 아름다움의 절정에 도달했다. 암스트롱이 달 표면에 성조기를 꽂았을 때처럼 생애 단 한 번뿐인 이런 순간은 영원히 간직되어야 했다. 그녀를 바라보던 프랑수아는 가슴이 벅차오름을 느끼며 그 순간을 어느 누구보다도 선명하게 자신의 기억에 새겨놓았다. 그의 눈앞에 아내가 있었다. 죽음을 맞이하는 순간 머릿속에 떠오를 영상도 바로 이것이리라. 그는 이루 말할 수 없이 행복했다. 그때 나탈리가 자리에서 일어나 마이크를 잡더니 비틀즈의 노래*를 한 곡 불렀다. 프랑수아는 존 레넌의 광팬이었다. 심지어 그에 대한 존경의 표시로 옷까지 흰색으로 차려입고 있었다. 그런 터라 신랑

---

* 〈Here, There and Everywhere〉(1966).(원주)

신부가 손을 맞잡고 춤을 추자 한 사람의 순백이 다른 한 사람의 순백에 섞여들었다.

안타깝게도 비가 내리기 시작했다. 그래서 하객들은 임대해온 별들을 바라보며 야외 파티를 즐길 수 없게 되었다. 이럴 때 사람들은 우스개 속담들을 입에 올리기 좋아하는데, 이번에는 "결혼식 날 비가 오면 잘 산다"였다. 어째서 사람들은 항상 이런 종류의 터무니없는 말들에 의지하는 것일까? 당연히 별 문제가 아니었다. 비가 왔고, 그래서 조금 슬펐다는 것, 그게 전부였다. 그날 저녁의 파티 분위기는 바깥 공기를 마시는 시간이 줄어든 만큼 더 부풀어 오르지는 않았다. 빗방울이 점점 더 굵어지고 있어서, 내리는 비를 쳐다보다가는 곧장 숨이 막힐 판이었다. 몇몇 하객들은 예정보다 일찍 돌아갈 터였다. 다른 몇몇은 비가 아니라 눈이 온대도 계속 춤을 출 것이었고, 망설이는 이들도 있을 터였다. 하지만 그게 과연 신랑 신부에게 중요한 문제였을까? 그들은 군중 속에 오롯이 둘만 있는 것 같은 행복감을 느끼며 새벽 한 시를 맞는다. 그렇다, 그들은 오직 단둘이서 음악과 왈츠에 몸을 맡긴 채 빙글빙글 돌았다. 가능한 한 오래도록, 방향감각이 사라질 때까지 빙글빙글 돌아야 해, 그가 중얼거렸다. 그녀는 아무 생각도 하지 않았다. 삶이 처음으로 밀도 있게 통일되고 통합

되어 충만한 현재형으로 펼쳐지고 있었다.

프랑수아는 나탈리의 허리를 끌어안은 채 바깥으로 나갔다. 두 사람은 정원을 가로질러 뛰어갔다. 그녀가 그에게 말했다. "자기 미쳤나봐." 그렇지만 그 미친 짓으로 그녀는 미칠 듯이 행복했다. 두 사람은 비에 흠뻑 젖은 채 나무 사이로 몸을 숨겼다. 어둠 속에서, 빗줄기를 맞으며, 그들은 진창이 되어버린 땅바닥에 몸을 뉘었다. 결혼 예복의 흰색은 이젠 기억 속에나 남아 있을 뿐이었다. 프랑수아는 아내의 드레스를 걷어올렸다. 파티가 시작될 때부터 이러고 싶었다며. 할 수만 있었다면 교회에서도 그랬을 것이다. 그것은 서로를 남편과 아내로 맞이하겠노라는 두 사람의 대답 '예'를 즉석에서 축복하는 또 다른 방법이기도 했을 것이다. 그는 그때껏 자신의 욕망을 꾹꾹 눌러 참아왔다. 나탈리는 프랑수아의 격렬함에 깜짝 놀랐다. 어느 순간부터인가 그녀의 머릿속에는 이미 아무 생각도 떠오르지 않았다. 그녀는 남편이 이끄는 대로 따랐다. 숨을 고르려고 애쓰면서, 그의 맹렬한 열정에 나가떨어지지 않으려고 애쓰면서. 그녀의 욕망은 프랑수아의 욕망을 뒤따랐다. 그녀는 그가 안아주기를, 그렇게 남편과 아내로서 맞는 첫날밤을 완성해주기를 간절히 원했다. 그녀는 기다리고 또 기다렸고, 프랑수아는 고삐 풀린 정력,

쾌락을 향한 넘치는 욕구에 부풀어 미치광이처럼 질주해갔다. 그런데 그녀 안으로 들어가려는 순간 프랑수아는 자신이 위축되는 걸 느꼈다. 일종의 불안감, 너무도 강렬한 행복 앞에서 품게 되는 두려움이 아니겠냐고 치부할 수도 있었겠지만, 천만에, 그 순간 그를 무력하게 만든 건 다른 문제였다. 그는 도저히 계속할 수가 없었다. "무슨 일이야?" 그녀가 묻자 그가 대답했다. "아무 일도…… 아무 일도 아냐…… 결혼한 여자랑 하는 건 이번이 처음이라서."

7

사람들이 입에 올리기 좋아하는 우스개 속담 몇 가지

한 여자를 잃으면 열 여자가 생긴다.

★

행복하게 살려거든 숨어서 살자.

★

여자의 웃음의 절반은 침대에서 흘러나온다.

26

두 사람은 신혼여행을 떠났고, 이런저런 사진을 찍었고, 그리고 돌아왔다. 이제부터는 생활의 실제적인 면을 맛봐야 했다. 나탈리가 학업을 마친 지도 벌써 여섯 달이 지났다. 지금까지 그녀는 결혼 준비를 구실로 직장을 구하지 않았었다. 결혼 준비란 전후 정부 수립과 맞먹는 일이다. 게다가 부역자 처리도 만만치 않고. 이런 명분을 내세워 직장을 구하는 대신 결혼 준비에 쏟아붓는 시간을 정당화했던 것이다. 하지만 실상은 달랐다. 그녀는 무엇보다 책을 읽고 한가롭게 거닐며 자기 자신을 위해 시간을 보내고 싶었다. 직장생활에, 특히 아내로서의 삶에 꼼짝없이 매이게 될 테니, 마치 앞으로는 더이상 그런 시간을 가질 수 없으리라는 사실을 예감이라도 한 듯.

구직 면접을 치러야 할 때가 되었다. 몇 차례 시도 끝에 그녀는 직장을 얻는다는 것이 그리 간단한 일이 아니라는 걸 알게 되었다. 보통의 삶이라는 게 이런 것이었나? 그렇지만 자신에게는 인정받는 학위와 중요한 인턴 경험이 있다는 사실을 생각했다. 단순히 커피를 타거나 복사만 한 건 아니었으니까. 그녀는 한 스웨덴 회사의 면접시험을 보았다. 면접실에 인사 관리자가 아니라 사장이 앉아 있어서 그녀는 깜짝 놀랐다. 사장은 직원 채용에 관한 한 자신이 총괄 관리한다고 했다. 공식적인 입장이 그랬다는 거고, 진짜 이유는 훨씬 실리적이었다. 인사 관리자의 사무실에 들렀다가 이력서에 붙은 나탈리의 사진을 보았던 것이다. 분위기가 독특했지만 사진만 봐서는 용모에 대해 평을 내리기 어려웠다. 물론 예쁘장하다는 건 알 수 있었다. 하지만 사장의 눈길을 잡아끈 매력은 다른 데 있었다. 그 자신도 정확히 정의 내리기 어려운, 어떤 느낌이었다. 온순함. 그렇다, 그것이 그가 받은 느낌이었다. 이력서의 여자는 온순해 보였다.

샤를 들라맹은 스웨덴 사람이 아니었다. 하지만 그의 집무실에 한 발짝 들여놓기만 해도 그가 주주들의 환심을 사기 위해 스웨덴 사람이 되려는 야망을 품은 게 아닐까 하는 의구심이 저절로 생겼다. 이케아 탁자 위에는 부스러기가 많이 떨어지는 크리스프롤*이 담긴 접시가 놓여 있었다.

"당신의 이력에 상당히 관심이 가더군요…… 그리고……"

"네?"

"결혼반지를 끼고 있군요. 기혼자이신가요?"

---

*스웨덴 전통의 크네케브뢰드를 상품화해 만든 빵.

"아…… 네."

잠시 침묵이 흘렀다. 샤를은 이 젊은 여자의 이력서를 몇 번이나 들여다봤으면서도 그녀가 기혼녀라는 사실을 알아차리지 못했던 것이다. 그녀가 '네'라고 대답하는 순간 그는 또다시 이력서를 흘끗했다. 기혼이라는 사실이 분명히 적혀 있었다. 이력서 사진에 깜빡 홀려서 그의 뇌가 이 여자의 신상정보를 제대로 파악하지 못한 것 같았다. 어쨌거나 그게 그렇게 중요한가? 분위기가 더 어색해지지 않도록 계속 면접을 진행하는 게 우선이었다.

"출산 계획이 있나요?" 그가 다시 물었다.

"당장은 없습니다." 나탈리는 조금도 주저하지 않고 대답했다.

결혼한 지 얼마 되지 않은 젊은 여자에게 면접에서 이런 질문을 던지는 것은 지극히 자연스러워 보일 수도 있다. 하지만 나탈리는 명확히 설명할 수 없지만 뭔가 다르다는 것을 느꼈다.

샤를은 말을 멈추고 그녀를 뚫어지게 쳐다보다가 마침내 자리에서 일어서더니 빵 조각을 하나 집어들었다.

"크리스프롤 하나 드릴까요?"

"아뇨, 괜찮습니다."

"하나 드셔보세요."

"감사합니다만, 배가 고프지 않아서요."

"이 빵에 익숙해져야 할 겁니다. 여기선 이것만 먹거든요."

"그럼…… 저를 채용하신다는……?"

"네."

9

때때로 나탈리는 사람들이 자신의 행복을 시샘한다는 인상을 받았다. 막연하고, 구체적인 근거라고는 전혀 없는, 그저 잠시 스쳐가는 느낌이었지만 그녀는 그렇게 느꼈다. 사람들의 사소한 언동, 입가에 보일 듯 말 듯 맴돌지만 뭔가 의미심장한 미소, 그녀를 향한 시선에서 그런 것들이 느껴졌다. 그녀가 자신의 행복을 겁내고, 그 행복 속에 불행이라는 위험이 도사리고 있지는 않을지 두려워할 거라고는 그 누구도 생각지 못했다. 그녀는 말끝마다 '나는 행복해'라고 덧붙였는데, 그건 일종의 미신이자, 삶이 결국에는 나쁜 쪽으로 흘러가버렸던 모든 순간들에 대한 기억 때문이었다.

결혼식에 참석했던 가족과 친구 들은 이른바 '1차 사회적 압력 집단'을 형성했다. 아이의 탄생을 기대하며 압력을 가하는. 다른 이들의 삶에 열을 올릴 정도로 자신들의 삶이 지루한 것일까?

늘 그런 법이다. 우리는 타인의 욕망을 강요받으며 살아간다. 나탈리와 프랑수아는 주변 사람들을 위한 연속극이 되고 싶지 않았다. 현재로서는 지극히 진부한 감정의 바다에 빠져든 채 둘이 함께 있다고, 세상에 오직 두 사람뿐이라고 생각하는 게 좋았다. 두 사람은 서로를 만난 이후 절대 자유의 약동 속에서 살아왔다. 그들은 여행을 좋아했고, 화창한 주말이면 낭만주의적 순수함을 품은 채 유럽 대륙을 누비고 다녔다. 이들 사랑의 목격자가 있었다면 로마, 리스본 혹은 베를린에서 이 부부를 볼 수 있었을 것이다. 두 사람은 자신들을 함께 묶어놓는 집을 떠났을 때 그 어느 때보다 서로 결속되어 있음을 느꼈다. 여행은 그들이 지닌 몽상가적 성향을 표출시켜주었다. 그들은 자신들의 첫 만남을 돌이켜보며 당시의 세세한 정황을 즐겁게 음미하고 우연이라는 이름의 필연을 예찬하면서 보내는 밤들에 빠져들었다. 그들은, 자신들의 사랑 이야기가 나오는 신화라면, 똑같은 이야기를 듣고 또 들으려는 아이들 같았다.

그렇다, 이 행복은 두려운 것이었다.

매일 반복되는 일상도 그들을 잠식하지 못했다. 두 사람 모두 점점 일이 많아졌지만, 잠깐이라도 만나 점심식사를 하는 등 함께 시간을 보내려고 노력했다. 프랑수아의 표현을 빌리자면 후다닥 집어 먹는다는 의미의 '엄지손 점심'을 먹었다. 나탈리는 이 표현이 마음에 들었다. 그녀는 현대 회화 작품을 하나 상상해 보았다. 풀밭 위에서 식사하는 모습을 그린 어느 작품처럼, 엄지손가락 위에서 식사를 하는 커플을 담아낸 작품이었다. 달리가 그렸을 법한 그림이야, 나탈리가 말했다. 가끔 말을 내뱉은 사람의 의도와는 전혀 상관없이 고상하게 들리는 멋진 말들이 있다. 프랑수아는 달리가 그렸을 법한 그림이라는 나탈리의 말이, 자기 아내가 회화의 역사를 창조하고 변조까지 할 수 있다는 게 좋았다. 그것은 천진함의 극치를 보여주는 말이었다. 그는 지금 당장 그녀를 원한다고, 아무 데고 좋으니 어디든 가서 그녀를 안고 싶다고 속삭였다. 하지만 나탈리가 사무실로 돌아가야 했기 때문에 그건 불가능했다. 그는 밤이 오기를 기다렸다가 그녀에게 달려들어 몇 시간 동안 억누르며 축적한 욕망을 터뜨릴 참이었다. 그들의 성생활은 시간이 지나도 시들해지는 것 같지 않았다. 흔치 않은 일이었다. 그들의 하루하루에는 첫날밤의 여진이 아직 남아 있었다.

그들은 사회적인 관계도 잘 유지하고자 했다. 친구들과 자주 만나고, 연극도 보러 다니고, 조부모 집에 깜짝 방문을 하기도 했다. 집에만 틀어박혀 있지 않았다. 권태라는 함정에 빠지지 않기 위해서였다. 세월은 그렇게 흘러갔고, 모든 것은 더없이 순조로워 보였다. 다른 부부들은 무진 애를 쓰는데 말이다. 나탈리는 "부부가 되는 것은 엄청난 노력이 필요한 일"이라는 말을 이해할 수 없었다. 그녀의 생각에 부부 간의 문제는 단순하거나 그렇지 않거나 둘 중 하나였다. 둘 사이가 원만하고, 불확실한 것이 없으면 쉬이 그런 생각이 든다(백이면 백 다 그런 것은 아니지만). 물론 그들이 다투지 않는 이유가 단지 화합의 즐거움을 누리기 위한 것은 아닌지 자문해볼 필요는 있었다. 뭐 그렇더라도 어떤가? 그들의 결혼생활은 불안할 정도로 성공적이었다. 세월은 그렇듯 평온하게, 흔히 볼 수 없는 삶의 솜씨 위로 흘러가고 있었다.

10

나탈리와 프랑수아가 계획한 다음 여행지들

바르셀로나

★

마이애미

★

라 볼*

11

세월이란 그저 숨만 쉬고 있어도 술술 흘러간다. 나탈리가 그
스웨덴 회사에서 일한 지도 벌써 5년이 되었다. 온갖 종류의 행
동을 하고, 복도와 엘리베이터를 왔다 갔다 하며 보낸 5년이었
다. 왕복 거리를 합하면 파리에서 모스크바까지의 거리와 맞먹
었다. 5년 동안 자판기에서 뽑아 마신 커피는 1212잔. 그 가운
데 324잔은 420회의 고객 상담 중에 마신 것이다. 샤를은 그녀
를 가까운 부하 직원으로 둔 것이 아주 흐뭇했다. 별일도 없는데
집무실로 불러들여 칭찬이나 격려의 말을 건네는 일도 적지 않
았다. 때는 물론 저녁 무렵, 직원들이 모두 퇴근한 후. 그렇지만
저속한 일이 벌어진 것은 아니었다. 그녀에게 연모의 정을 품고
있었기에, 그녀와 단둘이 남아 있는 그 시간이 좋았던 것뿐이었

---

* 프랑스 대서양 연안의 휴양도시.

다. 물론 모호한 분위기를 이끌어낼 수 있는 상황을 만들어보려고 애쓰기도 했다. 다른 여자였다면 이런 수작을 분명 눈치 챘을 것이다. 하지만 나탈리는 일부일처제에서 피어오르는 묘한 연기에 취해 살고 있었다. 아니, 그것은 사랑이 발산하는 기체였다. 이런 사랑은 다른 모든 남자들의 기를 꺾어놓는 것은 물론 유혹의 손길에도 틈을 보이지 않는다. 샤를은 이런 상황이 재미있었다. 프랑수아라는 남자를 전설 속의 인물로 생각했다. 유혹을 철저히 무시해버리는 나탈리의 태도 역시 도발로 여겨졌다. 그들 부부 사이에도 언젠가는 미미하나마 불화가 싹틀 터였다. 하지만 그러다가도 샤를은 태도가 급변해, 나탈리를 채용한 것을 후회하기도 했다. 다가갈 수 없는 여자를 매일 바라보는 일은 그를 지치게 했다.

사장의 태도로 인해 다른 직원들은 나탈리가 특별 대우를 받는다고 여겼고, 그 때문에 나탈리는 스트레스를 받았다. 그녀는 그런 스트레스를 진정시키고, 사무실 내에서 오가는 쑥덕공론에 휘말리지 않으려 애썼다. 사장과 거리를 둔 것도 그런 이유에서였다. 애첩이라는 구시대적 배역을 맡지 않기 위해서. 사장 앞에서 오라를 내뿜으며 도도하게 행동한 것이 아마 그녀를 한층 더 까다로운 여자로 보이게 했을 것이다. 근거 여부에 관계 없이 그녀는 그렇게 느끼고 있었다. 주위 사람들은 이 젊은 여자가 똑똑하고 추진력 있으며 부지런한 만큼 회사 내에서 성공가도를 달리게 될 거라고 입을 모았다. 그녀의 탁월한 기획안에 대해서는 스웨덴 주주들도 이야기를 들은 터였다. 그녀를 향한 시기심은 비열한 방식으로 표출되었다. 회사에서 그녀의 위치를 위태롭게 만들려는 수작들이었다. 그러나 그녀는 내색하지 않았고, 저녁에 집에 와서도 프랑수아 앞에서 징징거리거나 하지 않았다. 야심 따위의 서커스 놀음에는 개의치 않는다는 것을 표현하는 나름의 방식이었다. 고민거리들을 혼자서 짊어지는 이런 능력이 그녀를 강한 여자로 보이게 했다. 자신의 약한 모습을 남 앞에 드러내지 않는 것, 이것이 아마 그녀의 가장 뛰어난 재능이었을 것이다.

12

파리에서 모스크바까지의 거리

2478 킬로미터

13

주말이 되면 나탈리는 녹초가 되어 축 늘어지곤 했다. 일요일에는 소파에 누워 책 읽는 것을 좋아했다. 무릎에 담요를 덮은채 책장을 넘기다가 꾸벅꾸벅 졸면서 꿈을 꾸기도 했다. 그리고또 뭐가 있을까. 아 그렇다, 차를 한 주전자 끓여다 몇 번이고 찻잔에 따르며 홀짝홀짝 마시곤 했다. 마르지 않는 샘물이라도 되는 양. 모든 일이 시작된 그 일요일, 그녀는 긴 러시아 소설을 읽고 있었다. 톨스토이나 도스토옙스키만큼 많이 읽히지는 않지만, 후대가 이 작가를 저평가하는 것은 아닌지 생각해보게 만드는 작품이었다. 그녀는 작품 속 남자 주인공의 나약함, 행동력도 없고 일상에서 자신의 힘을 드러내지도 못하는 무기력이 마음에 들었다. 그런 무력함 속에 슬픔이 있었다. 그녀는 차에 곁들일 간식 거리로 대하소설을 꼽았다.

프랑수아가 옆을 지나가면서 물었다. "무슨 책 읽고 있어?" 그녀는 어느 러시아 작가의 소설이라고만 대답했을 뿐, 더 자세하게 말하지는 않았다. 그냥 예의상 하는, 기계적인 질문이라 여겼기 때문이다. 그날은 일요일이었다. 그녀는 집에서 책을 읽고 싶어 했고, 그는 운동하러 나가고 싶어 했다. 그는 반바지를 입고 있었다. 그녀는 그 차림이 조금 우스꽝스럽다고 생각했다. 그날이 그의 모습을 보는 마지막 날이라는 사실은 알지 못했다. 그는 집 안에서 경중경중 뛰어다녔다. 나가기 전에 이런 식으로 거실에서 몸을 풀며 호흡을 고조시키려는 것이었다. 법석을 떨다 나가는 만큼 자신의 빈자리가 크게 느껴지기를 바라는 것도 같았다. 그리고 분명 그의 의도대로 될 터였다. 집을 나서기 전 그는 몸을 숙여 누워 있는 아내에게 뭐라고 말했다. 기이하게도 그녀는 그 말을 기억해내지 못할 것이었다. 그들이 마지막으로 나누었던 것이 흔적도 없이 사라지고 말 터였다. 그가 나가자 그녀는 잠이 들었다.

잠에서 깨어났을 때 그녀는 자신이 얼마 동안이나 깜빡 졸았던 것인지 가늠하기 어려웠다. 10분? 아니면 한 시간? 그녀는 차를 조금 더 따랐다. 차는 아직 따뜻했다. 그 온기가 하나의 지표가 되었다. 달라진 것은 아무것도 없는 듯했다. 잠들기 전과 똑같은 상황이었다. 그렇다, 모든 게 똑같았다. 이렇게 모든 게 전과 똑같음을 인지하는 동안 전화가 울렸다. 벨소리가 찻잔에서 모락모락 올라오는 김과 뒤섞여 묘한 감각의 일치를 만들어냈다. 나탈리는 전화를 받았다. 잠시 후 그녀의 인생은 전과 같지 않았다. 그녀는 무의식적으로 책갈피를 끼워놓고 밖으로 뛰쳐나갔다.

14

　병원에 들어서긴 했지만 그녀는 뭐라고 물어봐야 할지, 뭘 해야 좋을지 몰랐다. 한참 동안이나 같은 자리에 붙박인 듯 서 있었다. 결국 안내 직원이 남편 있는 곳을 알려주었고, 그녀는 한달음에 달려갔다. 그는 꼼짝도 하지 않고 침대에 누워 있었다. 그녀는 생각했다. 자고 있는 것 같아. 잘 때 전혀 움직이지 않는 사람이잖아. 그 순간만큼은 여느 때와 다름없는 밤이었다.

　"희망이 있나요?" 나탈리가 의사에게 물었다.

　"미미합니다."

　"미미하다는 게 무슨 의미예요? 미미하다니, 희망이 없다는 뜻인가요? 그런 경우라면 그렇다고 말씀해주세요."

　"그렇게 말씀드릴 수는 없습니다, 부인. 희박하긴 하지만 가능성은 있습니다. 어떻게 될지는 아무도 모릅니다."

　"아뇨, 선생님이 모르시면 안 되죠. 그걸 알아내는 게 선생님 일이잖아요!"

　나탈리는 온 힘을 다해 거듭 이 말을 외쳐댔다. 그러다 뚝 멈추고는 의사를 뚫어져라 바라보았다. 의사 역시 몸이 굳은 듯 꼼짝하지 않았다. 그는 비극적인 장면들을 수없이 보아왔다. 그런데 무엇 때문인지 설명할 수는 없지만, 이 순간이 비극의 최고 단계처럼 느껴졌다. 그는 고통으로 일그러진 여자의 얼굴을 가만히 바라보았다. 극심한 고통에 눈물도 말라버렸는지 울음조차 터뜨리지 못하고 있었다. 그녀는 정신이 나간 듯 멍한 표정으로 그를 향해 몇 걸음 다가오더니 의식을 잃고 쓰러졌다.

정신을 차린 그녀는 눈앞에 있는 부모를 알아보았다. 프랑수아의 부모도 함께 있었다. 조금 전까지만 해도 집에서 책을 읽고 있었는데 지금은 집이 아닌 다른 곳에 누워 있었다. 자신에게 닥친 현실이 다시금 떠올랐다. 시간을 거꾸로 돌려 다시 잠들고 싶었다. 일요일 오전으로 되돌아가고 싶었다. 있을 수 없는 일이야. 있을 수 없어. 그녀는 마치 무엇에 홀린 듯 계속해서 이 말만 되뇌었다. 옆에 있던 누군가가 프랑수아는 혼수상태라고 설명해주었다. 완전히 단념할 상황은 아니라는 말이었지만, 그녀는 모든 게 끝났다고 느꼈고 그 사실을 잘 알고 있었다. 힘을 내서 싸울 용기가 나지 않았다. 그렇게 해서 얻는 게 뭐지? 프랑수아의 숨을 일주일쯤 더 붙들어놓을 수는 있을 것이다. 그런데 그다음은? 이미 두 눈으로 그의 모습을 확인했다. 미동도 없이 누워 있는 모습을. 그렇게 작은 움직임 하나 없는 사람이 의식을 회복하는 경우는 없다. 언제까지고 그런 상태로 있는 것이다.

그녀는 진정제를 복용했다. 그녀를 둘러싼 모든 것, 모든 사람들이 무너져 내렸다. 뭔가 말을 해야 했다. 기운을 차려야 했다. 그녀는 없는 힘을 간신히 짜냈다.

"그 사람 옆에 있겠어요. 내가 돌봐줘야 해요."

"그럴 것 없어. 소용 없는 일이야. 차라리 집에 돌아가서 좀 쉬렴." 그녀의 어머니가 말했다.

"쉬고 싶지 않아요. 그 사람 곁에 있어야 해요. 곁에 있어야 한다고요."

말은 이렇게 했지만 그녀는 거의 실신 직전이었다. 의사도 부모님을 따라 귀가하는 게 좋겠다며 그녀를 설득했다. 그녀가 물었다. "그렇지만 그이가 깨어났을 때 내가 옆에 없으면 어떡해요?" 어색한 침묵이 흘렀다. 프랑수아의 의식이 돌아올 거라고는 누구도 생각할 수 없었다. 의사는 헛된 기대로나마 그녀를 안심시키려고 했다. "그러면 즉시 연락 드리겠습니다. 정말이지 지금 부인은 좀 쉬셔야 합니다." 나탈리는 대답하지 않았다. 저마다 그녀에게 이러다 쓰러지겠다고, 제발 좀 누우라고 성화였다. 그래서 결국 그녀는 부모를 따라 병원을 나섰다. 어머니가 수프를 끓여주었지만 목구멍으로 넘어가지 않았다. 그녀는 또다시 약을 두 알 삼키고 방으로 올라가 침대에 쓰러졌다. 어릴 때 쓰던 방이었다. 그날 아침까지만 해도 한 사람의 여자였건만, 잠이 들려는 지금 그녀는 어린 소녀가 되어 있었다.

15

프랑수아가 운동하러 나가기 전
나탈리에게 했을 법한 말들

사랑해.

★

당신 없이는 못 살아.

★

한 바퀴 뛰고 나면 기운이 나는 법이지.

★

오늘 저녁에 뭐 먹을까?

★

책 재미있게 읽어, 내 사랑.

★

당신 보고 싶어서라도 금방 돌아올게.

★

차에 깔리고 싶은 마음은 없다고.

★

언제 베르나르랑 니콜이랑 같이 저녁식사 한번 해야 할 텐데.

★

어쨌거나 나도 책을 한 권 읽어야겠어.

★

오늘은 무엇보다 내 장딴지를 움직여줘야 해.

★

우리 오늘 밤에 아이 하나 만들자.

16

며칠 후 프랑수아는 숨을 거두었다. 나탈리는 진정제 기운으로 정신이 멍한 상태였다. 자신들이 마지막으로 함께 나눈 그 순간의 잔상이 머릿속에서 떠나지 않았다. 정말이지 어처구니없는 일이었다. 그토록 충만했던 행복이 어쩌면 이렇게 무참히 깨질 수 있을까? 거실 안을 경중경중 뛰어다니던 한 남자의 우스꽝스러운 모습이 눈앞에 아른거렸다. 그리고 그가 남긴 그 마지막 말이 귓가에 맴돌았다. 정확히 무슨 말이었는지는 아무리 떠올려

봐도 기억나지 않았다. 어쩌면 그저 그녀의 목덜미에 입김을 불어주었을 뿐인지도 몰랐다. 그는 현관문을 나서기 전 이미 유령이었던 게 틀림없다. 인간의 형상을 하고 있지만 침묵밖에 만들어내지 못하는 존재. 죽음이 이미 자리하고 있었으니까.

장례식에 참석하지 않은 사람은 없었다. 프랑수아를 아는 모두가 그의 고향 마을에 모였다. 한순간, 이렇게 많은 사람들이 온 걸 보면 그가 행복해할 텐데, 싶기도 했지만 생각은 이내 바뀌었다. 아무리 좋은 일이 있다 한들 죽은 사람이 어떻게 행복할 수 있단 말인가? 그는 지금 나무관 속에서 서서히 부패되는 중이다. 가족과 친구들에게 둘러싸여 관을 뒤따라 걷고 있던 나탈리의 머릿속에 또 다른 생각이 스쳤다. 여기 이 사람들은 우리 결혼식에도 왔던 이들이야. 그렇다, 그 사람들이 모두 있었다. 그때와 똑같은 사람들이. 몇 년이 지나 이렇게 다시 모인 것이었다. 게다가 몇몇은 분명 그때와 같은 차림인 듯했다. 한 벌밖에 없는 어두운 색 옷을 다시 꺼내 입었던 것이다. 그런 색깔의 옷은 기쁜 일에나 슬픈 일에나 두루 입을 수 있으니까. 단 한 가지 다른 점이 있다면 바로 날씨였다. 장례식이 치러진 그날은 햇살이 눈부셔 더위가 느껴질 정도였다. 2월 날씨치고는 기온이 상당히 높았다. 그렇다, 해가 쨍쨍 내리쬐고 있었다. 나탈리는 해를 정면으로 쳐다보느라 눈이 타들어가는 것 같았고, 그녀의 시야는 차가운 빛 무리 속에서 뿌예지고 말았다.

프랑수아는 땅속에 묻혔다. 그렇게 끝이었다.

장례식이 끝나자 나탈리는 그저 혼자 있고 싶었다. 부모님 집으로 다시 돌아가고 싶지 않았다. 자신을 측은하게 바라보는 눈길을 더이상 느끼고 싶지 않았다. 그녀 역시 땅을 파고 들어가고 싶었다. 문을 꽁꽁 닫아걸고 틀어박힌 채 살고 싶었다. 친구들이 그녀와 함께 집으로 향했다. 차를 타고 가는 내내 모두들 할 말을 찾지 못해 입을 다물고 있었다. 결국 운전을 하던 친구가 음악을 틀었다. 그러나 얼마 지나지 않아 나탈리가 꺼달라고 했다. 음악을 듣고 있을 수가 없었다. 어떤 곡을 들어도 프랑수아가 생각났다. 멜로디 하나하나가 추억과 이야기와 웃음의 메아리였다. 남은 인생이 암울할 것만 같았다. 7년의 세월을 함께하면서 그는 도처에 자신의 흔적을 뿌려놓고 매 순간에 자신의 존재를 새겨놓은 것이다. 나탈리는 앞으로 자신이 어떤 삶을 살게 되든 프랑수아의 죽음을 잊지는 못하리라는 사실을 깨달았다.

친구들이 짐 옮기는 것을 도와주었다. 하지만 그녀는 안으로 들어오려는 친구들을 거절했다.

"미안하지만 같이 있어달라는 말을 못하겠어. 너무 피곤하거든."

"뭐든 필요한 게 있으면 우리한테 전화해."

"그럴게."

"약속하는 거지?"

"응, 약속할게."

나탈리는 친구들을 안으며 고맙다는 말을 전했다. 혼자 남게 되자 안도감이 들었다. 다른 사람이었다면 이런 순간에 이런 고독을 견디지 못했을지도 모르지만 나탈리는 달랐다. 그녀는 혼자 있게 되기를 간절히 바랐다. 그런데 상황은 예상과 달리 좋지 않았다. 거실로 들어서자 모든 게 그 자리에 고스란히 놓여 있었다. 예전과 달라진 게 아무것도 없었다. 소파 위에는 담요가 늘어져 있었다. 찻주전자와 읽다 만 책 역시 탁자 위에 있었다. 무엇보다 책갈피가 눈에 들어왔다. 책은 책갈피를 중심으로 두 부분으로 나뉘어 있었다. 앞부분은 프랑수아가 살아 있을 때 읽었다. 그리고 321페이지에서, 그가 죽었다. 이제 어떻게 해야 할까? 책을 다시 펴들고 남편의 죽음으로 중단된 독서를 계속할 수 있을까?

17

혼자 있고 싶다는 사람의 말을 곧이곧대로 듣는 사람은 없다. 고독을 원한다는 것은 십중팔구 병적인 충동이다. 나탈리는 주위 사람들을 안심시키려고 해봤지만 소용없었다. 다들 그녀를 보러 오려고 했다. 그러면 그녀는 찾아온 사람과 이야기를 나눠야만 했다. 하지만 무슨 말을 해야 좋을지 몰랐다. 말하는 법을 포함해서 모든 것을 처음부터 새로 배워야 할 것 같은 느낌이었다. 사실 그들이 그녀에게 사람들을 만나게 한 것, 씻고, 옷을 입고, 문을 열어 손님을 집 안으로 들이게 한 것은 올바른 판단이었을 것이다. 지인들은 교대로 찾아와 그녀의 일거수일투족을 살폈다. 무슨 비상대책반 같다고 그녀는 생각했다. 비서 격인 어머니가 전체 상황을 관리하면서, 친지의 방문과 친구의 방문이 교대로 매끄럽게 이어지도록 모든 것을 커다란 일정표에 일일이 표시해놓은 대책반. 나탈리는 이 대책반의 구성원들이 자기들끼리 수런거리는 소리를 들었다. 그들은 그녀의 세세한 행동까지 언급하고 있었다. "기분이 좀 어떤 것 같니?" "뭘 하고 있어?" "식사 때는 뭘 먹나?" 자신의 세상은 벌써 사라지고 없는데, 별안간 세상의 중심이 된 느낌이었다.

방문자들 중에서도 샤를은 가장 빈번하게 찾아오는 편이었다. 이삼일에 한 번씩은 얼굴을 내밀었다. 그의 말로는 이것이 그녀가 "계속해서 직업 환경에 놓일 수 있는" 한 방법이었다. 샤를은 나탈리에게 처리해야 할 서류가 늘어났다고 이야기했고, 그녀는 그를 외계인 쳐다보듯 했다. 중국의 대외무역이 현재 어려운 상황에 처해 있다는 사실이 대체 그녀와 무슨 상관이란 말인가? 중국인들이 남편을 다시 돌려주기라도 하나? 아니다. 그렇다면 그런 이야기는 아무짝에도 소용없었다. 샤를은 나탈리가 자신의 말을 한 귀로 듣고 한 귀로 흘려버리고 있다는 걸 눈치 채고 있었다. 하지만 조금이나마 영향이 있을 거라고, 자신이 그녀의 혈관에 마치 링거액을 투여하듯 현실 감각을 한 방울 한 방울 흘려넣어주고 있으리라 믿었다. 중국이, 그리고 스웨덴 역시 나탈리의 세계를 복구시켜주리라. 샤를은 그녀에게 바짝 다가앉아 이렇게 말했다.

"언제든지 마음이 내킬 때 다시 출근하도록 해. 회사 전체가 당신을 응원하고 있어."

"고맙습니다, 마음 써주셔서."

"나에게 의지해도 되고."

"고맙습니다."

"정말로 내게 의지해도 돼."

나탈리는 남편이 죽은 다음부터 사장이 자신에게 말을 놓기 시작한 것을 이해할 수 없었다. 이 일을 어떻게 해석해야 하지? 그런데 사장의 이런 태도 변화에서 구태여 의미를 찾아야 하는 걸까? 나탈리는 이 문제를 파고들 기운이 없었다. 사장은 아마도 책임감을 느꼈을 것이다. 나탈리의 인생에서 중요한 부분은 흔들림이 없다는 걸 보여주려는 책임감. 그렇다 해도 이렇게 무람없이 말을 놓는다는 건 이상했다. 아니지, 깍듯하게 존대를 해가며 하기는 어려운 말들도 있는 법이다. 위로나 격려의 말들이 그렇다. 그런 말을 하려면 거리감을 없애고 친밀감을 조성해야 하는 것이다. 나탈리는 샤를이 조금 지나치다 싶을 정도로 자주 찾아온다는 생각을 했다. 그에게 넌지시 내색해보기도 했다. 하지만 눈물 흘리는 사람의 말에 귀 기울이는 사람은 없다. 샤를은 여전히 나탈리를 찾아왔고, 태도도 한층 노골적으로 변했다. 어느 날 저녁 샤를은 이야기 도중 그녀의 무릎에 손을 올려놓았다. 그녀는 모른 척 아무 말도 하지 않았지만 너무나 분별 없는 행동이라고 생각했다. 나의 슬픔을 이용해서 프랑수아의 자리를 차지하려는 속셈인가? 손대지 않고 코를 풀려는 족속이란 말인가? 어쩌면 그는 단지 그녀가 애정을 필요로 한다면, 사랑의 행위를 필요로 한다면 자기가 옆에 있다는 사실을 알려주려 한 것이었을지도 모른다. 죽음을 가까이에서 경험한 후 성애의 영역으로 빠져드는 경우가 종종 있으니까. 하지만 나탈리는 결코 그렇지 않았다. 다른 남자를 생각한다는 건 불가능했다. 그래서 그녀는 무릎에 놓인 샤를의 손을 밀쳐냈다. 샤를 역시 자신이 너무 앞서 갔다고 생각하고 있었다.

"곧 다시 출근하겠습니다." 그녀가 말했다.

'곧'이라는 단어의 의미를 특별히 의식한 것은 아니었다.

18

로만 폴란스키 감독이 토머스 하디의 소설
『더버빌가의 테스』를 영화화한 계기는 무엇인가

이것은 죽음에 의해 중단된 독서라고 말하기는 어려운 이야기다. 하지만 로만 폴란스키 감독의 아내였던 여배우 샤론 테이트는 찰스 맨슨에게 잔인하게 살해되기 전, 남편에게 이 소설이 영화로 만들기에 딱 좋은 작품이라고 알려준 적이 있었다. 그로부터 10여 년 후 나스타샤 킨스키가 주연한 이 영화는 이런 사연으로 샤론 테이트에게 헌정되었다.

19

 나탈리와 프랑수아는 결혼 후 바로 아기를 가질 생각은 아니었다. 자녀 계획은 미래를 위해 남겨두었다. 그런데 그 미래는 이제 사라지고 없었다. 그들의 아이는 언제까지고 가상의 존재로 남아 있을 것이었다. 세상을 떠난 예술가들에 대해 간혹 이런 의문을 품어볼 수 있다. 그들이 죽지 않고 살아 있다면 어떤 작품들을 빚어냈을까? 존 레넌이 1980년에 사망하지 않았다면 1992년에는 어떤 노래를 작곡했을까? 마찬가지로 이제 영영 존재할 수 없을 그 아이는 어떤 삶을 살았을까? 가능성의 바다로 나아가보지 못한 채 기슭에서 좌초하고 만 모든 운명들에 대해 생각해볼 필요가 있다.

 나탈리는 몇 주 동안이나 거의 정신이 나간 듯한 태도를 보였었다. 남편의 죽음을 부정하고 일상생활 속에서 마치 그가 곁에 있는 것처럼 생각하고 행동했다. 아침 산책을 나가기 전 거실 탁자 위에 남편에게 쓴 메모를 남기기도 했다. 군중 속에 묻히고 싶다는 바람 하나로 몇 시간이고 쏘다니기도 했다. 신앙인도 아니고 종교생활을 할 생각도 전혀 없으면서 교회에 들어간 적도 있었다. 종교를 도피처로 삼는 사람들을 이해하는 것은 아니었다. 슬픈 일을 겪고 나면 신앙심이 생겨날 수도 있다는 말을 납득하는 것도 아니었다. 그런데 환한 대낮에 교회의 텅 빈 신도석 한가운데 앉아 있으면 위안이 됐다. 아주 작은 위안이었지만 그것은 순간 환히 빛나는 섬광과도 같았다. 그렇다, 그녀는 예수그리스도의 온정을 느꼈다. 그녀는 무릎을 꿇었다. 마음속 악마와 싸우는 성녀가 된 듯한 기분이었다.

때때로 그녀는 그들이 처음 만났던 장소를 찾곤 했다. 7년 전 그녀는 프랑수아와 서로 남남인 채 이 거리를 걷고 있었다. '만약 지금 누군가 내게 다가온다면 나는 어떤 반응을 보이게 될까?' 하지만 곁에 다가와 이런 상념을 방해하는 남자는 없었다.

남편이 차에 치인 장소에도 가보았다. 반바지 차림에, 이어폰을 꽂고 조깅을 하던 그는 그 지점에서 너무 부주의하게 길을 건넜다. 그것이 그의 마지막 부주의였다. 나탈리는 보도 가장자리에 서서 달리는 자동차들을 바라보았다. 같은 장소에서 스스로 목숨을 끊지 못할 이유가 있나? 죽음 속에서 최후의 결합을 할 수 있다면 서로의 혈흔을 섞지 못할 이유가 있나? 그녀는 어떻게 해야 좋을지 모른 채 눈물을 뚝뚝 흘리며 오랫동안 서 있었다. 그 장소를 찾아간 것은 주로 남편의 장례식이 끝나고 얼마 되지 않았을 때였다. 그녀는 자신이 왜 그렇게 스스로를 학대하고 있는지 알지 못했다. 그곳에 찾아가 그 예기치 못한 사고 장면을 상상하다니, 그런 식으로 남편의 죽음을 구체화하려 하다니, 어처구니없는 일이었다. 혹은, 그것이 유일한 해결책이었을까? 그런 고통스러운 일을 겪은 후에는 어떻게 살아가야 하는 건지 우리는 알지 못한다. 방법은 없다. 각자 자신의 육신이 원하는 대로 따르면 된다. 나탈리는 그곳 도로변에 서서 죽도록 울고자 하는, 눈물에 치여 죽고자 하는 이 충동을 따랐다.

20

존 레넌이 1980년에 사망하지 않았다면
세상에 나왔을 음반 목록

여전히 요코를(1982년)

★

어제 그리고 내일(1987년)

★

베를린(1990년)

★

영화 〈타이타닉〉 사운드트랙(1994년)

★

리바이벌─더 비틀스(1999년)

21

프랑수아를 차로 친 날 이후 샤를로트 바롱의 삶

2001년 9·11 테러 사건이 없었더라면 샤를로트는 결코 플로리스트가 되지 않았을 것이다. 9월 11일, 그날은 그녀의 생일이었다. 중국 여행 중이던 아버지가 배달 서비스를 통해 그녀에게 꽃을 보내주었다. 장 미셸은 조금 전 발생한 세기의 충격을 아직 모르는 채 계단을 올라갔다. 그가 초인종을 울렸고, 샤를로트는 창백한 얼굴로 문을 열고 나타났다. 그녀는 인사 한마디 건네지 못했다. 꽃을 받아들며 그녀가 물었다.

"뉴스 보셨나요?"

"어떤 뉴스요?"

"이리 와보세요⋯⋯"

그날 장 미셸과 샤를로트는 소파에 앉아 비행기가 고층 빌딩과 충돌하는 영상을 반복해서 보면서 온종일 함께 보냈다. 그 순간을 함께 겪었다는 사실이 둘을 단단히 이어주었다. 두 사람은 헤어질 수 없는 사이가 되었고, 몇 달에 걸쳐 사연을 쌓아나가다가 마침내 자신들은 연인보다는 친구가 되는 편이 낫겠다는 결론에 도달했다.

얼마 후 장 미셸은 꽃 배달 서비스 전문점을 차렸고, 샤를로트에게 함께 일해보지 않겠느냐고 제안했다. 그 이후 두 사람의 삶은 꽃다발 만드는 일로 채워졌다. 사고가 일어난 그 일요일, 장 미셸은 주문품을 완벽히 준비해놓았다. 꽃을 주문한 고객은 여자친구에게 청혼을 할 생각이었다. 그의 여자친구는 꽃다발을 받아들며 그들 사이의 암호와도 같은 청혼 메시지를 알아챌 것이었다. 그 일요일이 두 사람의 만남을 기념하는 날이었기 때문에 꽃다발은 반드시 그날 배달되어야 했다. 막 출발하려는데 전화가 걸려왔다. 어머니였다. 할아버지가 병원에 입원했다는 것이었다. 샤를로트가 자신이 대신 배달하겠다고 나섰다. 그녀는 소형 트럭 모는 것을 좋아했다. 배달할 곳이 한 군데뿐이어서 서두를 필요가 없으니 더욱 좋았다. 그녀는 그 연인들을 떠올리면서 자신이 두 사람의 사랑에서 익명의 운명 결정자 역할을 하고 있다는 생각을 했다. 몇 가지 다른 생각도 했다. 순간, 한 남자가 눈앞을 가로지르며 무단횡단을 했다. 브레이크를 밟았지만 때는 너무 늦어버렸다.

샤를로트는 그 사고로 엄청난 충격을 받았다. 심리상담사는 그녀가 다시 말문을 열도록, 가능한 한 빨리 이 충격에서 벗어나게 하려고 애썼다. 정신적외상이 무의식까지 파고들지 않게 하려는 것이었다. 남편을 잃은 그 여자를 찾아가봐야 하는 게 아닐까? 얼마 지나지 않아 샤를로트는 이런 생각을 떠올렸다. 고민 끝에 그녀는 그래봐야 아무런 소용이 없다는 결론을 내렸다. 찾아간다 한들 무슨 말을 하겠는가? 죄송하다는 게 고작이겠지. 게다가 이런 경우, 사과를 하는 것이 맞기는 한가? 어쩌면 이런 말을 덧붙일 수는 있겠다. "그렇게 아무 데서나 튀어나오다니, 댁의 남편은 정말 제정신이었나요? 그 사람은 내 인생도 망쳐놨어요. 그렇잖아요? 사람을 죽였는데 잘 살 수 있을 거라고 생각하세요?" 이따금 그 남자와 그의 분별 없는 행동에 증오심이 일었다. 하지만 그녀는 입을 닫고 있는 시간이 많았다. 넋이 빠진 사람처럼 멍하니 앉아만 있었다. 침묵의 시간을 보낸다는 점에서 그녀와 나탈리는 동맹이었다. 두 사람 모두 의욕을 완전히 잃고 무기력 속에서 허우적거리고 있었다. 왜 그런지는 알 수 없었지만, 몇 주에 걸친 회복기 내내, 샤를로트는 사고 당일 자신이 배달하기로 되어 있던 꽃다발 생각을 떨칠 수가 없었다. 버려진 꽃다발은 무산된 시간의 초상이었다. 사고 장면은 느린 동작으로 끊임없이 눈앞에 되살아났고, 충돌 순간의 파열음이 반복해서 울려댔다. 여전히 그녀의 눈앞에 아른거리며 시야를 흐려놓는 꽃다발은 그녀의 하루를 감싼 수의이자 꽃잎 모양을 한 강박이었다.

샤를로트의 상태를 몹시 걱정하던 장 미셸은 그녀에게 일을 다시 시작하라며 버럭 화를 냈다. 그녀를 무기력증에서 끌어내기 위한 이런저런 시도 가운데 하나였다. 그 시도는 성공이었다. 그녀가 고개를 들더니, 야단맞을 짓을 해놓고 앞으로는 말을 잘 듣겠다고 맹세하는 어린아이처럼 그러겠다고 한 것이다. 그녀는 사실 다른 방법이 없다는 것을 잘 알고 있었다. 계속 살아가야 한다는 것도. 동업자가 별안간 언성을 높여 재촉했기 때문에 반응을 보인 것은 분명 아니었다. 모든 게 예전으로 돌아갈 거야, 샤를로트는 생각했다. 걱정하지 말자. 하지만 아니었다. 그 어떤 것도 예전처럼 될 수 없었다. 무언가가 되돌릴 수 없이 부서진 채로 나날이 흘러갔다. 사고가 난 그 일요일은 언제나 현재였다. 월요일에도 목요일에도 그 일요일이 섞여들었다. 금요일에도 화요일에도 계속 남아 있었다. 그 일요일은 끝나지도 않고, 지긋지긋한 불멸의 모습으로 미래마저 잠식해가고 있었다. 샤를로트는 예전처럼 웃기도 하고 먹기도 했다. 그렇지만 그녀의 얼굴에는 그늘이 드리워져 있었다. 샤를로트라는 이름은 어슴푸레한 그늘에 숨어 있었다. 그녀는 어떤 생각에 강박적으로 쫓기는 것 같았다. 그녀가 불쑥 물었다.

"그날 내가 배달하려고 했던 그 꽃다발 말이야…… 결국 네가 배달했어?"

"그 생각을 할 겨를이 없었어. 곧장 너에게 달려갔잖아."

"그런데 그 남자가 전화 안 했어?"

"물론 전화가 왔지. 그다음 날 통화했어. 몹시 화를 내더군. 여자친구가 아무것도 받지 못했다면서."

"그래서?"

"그래서…… 그 남자한테 자초지종을 설명했지…… 네가 배달하다가 사고를 냈고…… 한 사람이 혼수상태라고……"

"그랬더니 그 남자가 뭐래?"

"생각이 잘 안 나…… 미안하다고 하고는…… 뭐라고 중얼거리긴 했는데…… 그 남자는 이번 일을 어떤 징조 같은 것으로 받아들이는 것 같았어. 아주 불길한 징조로 말이야."

"혹시…… 그 남자가 자기 여자친구한테 청혼하지 않았을 거라는 말이야?"

"잘 모르겠어."

샤를로트는 혼란에 빠졌다. 용기를 내어 문제의 그 남자에게 전화를 걸었다. 남자는 결국 청혼을 미루기로 마음을 정했다고 말했다. 샤를로트는 큰 충격을 받았다. 이렇게 흘러가서는 안 될 일이었다. 연이어 벌어질 상황들이 떠올랐다. 결혼이 미뤄질 테지. 그리고 어쩌면 수많은 일들이 이런 식으로 수정되지 않겠어? 삶 전체가 달라질 거라는 생각이 들자 마음이 뒤숭숭했다. 그녀는 생각했다. 내가 상황을 원래대로 돌려놓는다면 그 사건은 없었던 일이 될 거야. 이 상황을 바로잡는다면 나는 다시 정상적인 생활을 할 수 있을 거야.

그녀는 가게 뒷방으로 들어가서 그때와 똑같은 꽃다발을 만들었다. 그런 다음 택시를 잡아탔다. 택시 기사가 그녀에게 물었다.

"결혼식 부케인가 보죠?"

"아뇨."

"누구 생일이에요?"

"아뇨."

"그럼…… 졸업식?"

"아뇨. 그냥 제가 해야 했던 일을 마저 하려는 거예요. 제가 어떤 사람을 차로 치는 바람에 꽃을 배달하지 못했거든요."

택시 기사는 말없이 차를 몰았다. 목적지에 도착한 샤를로트는 택시에서 내렸다. 그 여자의 집 현관 매트 위에 꽃다발을 내려놓았다. 꽃다발을 바라보며 잠시 그렇게 서 있다가 장미 몇 송이를 뽑았다. 그리고 그 꽃을 손에 든 채 다른 택시를 잡아탔다. 사고가 있었던 날부터 그녀는 프랑수아의 주소를 항상 가지고 다녔다. 하지만 홀로 남은 그의 아내와는 대면하지 않는 편이 좋을 것 같았고, 그래서 찾아가지 않기로 마음먹었었다. 그러잖아도 엉망이 되어버린 삶에 또 다른 얼굴을 더한다면 회복이 더 힘들어질 것이었다. 하지만 지금 샤를로트는 어떤 충동에 따라 움직이고 있었다. 이러저러한 상황을 따지고 싶지 않았다. 택시는 내달렸고, 이제 목적지에 도착했다. 샤를로트는 어느새 여자의 집 계단을 올라가고 있었다. 그녀는 나탈리의 집 현관문 앞에 하얀 꽃 몇 송이를 내려놓았다.

22

나탈리는 문을 열었다. 그리고 생각했다. 이제 때가 된 걸까? 프랑수아가 죽은 지 석 달이 지났다. 석 달이란 너무도 짧은 시간이었다. 조금도 나아졌다는 느낌이 들지 않았다. 죽음의 보초병들은 그녀의 몸 위에서 지칠 줄도 모르고 줄 지어 행진하고 있었다. 친구들은 그녀에게 다시 회사에 출근하라고, 시간을 흘려보내지 말라고, 무슨 일이든 해야 시간을 견딜 수 있는 법이라고 충고했다. 그러나 나탈리는 잘 알고 있었다. 그래봤자 달라지는 것은 아무것도 없을 테고, 어쩌면 상황이 더 나빠질 수도 있다는 것을. 무엇보다 저녁에 퇴근해서 돌아와도 프랑수아는 집에 없을 것이고, 앞으로도 영영 없을 텐데. 시간을 흘려보내지 말라니, 얼마나 얄궂은 표현인가. 사람이란 무슨 일이 닥치든 시간을 흘려보내며 살아가게 마련이다. 삶이란 본래부터 시간을 흘려보내며 살아가는 것이다. 그냥 살기, 시간을 흘려보내며 살기, 매 순간을 지배하는 삶의 무게를 잊고 살기, 이것이 나탈리가 바라는 전부였다. 그녀는 존재의 가벼움을 되찾고 싶었다. 비록 그것이 참을 수 없는 것일지라도.

회사에 미리 전화하고 싶지는 않았다. 지금처럼 느닷없이 나타나는 것이 덜 요란스러울 듯했다. 로비에서, 엘리베이터에서, 복도에서, 나탈리는 많은 동료들과 마주쳤다. 모두들 그녀에게 다소나마 온정을 보여주려 애썼다. 말로, 몸짓으로, 미소로, 때로는 침묵으로. 사람 수만큼이나 각양각색의 태도였지만, 나탈리는 너나없이 묵묵히 자신을 격려해주는 그들에게 깊이 감동했다. 그런데 역설적이게도 한순간 멈칫하게 됐던 것 역시 바로 이런 환대의 표현들 때문이었다. 내가 원하던 게 이런 것이었나? 동정과 불편함뿐인 분위기 속에서 살고 싶은 것일까? 직장에 복귀한다면 삶이라는 연극 무대에서 희극 연기를 해야 하고, 모든 게 잘 굴러가도록 노력해야 할 터였다. 그러나 타인의 눈길에 어린 상냥함을 견딜 수는 없을 것이었다. 상냥함은 결국 연민의 전 단계일 뿐이니까.

나탈리는 사장 집무실 앞 바닥에 딱 붙어 서서 망설이고 있었다. 문을 열고 들어간다면 그야말로 복귀를 의미하는 것이었다. 마침내 그녀는 마음을 정하고 노크도 없이 안으로 들어섰다. 사장은 라루스 사전에 코를 박고 있었다. 매일 아침 사전을 펼쳐 한 항목씩 읽는 것, 엉뚱하지만 이것이 그의 취미였다.

"안녕하셨어요? 제가 방해하는 건 아닌가요?"

샤를은 고개를 들어 그녀를 보고는 깜짝 놀랐다. 유령이 나타난 게 아닌가 싶었다. 목이 메어 말이 나오지 않았다. 감격에 겨운 나머지, 몸이 뻣뻣이 굳은 채로 꼼지락도 못하게 되는 게 아닐까 겁이 났다. 나탈리가 다가왔다.

"사전을 보고 계시네요."

"응."

"오늘의 단어는 뭐예요?"

"'델리카테스'. 이 단어와 함께 나타나다니 당신답군."

"예쁜 말이죠."

"이렇게 당신 얼굴을 보게 되다니 기뻐. 마침내 돌아왔군. 복귀하길 기다리고 있었어."

인사를 나누고 나자 대화가 끊겼다. 이상하게도 그들 사이에는 이렇게 할 말을 찾지 못하는 순간이 매번 있었다. 그때마다 샤를은 그녀에게 차를 권했다. 한 잔의 차가 두 사람의 대화를 가동시키는 연료 역할을 했다. 이윽고 그가 아주 들뜬 목소리로 입을 열었다.

"스웨덴에 우리 회사 주주들이 있는데 말이야. 사실 내가 요새 스웨덴어도 조금 하는 거 아나?"

"아뇨."

"그래…… 주주들이 나더러 스웨덴어를 배우라더라고…… 운도 없지. 정말이지 망할 언어더군."

"……"

"어쨌거나 그 정도 요청은 들어줘야지. 그래도 그 사람들 융통성은 꽤 있어…… 뭐, 그래서 말인데…… 주주들에게 당신 얘기를 했거든…… 모두들 당신이 원하는 대로 해주라고 하더라고.

다시 출근하겠다면 당신 편할 대로 근무해도 돼."

"배려해주셔서 감사합니다."

"그냥 배려 차원이 아니야. 우리 회사는 당신이 필요해, 정말로."

"……"

"나도 당신이 필요하고."

샤를은 이 말을 하면서 나탈리를 강렬하게 바라보았다. 그렇듯 강한 시선은 상대를 불편하게 한다. 그런 눈빛 속에서는 시간이 정지된다. 한순간이 수많은 말을 대신하는 것이다. 솔직히 샤를은 다음 두 가지 사실을 부정할 수 없었다. 첫째, 그가 지금까지 줄곧 나탈리에게 마음이 있었다는 것. 둘째, 그녀의 남편이 죽은 후 그 마음이 더 커졌다는 것. 이런 마음의 움직임을 인정하기란 쉽지 않았다. 죽음이 친밀감을 더해준 것일까? 딱히 그런 건 아니었다. 답은 그녀의 얼굴에 있었다. 불행을 겪으며 승화된 것 같은 그 얼굴. 나탈리의 슬픔이 그녀의 에로틱한 잠재력*을 눈치 없이 자극하고 있었다.

---

* 작가 다비드 포앙키노스가 자신의 책 『내 아내의 에로틱한 잠재력』(문학동네, 2008년)의 제목을 패러디한 것.

23

'델리카테스'라는 단어의 사전적 정의

델리카테스 délicatesse
여성명사

1. '델리카'한 상태.
2. [문어] ~와 델리카테스가 있다.
   : ~와 관계가 좋지 않다.

24

나탈리는 사무실 책상 앞에 앉아 있었다. 복귀 첫날 아침부터 그녀는 가혹한 물건과 맞닥뜨렸다. 바로 탁상 일력이었다. 회사 사람들은 배려 차원에서 그녀의 물건들을 하나도 건드리지 않았다. 그러나 책상 위에서 그 비극이 일어나기 전날을 명시하며 멈춰 있는 날짜를 발견한다는 것이 그녀에게 얼마나 잔인한 일이 될지는 아무도 생각하지 못했다. 남편의 사고가 일어나기 이틀 전 날짜였다. 펼쳐진 일력 위의 그날에는 남편이 살아 있었다. 나탈리는 일력을 집어들고 넘기기 시작했다. 수많은 날들이 눈앞에서 꼬리를 물고 지나갔다. 프랑수아가 죽은 후로 그녀에게 하루하루는 엄청난 무게로 다가왔다. 그런데 지금, 짧은 시간 동안 일력을 넘기면서 그녀는 자신이 지나온 시간을 구체적으로 바라볼 수 있었다. 달력은 넘어갔고, 그녀는 여전히 거기 있었다. 그리고 지금은 오늘이었다.

어느덧 책상 위에 새로운 일력이 놓이는 순간이 찾아왔다.

나탈리가 다시 일을 시작한 지 몇 달이 흘렀다. 그녀는 옆에서 보기에 지나치다 싶을 정도로 업무에 매달렸다. 시간이 다시금 제 속도대로 흘러가는 것 같았다. 모든 것이 예전처럼 되풀이되고 있었다. 의례적인 회의, 기껏해야 연속적인 자료일 뿐이라는 듯 차례차례 번호가 매겨지는 서류들. 최고의 어불성설은 그 서류들이 우리보다 오래 살아남는다는 점이다. 나탈리는 서류들을 분류 보관하면서 중얼거렸다. 이 모든 서류 뭉치들이 여러 면에서 인간보다 우월해, 병에 걸리지도 늙지도 않고 불의의 사고를 당할 일도 없지. 그 어떤 서류도 일요일에 조깅하다가 차에 치이는 경우는 없을 테니까.

25

델리카테스를 이해하려면

'델리카테스'라는 단어의 사전적 정의만으로는 부족하므로

이어서 살펴보는 '델리카'의 사전적 정의

델리카 délicat
형용사

1. 아주 섬세한, 세련된, 그윽한.
· 델리카한 얼굴, 델리카한 향기.

2. 허약한, 취약한.
· 델리카한 건강상태.

3. 다루기 어려운, 위험한.
· 델리카한 상황. 델리카한 조작.

4. 아주 민감한, 예민한, 세심한.
· 델리카한 남자. 델리카한 주의력.

〔경멸적으로〕만족시키기 어려운, 까다로운.

· 델리카하게 굴다.

26

나탈리의 복귀 이후 샤를은 기분이 좋았다. 스웨덴어를 배우는 일마저 즐거웠다. 두 사람 사이에는 신뢰랄지 존중이랄지 그 비슷한 무언가가 형성되었다. 나탈리는 샤를처럼 너그러운 상관을 만난 것이 행운이라고 생각했다. 하지만 그녀는 이제 숙맥이 아니었다. 사장이 자신에게 호감이 있다는 사실을 잘 알고 있었다. 그가 은근한 수작을 걸어와도 그냥 내버려두었다. 나탈리가 항상 그와 일정한 거리를 유지했고, 그 거리는 좁힐 수 없어 보였기에 샤를은 선을 넘지는 않았다. 그녀가 그의 사랑 놀음에 발을 들여놓지 않은 것은 단순한 이유에서였다. 그럴 수 없었으니까. 힘에 부치는 일이었으니까. 그녀는 일에 집중하기 위해 다른 곳에 쏟을 힘을 아꼈다. 샤를이 몇 번이나 저녁을 함께하자고 했지만 그녀는 침묵으로 거절 의사를 나타낼 뿐이었다. 그녀는 외출을 즐길 수가 없었다. 더군다나 남자와의 외출이라면. 사실 말이 되지 않았다. 온종일 자리에 붙어 앉아 중요할 것 없는 서류들을 파고들기도 하는데 자신에게 잠시 쉬어갈 시간을 주는 게 뭐 그리 대수겠는가. 문제는 그녀가 쾌락이라는 개념을 어떻게 보는가 하는 데 있었다. 그녀는 이제 자신에게 유쾌함을 누릴 권리가 없다고 생각했다. 그랬다. 그녀는 즐거움을 느낄 수 없었다. 그런 것을 또다시 맛볼 수 있을까 하는 의심마저 들었다.

그날 저녁엔 사정이 달라질 것이었다. 그녀는 마침내 사장의 제안을 받아들였고, 두 사람은 저녁식사를 함께하기로 했다. 샤를은 그녀가 거절할 수 없는, 승진 축하라는 명분을 내세웠다. 그렇다, 그녀는 고속 승진으로 여섯 명의 팀원을 둔 팀장이 됐다. 능력에 견주어 전혀 문제될 게 없었음에도 혹시 동정심이 발로한 인사가 아닐까 의심해, 처음에는 고사하려고 했다. 하지만 주어진 자리를 마다하기란 쉬운 일이 아니었다. 샤를이 승진 축하를 구실로 서둘러 저녁 약속을 잡는 것을 보고는 혹시 그것을 노리고 자신을 승진시킨 것이 아닐까 하는 의구심도 들었다. 어느 쪽이든 가능한 이야기였지만 승진 이유를 굳이 따지고 들 필요는 없었다. 그녀는 샤를이 올바른 판단을 한 거라고 적당히 결론을 내렸다. 이번 일은 분명 자신에게 바깥바람을 쐬어줄 좋은 기회가 될 터였다. 어쩌면 저녁 무렵의 편안함을 다시 맛보게 될 수도 있었다.

27

샤를로서는 이 저녁식사 자리가 승부수였다. 이 자리가 모든 것을 결정할 것이었다. 외출 준비를 하는 내내 사춘기 시절 첫 데이트를 하던 때처럼 설레고 두려웠다. 따져보면 그리 엉뚱한 감정은 아니었다. 나탈리 생각만 하면 여자와 저녁을 먹는 일이 평생 처음처럼 느껴졌으니까. 그녀에게는 그에게 존재하는 연애에 관한 기억을 모두 지워버리는 기이한 능력이 있는 것 같았다.

샤를은 촛불로 분위기를 잡는 레스토랑은 애써 피했다. 난데없이 로맨틱한 분위기로 밀고 나갔다가는 그녀가 적절치 못하다고 생각할 수도 있으니까. 마주 앉고 나서 얼마 동안은 흠잡을 데 없었다. 두 사람은 앞에 놓인 잔을 홀짝이면서 가벼운 대화를 나누었다. 간간이 침묵이 들어서기도 했지만 조금도 어색하지 않았다. 나탈리는 이런 자리, 이렇게 한잔할 수 있는 자리가 참 좋았다. 폐쇄된 생활에서 조금 더 일찍 빠져나왔어야 했다는 생각, 즐거움이란 행동에서 비롯되는 것이라는 생각이 들었다. 심지어 흠뻑 취하고 싶은 마음이 일기도 했다. 그렇지만 무엇인가가 그녀를 땅 위에 붙잡아두고 있었다. 자신이 처한 상황에서 완전히 벗어나기란 절대 불가능했다. 원하는 만큼 마실 수는 있겠지만, 그런다고 무엇 하나 달라지는 것은 없을 터였다. 순간 그녀는 냉철한 이성을 되찾았다. 그리고 마치 무대 위의 배우처럼, 연기를 하고 있는 자신을 바라보았다. 진짜 자신에게서 분리되어, 이제 더이상 자기 자신이 아닌 여자, 삶을 즐기고 유혹에 반응할 줄 아는 여자를 경악에 찬 눈길로 관망했다. 이 순간, 살아간다는 것의 불가능성, 그 온갖 난관이 한층 선명하게 드러났다. 그러나 샤를은 아무것도 알아차리지 못하고 첫번째 단계에서 허우적대고 있었다. 나탈리가 어서 술을 더 마셔 함께 있는 동안 좀더 진도가 나갔으면 하고 바랄 뿐이었다. 그는 그녀에게 사로잡혀버렸다. 최근 몇 달 동안 그녀는 러시아적이었다. 그게 무슨 의미였든지 간에, 그냥 그런 생각이 들었다. 그의 머릿속에서 나탈리는 러시아적인 힘과 러시아적인 비애를 품은 존재였다. 그녀의 여성성은 이렇게 스위스에서 러시아까지 넘나들었다.

"그런데…… 이번 제 승진 건은 어떻게 된 거죠?" 그녀가 물었다.

"그야 당신이 일을 아주 잘하니까…… 그리고 난 당신이 정말 탁월하다고 생각하거든. 그게 다야."

"그게 다라고요?"

"그걸 왜 묻는 거지? 다른 이유가 더 있다고 느끼는 건가?"

"제가요? 저는 아무것도 느끼는 게 없는데요."

"이렇게 내 손을 갖다 대도 느끼는 게 없을까?"

어떻게 그런 용기를 냈는지 그 자신도 모를 일이었다. 오늘 저녁에는 어떤 일이라도 가능할 것 같았다. 어쩌다 그렇게 현실에서 멀어져버린 걸까? 자신의 손을 그녀의 손 위에 포개면서 그녀의 무릎에 손을 올려놓았던 예전 순간을 떠올렸다. 그녀는 예나 지금이나 같은 눈길로 그를 바라보았다. 그래서 그는 슬며시 손을 거둘 수밖에 없었다. 벽처럼 돌아앉은 이를 한없이 바라보며 아무런 말도 듣지 못한 채 살아가는 것이 지긋지긋했다. 이제 그만 상황을 명확히 하고 싶었다.

"내가 마음에 들지 않는 건가? 그런 거야?"

"대체…… 왜 그런 걸 물으시죠?"

"그러는 당신은, 왜 내게 질문만 하지? 어째서 한 번도 대답을 하지 않는 거야?"

"무슨 대답을 해야 할지 모르겠으니까요……"

"이제 한 걸음 내디뎌야 한다고 생각지 않아? 프랑수아를 잊으라는 게 아냐…… 하지만 남은 인생 내내 스스로를 가두면서 살 건가? 내가 당신을 어떻게 생각하는지 당신도 알잖아……"

"……하지만 사장님께는 사모님이 있잖아요……"

나탈리가 이런 식으로 자신의 아내를 언급하자 샤를은 당황스러웠다. 정신 나간 소리로 들릴 수도 있겠지만 그는 아내의 존재를 잊고 있었다. 다른 여자와 데이트를 하는 동안 그는 결혼한 남자가 아니었다. 그 순간에는 그저 한 남자였다. 그렇다, 그는 이미 결혼한 몸이었다. 스스로 '결별생활'*이라고 부르는 상태에 있었고, 아내에 대해서는 더이상 신경도 쓰지 않고 지내던 참이었다. 그래서 그는 당황스러웠다. 나탈리에게 진짜로 홀딱 빠져 있었던 것이다.

"어째서 그 사람 얘기를 꺼내는 거지? 없는 거나 다름없는 사람이야! 우린 완전히 남남처럼 살고 있다고."

"그렇지는 않은 것 같던데요."

"그 여자가 눈속임을 해서 그런 거야. 그 사람이 회사 출입을 하는 건 그저 남들 눈에 보이기 위해서지. 우리 관계가 얼마나 심각한지 당신이 안다면, 우리가 얼마나……"

"그렇다면 헤어지세요."

"당신을 위해서라면 당장에 그 여자와 이혼하겠어."

"저를 위해서가 아니라…… 사장님을 위해서요."

---

* '결혼생활'이라는 뜻의 'la vie conjugale'을 'la vie conjucalme'으로 장난스럽게 바꾼 표현.

또 한 차례 침묵이 흘렀다. 두 사람 모두 연거푸 한숨을 내쉬고 와인을 몇 모금 마셨다. 나탈리는 샤를이 프랑수아의 이름을 건드린 것에 충격을 받았다. 저녁식사 자리를 자기 의도대로 이끌어가려고 성급하고 조심성 없이 행동한 것에도 기분이 상했다. 결국 그녀는 집으로 돌아가고 싶다고 내뱉었다. 샤를은 자신이 너무 지나쳤고, 몇 마디 말로 데이트를 망쳐버렸다는 생각이 들었다. 그런 말을 꺼낼 때가 아니라는 사실을, 그녀는 마음의 준비가 되지 않았다는 사실을 어떻게 모를 수 있나? 조심스럽게, 차근차근 접근해야 할 일이었다. 그는 몇 년에 걸친 욕망의 세월을 단 몇 분만에 보상받으려고 미치광이처럼 돌진했다. 이 모든 게 그날 데이트의 첫 단추가 잘 끼워진 탓이었다. 시작이 순조로웠고 다 잘될 것 같은 예감이 든 탓이었다. 그래서 조급한 사람들이 흔히 그렇듯 섣부른 낙관에 빠져버린 것이다.

샤를은 다시 기운을 차렸다. 어쨌거나 그에게는 자신의 감정에 대해 얘기할 권리가 있었다. 마음을 고백하는 것이 죄는 아니니까. 사실 그녀와는 모든 게 부담스러웠다. 남편과 사별한 그녀의 처지 때문에 많은 일들이 복잡해졌다. 만약 프랑수아가 죽지 않았더라면 샤를은 훨씬 수월하게 그녀를 유혹할 수 있었을 것이다. 그 작자는 세상을 떠나면서 자기네 부부의 사랑을 공고히 해놓았다. 자신들의 관계를 영원히 변하지 않는 무엇으로 만들어놓은 것이다. 이런 상황에 있는 여자를, 모든 것이 멈춰버린 세상에 살고 있는 여자를 무슨 수로 유혹한단 말인가? 정말이지 그 작자가 자신들의 사랑을 영속시키기 위해 일부러 죽어버린 건 아닌지 의심스러울 지경이었다. 어떤 이들은 열렬한 사랑은 필연적으로 비극으로 치닫는다고 생각하니까.

28

두 사람은 레스토랑을 나섰다. 분위기는 한층 어색해지고 있었지만 샤를은 적당한 재담을 찾지 못했다. 농담이라도 한마디 던진다면 상황을 다소나마 만회하거나 분위기를 가볍게 할 수 있을 텐데 그것조차 막혀버렸다. 아무것도 하지 않은 채 그들은 그 자리에 붙박인 듯 서 있었다. 요 몇 달 동안 샤를은 세심하고 친절했으며, 정중하고 믿음직스럽게 행동했다. 그런데 좋은 남자가 되려던 그 모든 노력들이 욕망을 절제하지 못한 탓에 허사로 끝나버리고 만 것이다. 지금 그의 몸은 절단된 사지마다 심장이 달려 있는, 부조리의 총체가 되어 있었다. 샤를은 나탈리의 뺨에 입을 맞추려고 했다. 자연스럽고 친근하게 행동하고 싶었지만 목이 뻣뻣했다. 이런 숨 막히는 시간이 또다시 이어졌다. 1초 1초가 거드름을 피우며 느릿느릿 이어지고 있었다.

　그러다가 나탈리가 느닷없이 그에게 방긋 웃어 보였다. 그녀는 그리 심각할 게 없다는 사실을 그에게 이해시키고 싶었다. 오늘 저녁 일은 잊어버리면 그뿐이었다. 그녀는 조금 걷고 싶다고 말하고는 그 상냥한 표정 그대로 발걸음을 옮겼다. 샤를은 뒤돌아 걸어가는 그녀를 멀거니 바라보았다. 좌절감에 몸이 굳어버린 것인지 그는 한 발짝도 움직일 수 없었다. 나탈리는 저만큼 멀어져 그의 시야 한가운데서 차츰 줄어들고 있었다. 하지만 쪼그라드는 쪽은, 제자리에 박혀 점점 작아지는 쪽은 오히려 그 자신이었다.

　그녀가 발길을 멈췄다.

　뒤돌아섰다.

　그리고 다시 그를 향해 걸어오기 시작했다. 조금 전 그의 시야에서 사라져가던 이 여자의 모습은 이제 그를 향해 다가오며 점점 커지고 있었다. 왜 다시 오는 것일까? 지레 흥분하지 말아야지. 열쇠나 스카프, 아니면 여자들이 종종 깜박하고 두고 나오는 무슨 소지품 때문이겠지. 그런데 그건 아니었다. 그녀가 걸어오는 모습만 봐도 알 수 있었다. 물건과 관련된 문제가 아니라는 게 느껴졌다. 그에게 말하기 위해, 무언가 이야기하기 위해 돌아오는 것이었다. 그녀는 1967년에 발표된 어느 이탈리아 영화의 여주인공처럼, 사뿐사뿐 걸어오고 있었다. 그는 발을 떼어놓으려 했다. 그 역시 그녀를 향해 나아가려 했다. 이런 예기치 못한 낭만적인 장면에서는 비가 내려야 하는 건데. 그러니까 사실은, 저녁식사가 끝날 무렵 둘 다 꿀 먹은 벙어리가 되어버린 것은 단지 마음이 복잡해서였던 것이다. 지금 그녀가 다시 돌아오는 이유는 뭔가 빠뜨린 이야기가 있어서가 아니라 그에게 키스를 하기 위해서인 것이다. 이건 정말이지 놀라운 일이다. 그녀가 멀어져가던 순간에도 그는 움직이면 안 된다는 것을, 그녀가 다시 돌아오리라는 것을 직감적으로 알아차렸던 것이다. 두 사람 사이에는 분명 본능적이고 단순한, 끈질기면서도 깨지기 쉬운 무언가가 있었으니까. 처음 만났을 때부터 죽 그래왔으니까. 그러므로 그녀를 이해해주어야 했다. 그녀로서도 쉬운 일은 아니었을 것이다. 남편이 죽은 지 얼마 되지도 않았는데 다른 남자에 대한 감정을 고백한다는 것이. 잔인하기까지 한 일이었다. 그렇지만 감정이 그런 것을 어떻게 막을 수 있겠는가? 사랑이란 대개 도덕과는 거리가 먼 법이다.

그녀가 지척에 다가와 있었다. 흥분을 억누르지 못한 듯 들뜨고 매혹적인 모습으로, 비애에 잠긴 여성성을 관능적으로 구현하며. 그녀가, 그의 사랑 나탈리가 그 앞에 있었다.

"조금 전 묻는 말에 대답하지 못해서 죄송해요…… 말하기가 난처해서……"

"아니야, 충분히 이해해."

"제가 느끼는 감정을 말로 전달하기가 무척 곤란하네요."

"알아, 나탈리."

"하지만 지금은 대답할 수 있을 것 같아요. 그러니까 저는 사장님이 마음에 들지 않아요. 저를 유혹해보려는 그 방식도요. 우리 둘 사이엔 앞으로도 절대 아무 일도 없을 거예요. 어쩌면 제가 더이상 누군가를 사랑하지 못할 수도 있겠죠. 하지만 만에 하나 사랑을 하게 된다 해도 그 상대가 사장님은 아닐 거예요."

"……"

"이대로는 집에 갈 수가 없었어요. 얘기하는 편이 낫겠다는 생각이 들었어요."

"알았어. 무슨 말인지 알겠어. 그래, 잘 알았다고. 나는 잘 알아들었어. 잘 알아들었다고, 그래."

나탈리는 딸꾹질을 하듯 같은 말을 반복하고 있는 샤를을 빤히 쳐다보았다. 그의 말은 조금씩 침묵에 잠식당했고, 결국 자취를 감추었다. 죽어가는 자의 서서히 감기는 눈처럼. 그녀는 그의 어깨 위에 손을 올려놓는 다정한 행동을 해 보였다. 그러고는 뒤돌아 가버렸다. 다시 아주 자그마한 나탈리가 되었다. 샤를은 그대로 서 있으려 했지만, 쉽지 않았다. 혼이 나간 상태였다. 무엇보다 그녀의 어조에 충격을 받았다. 지극히 간결한, 악의라고는 조금도 섞이지 않은 어조였다. 그는 명백히 인정했다. 그녀가 그를 좋아하지 않으며, 앞으로도 결코 좋아하지 않으리라는 사실을. 분노가 치밀지는 않았다. 다만 수년 동안 그에게 활기를 불어넣어주었던 것이, 어떤 가능성이 갑작스레 소멸해버린 듯했다. 그날 저녁 데이트는 타이타닉 호의 여정과 동일하게 전개되었다. 축제로 시작했다가 난파되어 스러져버렸다. 진실은 대체로 빙산과 같은 모습으로 다가오는 법. 나탈리는 아직도 그의 시야 안에 있었다. 그녀가 최대한 빨리 사라져버렸으면 했다. 이제 그녀의 모습은 작은 점일 뿐인데도 도저히 견뎌내기가 힘들었다.

29

샤를은 조금 걸어 주차장에 다다랐다. 차에 타서 담배 한 개비를 피워 물었다. 지금 그의 감정은 요란하게 번쩍이는 노란 네온사인과 완벽히 일치했다. 그는 차의 시동을 걸고 라디오를 켰다.

스포츠 프로그램 진행자가 그날 저녁 기묘하게도 무승부 경기가 속출하는 바람에 프로축구 1부 리그 순위에는 변동이 없다고 했다. 모든 일에 일관성은 있었다. 그는 리그 중간 순위에 있다가 희망을 잃어버린 축구팀 같았다. 그는 결혼도 했고, 딸도 하나 있고, 꽤 우량한 회사의 경영자이기도 했지만, 엄청난 공허감에 사로잡혀 있었다. 오직 나탈리에 대한 꿈만이 그에게 활기를 부여해주었다. 지금, 그 모든 것이 끝장나버렸다. 망가지고 부서지고 엉망이 돼버린 것이다. 끝장났다는 말의 동의어를 더 나열할 수도 있지만, 그런다고 달라질 것은 없었다. 그때, 사랑하는 여자한테 버림받는 것보다 더 고통스러운 일이 남아 있다는 생각이 떠올랐다. 그녀와 매일 마주치는 일, 복도에서 매번 맞닥뜨려야 하는 일. 우연히 복도 생각이 난 것은 아니었다. 사무실에서도 아름다웠지만, 그의 생각에 그녀의 관능미는 복도에서 한층 더 뜨겁게 펼쳐졌다. 그렇다, 그의 마음속에서 그녀는 복도의 여인이었다. 그리고 그는 이제 막 깨달았다. 복도 끝에 다다랐으니 이제 되돌아가야 하는 것이다.

반면 집으로 돌아가는 길은 유턴을 할 필요가 전혀 없었다. 샤를은 매일 오가는 도로 위를 달리고 있었다. 지하철이라고 해도 될 만큼 그의 동선은 항상 동일했다. 집 건물 주차장에 차를 세운 다음 그는 담배 한 개비를 더 피웠다. 현관문을 열자 텔레비전 앞에 앉아 있는 아내가 보였다. 로랑스에게도 관능미가 넘쳐나던 날이 하루쯤은 있었다는 것은 그 누구도 짐작하지 못할 것이다. 그녀는 우울증에 걸린 전형적인 부르주아 여성의 모습에 서서히 그러나 확연히 물들어가고 있었다. 이런 이미지를 떠올리면서도 샤를은 이상하리만큼 담담했다. 그는 느릿느릿 걸어가 텔레비전을 껐다. 그의 아내가 그다지 열의는 없는, 한마디 볼멘소리를 했다. 그는 아내 곁으로 다가가 팔을 꽉 잡았다. 그녀는 저항하려 했지만 입에서는 한마디도 나오지 않았다. 사실 그녀는 이런 순간을 꿈꿔왔다. 남편이 자신의 몸을 만져주기를, 마치 없는 사람처럼 자신의 곁을 지나쳐버리지 않기를 꿈꿔왔다. 그간의 결혼생활은 서로의 존재를 지우는 일상의 연속이었다. 아무 말 없이 두 사람은 침실로 향했다. 정돈되어 있던 침대가 갑자기 흐트러졌다. 샤를은 로랑스를 돌려 눕히고 그녀의 팬티를 끌어내렸다. 나탈리에게 거절당한 충격이 아내와 섹스를 하고 싶다는, 아주 거칠게 하고 싶다는 욕망을 불러일으켰다.

30

**샤를이 나탈리의 마음을 얻을 수 없으리라는 것을 깨달은 날 저녁,
1부 리그 경기 결과**

옥세르 : 마르세유   2 : 2

랑스 : 릴   1 : 1

툴루즈 : 소쇼   1 : 0

파리 생제르맹 : 낭트   1 : 1

그르노블 : 르망   3 : 3

생테티엔 : 리옹   0 : 0

모나코 : 니스   0 : 0

렌 : 보르도   0 : 1

낭시 : 캉   1 : 1

로리앙 : 르아브르   2 : 2

31

그날 저녁식사 이후로 그들의 관계는 더이상 예전 같지 않았

다. 샤를은 거리를 두었고, 나탈리도 그런 변화를 분명하게 알아차렸다. 그들이 말을 나누는 경우는 아주 드물었는데, 그나마도 철저히 업무와 연관된 대화였다. 처리 업무가 달라 서로 부딪히는 시간도 거의 없었다. 승진 후 나탈리는 팀을 이끌었고 팀원은 여섯 명이었다.[*] 그녀는 사무실을 옮겼다. 그랬더니 좋은 점이 아주 많았다. 왜 진작 이 생각을 하지 못했을까? 실내 환경을 바꾸는 것으로도 충분히 기분이 바뀌는데 말이다. 아무래도 이사를 고려해봐야 할 것 같았다. 그러나 이내 자신이 그럴 용기를 내지 못하리라는 사실을 깨달았다. 사랑하는 이의 죽음을 겪은 사람은 변화의 필요성을 인식하면서도, 그 죽음이 발휘하는 모순적이고도 절대적인 힘에 의해 과거에 충실하려는 병적인 경향을 보이게 된다. 그래서 그녀는 미래를 향해 나아가려는 노력으로 직장생활에 전념했다. 건물 맨 꼭대기 층에 있는 새 사무실은 하늘에 닿을 것 같았고, 그녀는 공허감에 두려워하지 않아도 된다는 데 만족했다. 이런 게 즐거움이지, 간단해, 그녀는 생각했다.

그 후 이어진 몇 달도 일에 대한 병적인 허기증으로 채워졌다.

---

[*] 새로운 직무를 맡고 나서 그녀는 구두를 세 켤레 샀다.(원주)

그녀는 새로운 업무에 대비해 스웨덴어를 배워볼까 고민하기도
했다. 그녀는 출세욕이 있는 편은 아니었다. 다만 서류에 파묻혀
자신을 잊어버리고 싶을 뿐이었다. 주위 사람들은 끊임없이 그
녀를 걱정하면서 일에 지나치게 몰두하는 것도 우울증의 양상이
라고 생각했다. 누군가 이런 심리학적 이론을 꺼내면 그녀는 몹
시 짜증을 냈다. 복잡할 것 없는 생각을 하지 않기 위해, 공허감
에 빠지지 않기 위해 일에 몰두하고 싶을 뿐이었다. 각자 나름의
투쟁 방식이 있는 법이니, 애매한 심리 이론이나 만들어내지 말
고 자신의 투쟁을 지지해주었으면 싶었다. 그녀는 자기가 그렇
게라도 할 수 있다는 것이 자랑스러웠다. 주말에도 사무실에 나
와 일을 하고, 일거리를 집으로 들고 오기도 하며, 그렇게 시간
을 잊었다. 분명 지쳐 쓰러지는 순간이 올 것 같았지만, 그녀를
앞으로 나아가게 하는 것은, 현재로선, 이 전투적 아드레날린뿐
이었다.

  그녀가 발산하는 에너지에 모두들 놀라워했다. 조금도 빈틈
을 드러내지 않았기에 동료들은 그녀에게 무슨 일이 있었는지
잊기 시작했다. 다른 사람들에게 프랑수아는 하나의 추억이 되
어갔고, 그녀 역시 그를 추억으로 간직할 수 있을 것 같았다. 회
사에서 많은 시간을 보냈기 때문에 그녀는 필요할 때 찾을 수 있

는 요긴한 존재가 되었고, 특히 팀원들에게 그랬다. 최근에 입사한 클로에는 팀원 중에 나이가 가장 어렸다. 그녀는 나탈리에게 고민을 털어놓는 걸 유달리 좋아했는데, 특히 약혼자와의 불화, 그로 인해 생겨나는 끊임없는 불안감이 문제였다. 클로에는 질투심이 너무 강했다. 어리석은 고민임을 알면서도 자신의 감정을 조절하거나 이성적으로 반응할 수 없었던 것이다. 그런데 무언가 기묘한 일이 일어났다. 클로에의 고민, 그 철부지 같은 이야기를 들으며 나탈리가 그동안 잊고 지냈던 세계를 다시 만나게 된 것이다. 청춘의 세계, 함께 행복해질 수 있는 남자를 찾지 못할까 걱정하던 그 시절을. 그 시절에 대한 기억이 클로에의 말속에 각인되어 있다가 재구성되어 살아나고 있었다.

32

영화 〈시작은 키스〉의 시나리오 중에서

장면 32. 바 내부

나탈리와 클로에*가 바 안으로 들어온다. 두 사람이 이곳에 온 것이 처음은 아니다. 클로에가 앞장서고 나탈리가 뒤를 따르고 있다. 두 사람은 창가 구석자리에 자리를 잡는다.

비가 올 것 같은 바깥 풍경.

클로에   (아주 자연스럽게) 잘 지내세요?
나탈리   응, 아주 좋아요.

클로에가 나탈리를 빤히 바라본다.

나탈리   왜 그렇게 처다보는 거예요?
클로에   우리 관계가 좀더 평등해졌으면 좋겠어요. 팀장님 얘기
        를 제게 좀더 털어놓았으면 좋겠다고요. 솔직히, 너무
        제 이야기만 하고 있잖아요.
나탈리   어떤 걸 알고 싶은데요?
클로에   남편분과 사별하신 지 꽤 되었잖아요…… 그런데……
        그런데…… 혹시 거북한 주제인가요?

---

* 감독은 나탈리 역에 마리 질랭을, 클로에 역에 멜라니 베르니에를 염두에 두고
있다.(원주) 결국 나탈리 역은 오드리 토투가, 클로에 역은 멜라니 베르니에가
맡았다.(옮긴이 주)

나탈리는 놀란 표정이다. 죽은 남편 얘기를 이렇게 대놓고 하는 사람은 아무도 없다. 잠시 침묵, 클로에가 다시 입을 연다.

클로에　　사실…… 팀장님은 젊고, 예쁘시잖아요…… 저기 저
　　　　　 남자 좀 보세요. 아까부터 계속 팀장님한테서 눈을 못
　　　　　 떼고 있어요.

　　나탈리가 고개를 돌린다. 그리고 자신을 바라보는 그 남자와
눈이 마주친다.

클로에　　저 사람 괜찮아 보이네요. 전갈자리 같아요. 팀장님은
　　　　　 물고기자리니까, 천생연분이죠.
나탈리　　이제 막 본 사람인데, 벌써 앞일을 예측하는 건가요?
클로에　　점성술을 무시하면 안 돼요. 남자친구와 문제가 있을
　　　　　 때마다 해결의 열쇠가 되더라고요.
나탈리　　그렇다면 할 수 있는 게 아무것도 없잖아요. 남자친구가
　　　　　 별자리를 바꾸지는 못할 테니까.
클로에　　그렇죠. 그 멍청이는 언제나 황소자리인 거죠.

　　나탈리의 표정 없는 얼굴. 컷

나탈리는 그 자리에 있는 것이, 한참 어린 여자와 그런 대화를 나누고 있는 것이 좀 웃기다는 생각이 들었다. 무엇보다 지금 이 순간을 살아간다는 것은 그녀에게 여전히 남의 이야기였다. 이 순간의 일과는 담을 쌓고 살아가는 태도의 항구적인 지속, 고통이란 아마도 그런 것일 것이다. 그녀는 남녀 간의 애정놀음을 강 건너 불구경하듯 보았다. 언제 어디서라도 "나는 여기 없다"라고 생각할 수 있었다. 클로에는 이 순간의 삶이 발산하는 경쾌한 에너지로 나탈리에게 말을 걸면서, 그녀를 붙잡고 나탈리가 "나는 여기 있다"라고 생각하도록 밀어붙이려 애썼다. 클로에는 계속해서 나탈리에게 저쪽에 앉은 남자에 대해 이야기했다. 마침 남자는 남아 있던 맥주를 막 비운 참이었다. 그녀들 쪽으로 오려고 망설이는 게 느껴졌다. 그렇지만 눈빛 교환에서 대화로, 시선에서 말로 옮아가기란 결코 쉬운 일이 아니다. 업무에 치인 긴 하루를 보내고 나면 그는 지금처럼 긴장이 풀리곤 했는데, 그런 이완 상태가 때때로 대담한 행동을 부추길 때가 있다. 피로는 종종 모든 과감함의 온상이 된다. 그는 계속해서 나탈리를 바라보았다. 그런다고 해서 솔직히 그가 잃을 게 무엇인가? 낯선 남자로서의 매력이 조금 떨어지는 것을 제외하고는, 아무것도 없다.

그는 맥줏값을 테이블에 올려놓고 관찰 장소에서 몸을 일으켰다. 그러고는 마침내 결심을 한 것처럼 비칠 수도 있는 한 걸음을 떼어놓았다. 나탈리는 몇 미터 떨어져 있었다. 한 3, 4미터 정도, 그보다 더 멀지는 않았다. 그녀는 이 남자가 와서 말을 걸리라는 사실을 알아차렸다. 곧바로 이상한 생각에 사로잡혔다. 나한테 다가오는 저 남자는 7년 후에 교통사고로 죽을지도 몰라. 그 순간 그녀는 피할 수 없는 혼란에 빠져들었고 마음이 더 약해졌다. 남자가 그녀에게 다가와 말을 걸면 어김없이 프랑수아와의 첫 만남이 떠오를 터였다. 그러나 저 남자는 남편과는 전혀 관계없는 사람이었다. 남자는 저녁의 여유로운 미소, 편안한 세계의 미소를 띠고 다가왔다. 그런데 아무 말 없이 테이블 앞에 서 있기만 했다. 일시 정지. 남자는 작심하고 두 여자가 있는 테이블로 왔지만 어떻게 말을 꺼내야 할지는 전혀 생각하지 않았던 것이다. 그저 감정에 이끌렸던 것일까? 두 여자는 느낌표처럼 뻣뻣이 굳어버린 이 남자를 놀란 표정으로 빤히 쳐다보았다. 마침내 그가 말을 꺼냈다.

"저기…… 제가 한잔 사도 될까요?"

별로 특별할 것 없는 그저 그런 첫마디였다.

클로에가 좋다고 했고, 그는 목적지에 절반은 도착한 것 같은 기분으로 두 여자 옆에 앉았다. 남자가 자리에 앉자 나탈리는 생각했다. 이 사람 바보 아냐? 내 잔이 이렇게나 차 있는 걸 보고도 한잔 내겠다는 소리를 하다니. 그러다가 갑자기 생각을 바꾸었다. 그가 이쪽으로 다가올 때 망설이던 모습이 매력적이었어. 하지만 또다시 반발심이 고개를 들었다. 이렇게 모순된 감정이 갈마들었다. 한마디로 무슨 생각을 해야 할지 알 수가 없었다. 그녀의 행동 하나하나가 상반된 의지를 따르는 것이었다.

  클로에가 대화를 이끌어나갔고, 나탈리를 돋보이게 하는 일화들을 늘어놓으며 그녀의 주가를 높였다. 클로에의 이야기를 듣자면, 나탈리는 세련되고, 명석하고, 유머러스하고, 교양 있고, 활기차고, 정확하고, 너그럽고, 흠잡을 데 없는 여자였다. 이 모든 특성을 이야기하는 데 채 5분도 걸리지 않았다. 그렇다 보니 남자의 머릿속에는 단 한 가지 궁금증이 떠올랐다. "이 여자에게 부족한 게 대체 뭐지?" 다른 생각은 떠오르지 않았다. 클로에가 자신을 서정적으로 포장하는 동안 나탈리는 얼굴 근육을 풀어 신뢰가 가는 미소를 지어 보이려고 애썼다. 그 모습이 이따금 자연스러워 보이기도 했다. 하지만 기력을 동원하다 보니 피로감이 몰려왔다. 잘 보이려고 애쓰는 게 무슨 소용이지? 붙임성 있고 상냥한 성격으로 보이려고 온 힘을 쏟아봤자 무슨 소용이야? 그렇게 해서 얻을 수 있는 게 뭐지? 또 한 번의 데이트? 상대방을 좀더 속속들이 알게 되는 것? 단순하고 경쾌했던 모든 것에 별안간 어두운 그늘이 드리워졌다. 나탈리는 눈앞에서 펼쳐지는 가벼운 대화를 들으며, 연인 혹은 부부의 삶 속에서 돌아가는 무시무시한 톱니바퀴를 감지했다.

그녀는 양해를 구하고 자리에서 일어나 화장실로 갔다. 거울에 비친 자신의 모습을 한참 들여다보았다. 얼굴을 구석구석 찬찬히 뜯어보았다. 그리고 두 뺨에 살짝 물을 묻혔다. 그녀는 스스로 아름답다고 생각했을까? 자신에 대해, 자신의 여성적 매력에 대해 뭔가 판단을 내렸을까? 자리로 돌아가야 했다. 그렇게 서 있는 동안, 꼼짝도 않고 거울 속 자신을 응시하며 상념 속을 떠도는 동안 몇 분이 흘러 있었다. 테이블로 돌아온 그녀는 외투를 챙겨 들었다. 핑계를 둘러댔지만 그럴듯하게 보이려는 노력은 하지 않았다. 클로에가 뭐라고 말을 했는데 나탈리의 귀에는 들리지 않았다. 그녀는 이미 밖으로 나와 있었다. 몇 시간 후, 남자는 잠자리에 들면서 생각했다. 내가 서툴렀던 것일까.

34

나탈리네 팀원들의 별자리

클로에 : 천칭자리

★

장 피에르 : 물고기자리

★

알베르 : 황소자리

★

마르퀴스 : 전갈자리

★

마리 : 처녀자리

★

브누아 : 염소자리

35

다음 날 아침, 나탈리는 재빨리 클로에에게 사과했다. 세세한 이야기는 하지 않았다. 회사에서 그녀는 클로에의 상사였다. 말하자면 힘이 있는 여자였다. 그녀는 지금으로서는 다른 누군 가를 만날 수 없을 것 같다고 간단히 이유를 설명했다. "아쉽네 요." 어린 부하 직원이 숨을 푹 내쉬며 대답했다. 그게 전부였다. 이제 다른 이야기로 넘어가야 했다. 나탈리는 잠시 복도에 서 있 다가 사무실로 돌아왔다. 서류들이 마침내 모습을 드러내고 있 었다. 재미라고는 손톱만큼도 없는 진짜 모습을.

　그녀는 관능의 세계에 결코 완전히 등을 돌리지 못하고 있었 다. 죽고 싶었던 순간조차 진정으로 여자이기를 포기했던 적은 없었다. 프랑수아에 대한 오마주였을 수도 있고, 가끔씩은 화장 만 해도 살아 있는 사람처럼 보인다는 생각 때문이었을 수도 있 다. 프랑수아가 죽은 지도 3년이 흘렀다. 그 3년 동안 인생은 산 산이 부서져 허공에 흩어져버렸다. 그녀는 이제 그만 추억과 이 별하라는 충고를 종종 듣곤 했다. 아마 그것이 과거에서 빠져나 와 현재를 살 수 있는 가장 좋은 방법일 터였다. 그녀는 "추억과 이별하라"는 그 말을 곰곰이 되새겨보았다. 어떻게 하면 추억을 떨칠 수 있을까? 추억이 깃든 물건들 생각을 하면 그 말이 수긍 이 갔다. 그의 손길이 닿았던 물건들이 눈앞에 놓여 있는 게 더 이상 견딜 수 없었기 때문이다. 그렇다 보니 추억거리라고는 사무실 책상 큰 서랍에 넣어둔 사진 한 장 말고는 남아 있는 게 별로 없었다. 그마저도 이제는 효용이 없어 보였고. 그녀는 사진 속 장면이 정말로 있었던 일인지 확인이라도 하려는 듯 종종 사진을 들여다보곤 했다. 서랍 속에는 작은 거울도 하나 있었다. 그녀는 거울을 집어들어 자신의 얼굴을 비춰보았다. 처음 만난 남자가 자신을 바라볼 것 같은 방식으로. 그러고는 몸을 일으켜 서성거리기 시작했다. 사무실 안을 이쪽저쪽으로 왔다 갔다 했다. 두 손을 허리에 올려놓았다. 바닥에 깔린 두꺼운 융단 때문에 뾰족한 구두 굽 소리가 나지 않았다. 융단은 관능성을 완전히 묻어버린다. 대체 누가 융단 같은 걸 직조해낼 생각을 한 것일까?

36

누군가 사무실 문을 노크했다. 손가락 두 개만을 사용한 조심스러운 두드림이었다. 나탈리는 조금 전까지만 해도 세상에 혼자 있다고 믿었던 양, 그 소리에 소스라쳤다. 그녀가 말했다. "들어와요." 그리고 마르퀴스가 들어왔다. 부하 직원 중 하나인 그는 웁살라 출신이었다. 웁살라는 스웨덴에 있는 도시인데, 그리 인기 있는 곳은 아니다. 웁살라* 주민들조차도 거북해하는 일이 있는데, 도시 이름이 실수를 했을 때 내뱉는 말과 비슷하게 들린다는 점이다. 스웨덴은 전 세계에서 자살률이 가장 높다. 한 가지 대안이 프랑스 이민인데, 마르퀴스가 생각해낸 것이 바로 이 방법이었다. 그는 호감 가는 인상은 아니었지만, 그렇다고 못생겼다는 소리를 들을 정도는 아니었다. 옷은 늘 조금 독특하게 입었다. 할아버지 집에서 가져왔는지, 빈민구호단체인 엠마위스에서 얻었는지, 아니면 헌 옷 가게에서 구했는지는 알 수 없었다. 앙상블이라는 측면에서 봐도 통일성이라고는 없는 제멋대로 스타일이었다.

"114호 문건 때문에 의논하러 왔습니다." 그가 말했다.

그 이상한 차림새로도 모자라 그렇게 멍청한 말까지 덧붙여야 했을까? 나탈리는 오늘 아무 일도 하고 싶지 않았다. 이런 기분은 참으로 오랜만이었다. 절망에 빠진 느낌이었다. 말하자면 웁살라로 휴가를 떠날 수도 있을 상태였다. 그녀는 꼼짝 않고 서 있는 마르퀴스를 빤히 쳐다보았다. 그도 경탄의 눈빛으로 그녀를 바라보았다. 그에게 나탈리는 다가갈 수 없는 여성의 전형이었다. 위계서열의 맨 꼭대기, 다른 사람들을 지배하는 위치로 향

---

* 물론, 웁살라에서 태어나면 잉마르 베리만이 될 수도 있다. 베리만의 영화로 미루어 이 도시의 분위기를 상상해볼 수 있다는 뜻.(원주)

해 가려는 환상 속의 여성이었다. 그녀는 작심한 듯 그를 향해 걸어갔다. 천천히, 아주 천천히. 얼마나 느리게 걸음을 떼어놓는지 그동안 소설책 한 권을 거의 읽을 정도였다. 그런데 마르퀴스의 얼굴 바로 앞까지 다가가 코가 맞닿을 지경인데도 그녀는 걸음을 멈출 마음이 없어 보였다. 이 스웨덴 남자는 이제 숨도 쉴 수 없었다. 이 여자가 원하는 게 뭘까? 이런 질문을 머릿속에 굴려볼 시간조차 없었다. 그녀가 그에게 격렬한 키스를 감행한 것이다. 길고도 강렬한, 청춘 시절의 불타오르는 키스였다. 그러더니 그녀가 별안간 뒤로 물러났다.

"114호 문건에 대해서는 나중에 이야기해요."

그녀는 문을 열어 마르퀴스에게 그만 나가달라는 의사를 전했다. 그는 어렵게 문을 나섰다. 그는 달에 착륙한 암스트롱이었다. 조금 전의 키스로 그는 인류를 위해 위대한 한 발을 내디딘 것이었다. 마르퀴스는 사무실 문 앞에서 꼼짝도 않고 그대로 서 있었다. 나탈리, 그녀는 방금 전 일을 이미 까맣게 잊어버렸다. 그것은 그녀 인생의 다른 행위들과는 아무런 연관이 없었다. 그 키스는 그녀의 신경 회로망에서 급작스레 일어난 혼란 상태의 표출일 뿐이었다. 무동기 행위라고나 할까.

37

융단의 발명

누가 처음 융단을 직조했는지 알아내기는 어려울 듯하다. 사전에 따르면 융단이란 그저 '미터 단위로 판매하는 바닥 깔개'다. 융단이라는 존재의 보잘것없음을 증명하는 표현인 것이다.

38

마르퀴스는 시간을 잘 지키는 남자였고, 정확히 7시 15분에 귀가하기를 좋아했다. 다른 남자들이 아내가 선호하는 향수를 알고 있듯, 그는 수도권 급행열차 시간표를 훤히 꿰고 있었다. 그는 매끄럽게 흘러가는 일상이 싫지 않았다. 매일 마주치는 낯선 사람들이 친구로 느껴질 때도 있었다. 그날 저녁, 그는 자신이 오늘 겪은 일을 승객 모두에게 큰 소리로 이야기해주고 싶었다. 나탈리의 입술이 자신의 입술 위에 포개졌노라고! 그는 벌떡 일어나 다음 역에 내려버리고 싶었다. 그렇게 일탈의 느낌을 맛보고 싶었다. 미쳐버리고 싶었다. 그리고 바로 그런 충동이 그가 미치지 않았다는 증거였다.

집으로 걸어가는 중에 스웨덴에서 보낸 유년기의 영상이 그의 뇌리에 스쳤다. 영상은 아주 빠르게 지나가버렸다. 스웨덴에서의 유년기는 스위스에서 보내는 노년기와 닮은꼴이다. 그래도 그는 여자아이들의 뒷모습을 마음껏 바라보기 위해 교실 가장 구석자리에 앉았던 그때를 다시 떠올렸다. 몇 해 동안은 크리스티나, 페르닐라, 요아나, 그 밖에도 이름이 'A'로 끝나는 소녀들의 목덜미를 훔쳐보며 감탄하곤 했다. 이름이 다른 글자로 끝나는 아이들은 생각조차 해보지 않았다. 그때 그 소녀들의 얼굴은 기억나지 않았다. 마르퀴스는 그들을 다시 만나 나탈리가 자신에게 키스했다고 이야기해주는 상상을 해보았다. 그들은 자신의 매력을 알아보지 못했다고 말해주고 싶었다. 아, 삶은 참으로 달콤했다.

집 건물 앞에 도착한 순간 그는 멈칫했다. 우리는 밀려오는 숫자들을 일일이 기억해야 한다. 휴대전화 번호, 인터넷 사이트 로그인 비밀번호, 은행계좌 비밀번호…… 그러다가 그 모든 숫자들이 서로 뒤섞일 때가 분명 있다. 출입문을 열 때 전화번호를 입력하는 사태가 벌어지는 것이다. 마르퀴스는 머릿속이 완벽히 정돈되었기에 자신은 이런 유의 혼선을 겪지 않는다고 자신해왔다. 하지만 그날 저녁, 바로 그런 일이 벌어졌다. 건물 출입문 비밀번호가 도무지 기억나지 않는 것이다. 숫자들을 이것저것 조합해 눌러보았지만 문은 열리지 않았다. 아침까지만 해도 완벽히 외우고 있던 것을 하루도 지나지 않아 어떻게 잊어버릴 수 있지? 정보의 홍수로 인해 불가피하게 건망증이 생겨나는 것일까? 이윽고 같은 건물에 사는 이웃집 남자가 출입문 앞에 버티고 섰다. 지체 없이 문을 열 수도 있었을 테지만, 남자는 명백하게 우위에 있는 순간을 즐기고 싶어 했다. 남자의 눈빛이 "출입문 비밀번호를 기억해야 진짜 남자지"라고 말하는 듯했다. 결국 이웃 남자가 손가락을 움직였고 우쭐대며 말했다. "자, 먼저 들어가시죠." 마르퀴스는 생각했다. '멍청한 자식, 내 머릿속에 있는 걸 너는 모를 테지. 내 머릿속에는 훌륭한 것들이 들어 있어서 쓸모없는 정보들은 지워버리는 거야……' 마르퀴스는 계단을 올라갔고, 이 기분 나쁜 불상사는 곧 잊었다. 그는 여전히 둥둥 떠 있는 느낌이었고, 머릿속으로 키스 장면을 반복 재생하고 있었다. 그 장면은 이미 그의 기억 속에서 한 편의 컬트영화가 되었다. 마침내 그는 집 현관문을 열었다. 그러자 눈앞에 보이는 거실은 그가 발산하는 삶에의 의지에 비해 너무 작아 보였다.

39

마르퀴스의 아파트 현관 출입문 비밀번호

A9624

40

다음 날 아침 그는 아주 일찍 잠에서 깼다. 너무 일찍 깨서 잠들기는 했었는지 확신이 안 설 정도였다. 그는 중요한 약속을 앞둔 사람처럼 조바심치며 날이 밝기를 기다렸다. 오늘은 무슨 일이 일어날까? 나탈리는 어떤 태도를 보여줄까? 그리고 그는, 그는 무엇을 해야만 할까? 예쁜 여자가 무턱대고 키스해올 때는 어떻게 대응해야 하는 걸까? 여러 가지 의문이 그를 공격해왔는데, 그건 결코 좋은 징조가 아니었다. 그는 조용히 심호흡을 해야 했다. (…) 또 한 번, (…) 자, 그렇지, (…) 좋았어, (…) 그리고 생각했다. 오늘도 여느 날과 다를 바 없어.

마르퀴스는 책 읽기를 좋아했다. 나탈리와 공통된 부분이었다. 그는 매일 수도권 급행열차를 타고 출퇴근하면서 독서에 대한 열정을 채워갔다. 최근에 책을 많이 사들인 터라 오늘처럼 중대한 날 읽을 책을 골라야 했다. 그가 무척 좋아하는 러시아 작가의 작품도 있었다. 이유는 알 수 없지만 분명 톨스토이나 도스토옙스키보다 많이 읽히는 작가는 아니었다. 하지만 그의 작품은 너무 방대했다. 그는 여기저기 내키는 대로 펼쳐 읽을 책을 원했다. 어차피 집중해서 읽을 수 없을 테니까. 그래서 시오랑의 『독설의 팡세』를 들고 가기로 결정했다.

회사에 도착해서는 되도록 커피 자판기 옆에 붙어 있으려고 애썼다. 그런 행동이 자연스러워 보이도록 커피도 여러 잔 마셨다. 그렇게 한 시간쯤 지나자 자신이 다소 과하게 흥분한 상태임을 자각하기 시작했다. 몇 잔의 블랙커피와 하얗게 지새운 밤, 결코 좋은 조합이 아니었다. 그는 화장실로 가 거무죽죽하게 시들어 있는 자신의 얼굴을 보았다. 그리고 다시 사무실로 돌아왔다. 오늘 일정에 나탈리와의 회의는 없었다. 아무래도 그냥 보러 가야 하려나? 114호 문건을 구실로 삼아서? 그런데 114호 문건에 대해서는 이야기할 거리가 전혀 없었다. 멍청이 꼴 나기 십상이었다. 그렇다고 이렇게 머뭇거리다 지쳐 시들어버릴 수는 없었다. 그런데, 키스를 감행한 사람은 그녀였으니 그녀 편에서 그를 찾아와야 맞지 않나? 그 누구도 아무런 설명 없이 그런 식으로 행동해서는 안 되는 것이다. 뭔가를 훔쳐 달아나는 것과 마찬가지 행동이니까. 바로 그랬다. 그녀는 그의 입술을 훔쳐 달아나 버린 것이다. 하지만 그녀가 그를 보러 오지는 않을 터였다. 혹시 그 순간을 이미 잊은 걸까? 그녀에게는 그저 무동기 행위에 불과했던 걸까? 그의 직관은 정확했다. 그럴 수도 있겠다고 생각하자 자신이 처해 있는 상황이 너무나도 부당하게 여겨졌다. 어떻게 키스가 무동기의 행위가 될 수 있단 말인가? 그에게는 엄청난 의미를 지니는데. 그렇다, 그에게는 값을 매길 수 없는 의미였다. 그녀와의 키스가 거기, 그의 내부 곳곳에 있었다. 온몸에서 행진하고 있었다.

41

구스타프 클림트의 그림 〈키스〉 작품 해설 중에서

클림트의 작품 대부분은 다양한 해석이 가능하다. 그러나 그의 앞선 작품 〈베토벤 프리즈〉와 〈스토클레 프리즈〉에서 '포옹하는 연인'이라는 테마가 드러난다는 점을 볼 때, 〈키스〉는 인간 행복 추구의 궁극적 완성이라 할 수 있다.

42

마르퀴스는 정신을 집중할 수가 없었다. 그녀의 해명을 듣고 싶었다. 그러려면 한 가지 방법밖에 없었다. 우연을 가장해서라도 그녀와 만나는 것. 필요하다면 하루 종일이라도 나탈리의 사무실 앞을 왔다 갔다 해야 할 터였다. 그러다 보면 그녀가 사무실 밖으로 나오는 순간이 분명 있을 것이고, 바로 그때…… 순전히 우연의 일치로, 그가 그녀의 사무실 앞을 지나가는 것이다. 이렇게 아침나절을 다 흘려보내고 나자 그는 땀에 흠뻑 젖어 있었다. 퍼뜩 생각이 들었다. "지금 이런 꼴로는 곤란해!" 만약 그녀가 지금 사무실 밖으로 나온다면, 하는 일 없이 복도에서 왔다 갔다 시간을 죽이며 땀방울을 뚝뚝 흘리는 남자와 마주치게 될 터였다. 그렇게 되면 그는 이유 없이 어슬렁거리기나 하는 사람으로 찍힐 터였다.

점심을 먹고 나자 아침에 했던 생각들이 다시 힘차게 고개를 들었다. 그의 전략은 훌륭했다. 계속해서 복도를 서성일 필요가 있었다. 그것이 유일한 해결책이었다. 어딘가 향하는 것처럼 걷기란 어려운 일이다. 정확한 행동으로 집중하고 있는 듯 보여야 했다. 가장 힘든 일은 짐짓 서두르는 척 움직이는 것이었다. 오후 끝 무렵이 되자 그는 지쳐버렸고, 바로 그때 클로에와 마주쳤다. 클로에가 그에게 물었다.

"괜찮아? 좀 이상해 보여……"

"응, 괜찮아. 다리 근육 좀 푸느라고. 그러면 생각이 잘 돌아가거든."

"아직도 114호 문건 붙잡고 있어?"

"응."

"잘되어가?"

"응, 그래, 뭐 대충."

"난 108호 때문에 골치가 아파. 나탈리 팀장님하고 상의 좀 해보려고 했는데, 오늘 안 계시네."

"그래? 팀장님이…… 안 계셔?"

"응…… 지방 출장 가신 것 같아. 난 그만 가볼게. 골칫거리를 해결해봐야지."

마르퀴스는 아무런 말도 못 하고 그대로 굳어 있었다.

오늘 왔다 갔다 한 거리를 합한다면 그 역시 너끈히 지방에 갈 수 있었다.

43

마르퀴스가 수도권 급행열차에서 읽은 시오랑의 아포리즘 세 문장

사랑의 기술이란?
뱀파이어 같은 기질에 아네모네 꽃의 신중함을
결합할 줄 아는 것이다.

★

욕망의 내부에서는 수도사와 푸주한이 싸운다.

★

생물의 정자는 순수 상태의 날강도이다.

44

다음 날, 마르퀴스는 180도 달라진 정신 상태로 출근했다. 그
는 자신이 무엇 때문에 그처럼 정신 나간 행동을 했는지 이해할
수 없었다. 어떻게 그런 식으로 복도를 서성일 생각을 할 수 있
나. 키스 때문에 머릿속이 온통 뒤죽박죽인 채였다. 최근 그의
애정생활이 유난히 잠잠했다는 사실을 염두에 두더라도, 그렇게

유치한 행동을 할 만한 근거가 될 수는 없었다. 냉정을 유지했어야 했다. 나탈리의 해명을 듣고 싶은 마음은 여전했지만 우연인 척 그녀와 마주치려는 시도는 더이상 하지 않을 생각이었다. 그냥 들어가서 만날 것이었다.

그는 사무실 문을 힘차게 노크했다. "들어와요." 그녀가 대답했고, 그는 머뭇거림 없이 안으로 들어갔다. 그런데 곧바로 더 큰 문제에 부딪히고 말았다. 그녀가 머리 모양을 바꾼 것이다. 마르퀴스는 머리에 아주 예민한 남자였다. 이건 전혀 예상치 못한 모습이었다. 나탈리의 머리카락은 윤기가 흘러넘쳤다. 놀랍도록 아름다웠다. 평소대로 머리를 질끈 묶고 있기만 했어도 모든 일은 훨씬 간단했을 것이다. 하지만 머리카락은 이렇듯 그의 눈앞에 나타났고, 그는 할 말을 잃어버렸다.

"그래요, 마르퀴스, 무슨 일이죠?"

그는 의식 활동을 중단했다. 그리고 마침내 입을 열어 머릿속에 가장 먼저 떠오른 말을 내뱉었다.

"머리 모양이 아주 예쁘네요."

"고마워요."

"정말로, 굉장히 사랑스러워요."

나탈리는 그의 아침 고백에 놀랐다. 웃어야 할지 불편해해야 할지 판단이 서지 않았다.

"그래요. 그리고 또 뭐죠?"

"……"

"머리 모양 얘기를 하려고 나를 찾아오지는 않았을 텐데?"

"아니죠…… 아니에요……"

"그럼 무슨 일로? 말해봐요."

"……"

"마르퀴스, 내 말 듣고 있어요?"

"예……"

"얘기해요."

"팀장님께서 왜 저에게 키스했는지 알고 싶어요."

그날의 키스가 그녀의 기억 전면에 떠올랐다. 어떻게 그 일을 잊을 수 있을까? 머릿속에서 매 순간이 재구성되자 그녀는 불쾌한 표정을 감출 수 없었다. 미쳤던 걸까? 지난 3년 동안 그녀는 어떤 남자도 가까이하지 않았고, 단연코 누군가에게 관심을 가질 생각조차 해본 적이 없었다. 그랬던 그녀가 볼 것도 없는 이 부하 직원에게 키스를 한 것이다. 그는 대답을 기다리고 있었고, 충분히 이해할 수 있는 행동이었다. 시간이 흘러갔다. 대답을 해야 했다.

"나도 모르겠어요." 나탈리가 한숨을 내쉬며 말했다.

마르퀴스는 인정이든 거부든 대답을 듣고 싶었다. 이런 어정쩡한 반응을 기대한 것은 분명 아니었다.

"모르신다고요?"

"그래요, 모르겠어요."

"저를 이렇게 내버려두실 건가요? 해명을 해주셔야죠."

해줄 수 있는 말이 아무것도 없었다.

현대미술을 감상할 때처럼.

45

카지미르 말레비치*의 어느 그림 제목

⟨흰 바탕에 흰 사각형⟩(1918)

---

* 추상예술의 개척자라 일컫는 러시아 화가.

46

나탈리는 곰곰이 생각했다. 왜 키스를 했을까? 굳이 말을 하자면 이렇다. 사람은 자기 내부의 생체 시계를 통제하지 못한다. 나탈리의 경우에는 슬픔의 시계가 작동하고 있었다. 처음에는 죽고 싶어 했고, 그러다 숨을 쉬어보려 했고, 노력 끝에 숨을 쉬게 되었고, 이어서 음식을 먹을 수 있게 되었다. 다시 출근도 하고, 웃고, 강해지고, 사람들과 어울리며 여성으로서의 매력을 되찾는 데에도 성공했다. 이 불안정한 재건 에너지를 연료 삼아 시간은 흘러갔다. 그녀가 도망치듯 바를 나왔던 날까지는 그랬다. 거기서 그녀는 자신을 유혹하려는 수작을 견디지 못하고 달아나고 말았다. 그리고 이제 더이상 남자에게 흥미를 느끼지 못할 거라고 생각했다. 그런데 다음 날 그녀는 융단이 깔린 사무실을 서성거렸다. 그러다가, 말하자면 불안정함을 방패 삼아 어떤 충동이 슬쩍 고개를 들었다고나 할까, 자신의 육체가 욕망의 대상으로 느껴졌다. 몸의 굴곡과 허리도. 뾰족한 구두 굽 소리가 나지 않는 게 아쉽기까지 했다. 이 모든 충동이 급작스럽게 일더니, 예고도 없이 어떤 느낌, 빛나는 힘이 탄생했다.

그리고 바로 그때 마르퀴스가 그녀의 사무실로 들어왔다.

다른 할 말은 아무것도 없었다. 우리의 신체 시계는 논리적이지 않다. 실연의 상처와 똑같다. 언제 회복될지 알 수 없는 것이다. 가장 고통스러운 순간에는 그 상처가 영원히 아물지 않을 거라 생각한다. 그러다 어느 날 아침, 그 엄청난 무게가 더이상 느껴지지 않는 것에 놀란다. 고통이 사라지고 없음을 확인하는 것은 얼마나 놀라운 일인지. 왜 바로 그날 그런 느낌이 드는 걸까? 어째서 더 늦게, 혹은 더 일찍 느끼지 못한 걸까? 그것은 우리 몸이 독단적으로 결정하는 부분이다. 마르퀴스는 그 충동적인 키스에 대해 구체적인 설명을 기대하지 말아야 했다. 적절한 순간에 그가 나타난 것뿐이다. 많은 이야기들이 '적절한 순간'이라는 단순한 문제로 요약되곤 한다. 살면서 수많은 실패를 경험한 그였건만, 이제 마르퀴스는 아주 적절한 순간에 한 여자의 눈에 띄는 능력을 계발한 것이었다.

나탈리는 마르퀴스의 눈빛에서 고뇌를 읽었다. 마지막 대화를 뒤로하고 마르퀴스는 천천히 사무실을 나섰다. 소리 하나 내지 않았다. 800페이지짜리 소설 속의 세미콜론 하나처럼, 있는 듯 없는 듯 그렇게 물러갔다. 그녀는 그를 그 상태로 내버려둘 수가 없었다. 자신이 그런 식으로 반응을 한 것이 몹시 마음에 걸렸다. 더구나 그는 친절하고 누구에게나 예의 바른 동료였다. 그런 그에게 상처를 주었을 수도 있다는 생각에 마음이 더욱 불편해졌다. 그래서 그를 다시 자신의 사무실로 불렀다. 그는 114호 문건을 집어 옆구리에 끼웠다. 업무 때문에 자신을 다시 불렀을 경우에 대비해서였다. 하지만 그의 신경은 114호 문건에 가 있지 않았다. 가다가 화장실에 들러 얼굴에 물을 조금 묻혔다. 그러고는 그녀가 뭐라고 할지 궁금해하며 사무실 문을 열었다.

"와줘서 고마워요."

"별말씀을요."

"사과하고 싶어서요. 아까는 어떻게 대답해야 좋을지 몰랐어요. 그리고 솔직히 말하자면 지금도 잘 모르겠어요……"

"……"

"그때 나를 사로잡은 것이 무엇인지 모르겠어요. 분명 어떤 육체적인 충동인 것 같은데…… 하지만 우리는 함께 일하는 동료고, 그러니 그 일은 정말로 부적절했다고 인정할 수밖에 없겠네요."

"미국인처럼 말씀하시네요. 그런 말투는 절대 좋은 징조가 아닌데."

그녀는 웃음을 터뜨렸다. 이 얼마나 엉뚱한 대답인가. 두 사람이 업무 아닌 다른 일로 이야기를 나눈 것은 그때가 처음이었다. 그녀는 그의 진짜 성격을 나타내는 지표를 하나 찾아낼 수 있었다. 그녀는 말을 이어가야 했다.

"나는 당신을 포함해 여섯 명으로 구성된 한 팀의 책임자로서 말하는 거예요. 내가 꿈속을 헤매고 있을 때 당신이 이 방에 들어왔고, 그 순간 나는 현실의 끈을 놓쳤던 거죠."

"하지만 그 순간은 제 인생에서 가장 생생한 현실이었는걸요." 마르퀴스가 지체없이 대꾸했다. 그의 마음에서 우러나온 말이었다.

일이 간단하지 않겠네, 나탈리는 생각했다. 대화를 끝내는 편이 나을 듯했다. 그래서 나탈리는 서둘러, 다소 냉담하게 말을 마쳤다. 마르퀴스는 상황을 이해하지 못한 것 같았다. 몸이 굳어버린 듯 그녀의 사무실에 그대로 머물러 있었다. 발길을 돌릴 힘을 내보려 했지만 허사였다. 사실 그녀가 10분 전 그를 불렀을 때만 해도 그는 그녀가 자신에게 또다시 키스하고 싶어 할지도 모른다고 생각했다. 그는 망상에 빠져 허우적거리고 있었고, 그리고 지금 막 최종적으로 깨닫게 되었다. 두 사람 사이에는 결코 아무 일도 일어나지 않을 거라는 사실을. 그는 그 망상을 믿을 만큼 흥분한 상태였다. 그녀가 정말 아무렇지도 않게 그에게 키스를 했었으니까. 이 상황을 받아들이기가 어려웠다. 잠시 행복을 주었다가 곧장 다시 빼앗아가는 것이나 마찬가지였다. 나탈리의 입술 감촉을 전혀 몰랐던 때가 그리웠다. 그 순간을 전혀 몰랐던 때가 그리웠다. 그 몇 초의 순간에서 벗어나자면 몇 달은 걸릴 것임을 예감했기 때문에.

마르퀴스는 문 쪽으로 걸음을 옮겼다. 나탈리는 그의 눈에 눈물이 맺힌 것을 알아차리고 깜짝 놀랐다. 아직 흘러내리지는 않았지만, 복도로 나가자마자 주르륵 떨어질 것 같았다. 그는 눈물을 참고 싶었다. 무엇보다 나탈리 앞에서는 울고 싶지 않았다. 바보 같아 보일 테니. 그러나 이제 뺨을 타고 흘러내리려 하는 그 눈물은 그 자신조차 예상하지 못한 것이었다.

그가 여자 앞에서 눈물을 보인 것은 이번이 세번째였다.

47

어느 폴란드 철학자의 잠언

어려운 순간에 만나는 좋은 사람들이 있다.
그리고 적절한 순간에 만났기 때문에 좋은 사람들이 있다.

48

눈물을 통해 본 마르퀴스의 애정 소사小史

우선 여기서는 유아기에 흘린 눈물과 엄마나 초등학교 담임선생님 앞에서 흘린 눈물은 따로 떼어놓기로 하자. 마르퀴스가 애정 문제로 흘린 눈물만을 언급하기로 한다. 이런 기준에 비추어 볼 때, 그는 나탈리 앞에서 참아보려 애썼던 그 눈물 이전에 이미 두 번 눈물을 흘린 적이 있다.

첫번째 눈물은 그가 스웨덴에 살던 시절로 거슬러 올라가는데, 브리지트라는 달콤한 이름의 소녀와 얽힌 일이었다. 그다지 스웨덴식 이름 같지는 않지만, 뭐 어쨌거나 브리지트 바르도가 국경을 초월하는 인기를 누렸으니까. 평생 이 전설적 여배우에 대한 환상에 빠져 있던 브리지트의 아버지는 자신의 딸에게 브리지트보다 더 좋은 이름은 없다고 생각했다. 자신의 에로틱한 몽상을 기리며 딸에게 그런 이름을 지어주는 일의 심리학적 위험성에 대해서는 생략하기로 하자. 브리지트의 가족사는 우리가 상관할 문제가 아니지 않은가.

브리지트는 매사가 명확한, 아주 흥미로운 여성의 범주에 속해 있었다. 그녀는 어떤 주제에 대해서든 조금이라도 불확실한 의견은 드러내지 않았다. 자신의 아름다움에 대해서도 마찬가지였다. 매일 아침 그녀는 자신의 얼굴에 긍지를 느끼며 잠자리에서 일어났다. 자신의 미모에 확고한 믿음이 있었던 그녀는 늘 첫째 줄에 앉았는데, 이따금 탁월한 매력을 과시하며 남자 교사들의 마음을 뒤흔들어놓으려면 지정학적 문제가 선결되어야 했기 때문이다. 그녀가 어느 장소에 들어서면 남자들은 그 즉시 그녀를 열망했고, 여자들은 본능적으로 그녀를 싫어했다. 그녀는 모든 성적 환상의 대상이었고, 그런 점이 결국 그녀의 신경을 건드렸다. 그런 열기를 가라앉히기 위해 그녀는 기가 막힌 방법을 생각해냈는데, 바로 제일 볼품없는 남학생과 사귀는 것이었다. 그러면 남학생들은 경악할 것이고, 여학생들은 마음을 놓을 터였다. 그렇게 해서 간택 받은 행운아가 바로 마르퀴스였다. 세상의 중심인 그녀가 어째서 별안간 자신에게 관심을 보이는지 그 자신도 이해할 수 없었다. 마치 미국이 리히텐슈타인 같은 극소국가를 오찬회에 초청하는 것이나 마찬가지 일이었다. 그녀는 그에게 찬사를 늘어놓더니 그를 자주 지켜봤다고 고백했다.

"무슨 수로 나를 지켜봤다는 거야? 나는 늘 교실 구석 자리에 앉는데. 너는 언제나 첫째 줄에 앉잖아."

"내 목덜미가 나에게 다 말해줘. 나는 목에도 눈이 있거든."

이 대화로 그들 사이에 화합이 이루어졌다.

이 화합으로 그들은 많은 이야기를 나누었다. 저녁마다 두 사람은 다른 학생들의 어리둥절한 눈길을 받으며 함께 교문을 나서곤 했다. 그 시절 마르퀴스는 아직 자신이 어떤 사람인지 예리하게 파악하지 못했다. 외모가 호감형이 아니라는 사실은 알고 있었지만, 그렇다고 자신이 예쁜 여자와 함께 있는 게 초자연적인 현상이라고 생각지는 않았다. 그는 항상 이런 말을 들어왔다. "여자는 남자와 달리 눈에 보이는 것에 무게를 두지 않는다. 여자들에게 신체 조건은 그리 중요치 않다. 가장 필요한 것은 교양과 유머다." 그래서 그는 공부를 열심히 했고, 재치를 발휘하려고 노력했다. 인정하건대 그의 노력은 어느 정도 성공을 거뒀다. 얼굴에 숭숭한 모공이 매력적이라는 미명을 얻게 된 것도 그 덕이었다.

그러나 그 매력은 성적인 문제가 대두되면서 깨지고 말았다. 브리지트는 분명 상당히 노력을 했다. 하지만 그가 그녀의 환상적인 가슴을 만지려고 했던 날, 그녀는 자신의 손을 통제할 수 없었고, 그녀의 다섯 손가락은 마르퀴스의 놀란 뺨 위에 다다르고 말았다. 그는 몸을 돌려 거울을 들여다보았고, 넋이 나간 채 하얀 피부에 생긴 붉은 자국을 발견해냈다. 이 붉은빛을 그는 영원히 기억하게 될 것이고, 또한 그 색깔을 거절이라는 관념과 연관 짓게 될 터였다. 브리지트는 자기도 모르게 충동적으로 그랬다며 사과하려고 했지만, 마르퀴스는 그녀의 말 속에 숨은 의미를 알아챘다. 그것은 동물적이고 본능적인 무엇이었다. 그녀는 그에게 싫증을 느끼고 있었던 것이다. 그는 그녀를 바라보았고, 울음을 터뜨렸다. 그들의 육체는 나름의 방식으로 자신을 표현하고 있었다.

이것이 마르퀴스가 여자 앞에서 보인 첫번째 눈물이었다.

그는 스웨덴 대학 입학 자격 시험을 치렀고, 프랑스에서 살기로 결심했다. 여자들이 브리지트 같지 않은 나라에서. 애정생활의 첫번째 단계에서 상처를 입은 그는 방어 감각을 계발해냈다. 관능의 세계와는 평행 궤도를 그리며 살아가려던 것일지도 몰랐다. 그는 고통받는 것, 그 자신도 납득할 만한 이유로 거절당하는 것이 두려웠다. 그는 연약했다. 그 연약함이 여자를 얼마나 감동시킬 수 있는지는 몰랐다. 도시의 고독 속에서 3년을 보내며 사랑을 찾다가 절망을 맛본 그는 '스피드 데이트'에 참가해보겠다고 결심했다. 그렇게 해서 그는 여자들을 만나러 갔다. 7명의 여자들과 각각 7분 동안 대화를 나누는 방식으로 진행되었는데,

7분이란 마르퀴스 같은 남자에게는 너무나 짧은 시간이었다. 그는 한 명의 이성 표본을 설득해서 자기 인생의 좁다란 길을 따라 오게 하려면 적어도 한 세기는 필요하다고 믿는 남자였으니까. 그런데 뭔가 이상한 일이 벌어졌다. 첫번째 만남부터 상대방과 서로 통한다는 느낌을 받은 것이다. 그 여자의 이름은 알리스*였고, 약국**에 근무했는데, 거기서 그녀는 가끔 뷰티 클래스***를 연다고 했다. 사실대로 말하자면 상황은 아주 단순했다. 두 사람 모두 그 자리가 상당히 불편했고, 그런 점에서 서로 통하다 보니 긴장을 풀 수 있었던 것이다. 따라서 그들의 첫 만남은 지극히 자연스러웠고, 각자 몇 명의 이성과 이야기를 나눈 후에 둘이 다시 만나 7분의 시간을 이어갔다. 그 7분은 며칠, 몇 달로 이어졌다.

그러나 그들의 이야기는 1년을 넘지 못했다. 마르퀴스는 알리스를 아주 좋아했지만 사랑하지는 않았다. 무엇보다 그녀를 봐

---

* 이름이 알리스인 여자가 남자를 만나기 위해 그런 유의 저녁 모임에 참석한다는 것은 이상한 일이다. 일반적으로 이름이 알리스인 여자들은 남자들을 쉽게 만날 수 있으니 말이다.(원주)

** 이름이 알리스인 여자가 약국에서 일한다는 것은 이상한 일이다. 일반적으로 이름이 알리스인 여자들은 서점이나 여행사에 근무한다.(원주)

*** 이쯤 되면 다음과 같은 의문이 생긴다. 이 여자 이름이 정말 알리스가 맞나?(원주)

도 성적 욕망이 충분히 일지 않았다. 잔인한 방정식이었다. 이번에는 좋은 상대를 만났는데도 사랑에 빠지지 못하는 것이다. 우리는 미완성이라는 영원한 형벌을 짊어진 것일까? 그녀와 사귀는 동안 그는 두 사람이 함께하는 삶을 경험했고 이를 통해 성장했다. 자신이 가진 힘, 사랑받는 능력에 눈을 떴다. 그렇다, 알리스는 그에게 완전히 빠져 있었던 것이다. 어머니에게 말고는 (지금까지도) 사랑을 받아본 적이 없었기에 그는 혼란스럽기까지 했다. 마르퀴스에게는 마음을 움직이는 감미로운 매력과 안정감을 주는 능력, 그리고 연민을 불러일으키는 나약함이 공존했다. 그리고 이 나약함 때문에 그는 그 불가피한 일, 알리스와의 결별을 주저했다. 그러나 어느 날 아침 그는 알리스에게 이별을 통보했다. 그녀의 고통이 그에게 유난히 가혹한 상처를 남겼다. 그자신의 상처보다 더 아팠다. 그는 울지 않을 수 없었다. 하지만 이것이 올바른 결정임을 알고 있었다. 그는 두 사람의 마음에 더큰 구멍이 파이는 것보다 고독을 선택했다.

이렇게 해서 그는 두번째로 여자 앞에서 울었다.

거의 2년이 다 되도록 그의 삶에는 아무 일도 일어나지 않았다. 알리스가 그리워질 때도 있었다. 특히 스피드 데이트를 또다시 할 때면 더욱 그랬다. 어떤 여자들은 그에게 말을 건네려고도 하지 않았는데, 그럴 때는 모욕감까지는 아니더라도 대단히 실망스러웠다. 그래서 그는 더이상 그런 만남의 자리에 나가지 않기로 했다. 두 사람이 함께하는 삶에 대한 생각을 간단히 접어버린 것일까? 그런 삶에 더이상 흥미를 느끼지 못하게 된 것일 수도 있었다. 어쨌거나 독신자는 수없이 많았으니까. 그도 여자 없이 잘 살아갈 수 있을 터였다. 하지만 그가 이 말을 스스로에게 했던 것은 자신을 안심시키기 위해서, 이런 상황에 처한 자신이 얼마나 불행한지 생각하지 않기 위해서였다. 그는 여성의 몸을 간절히 원했다. 하지만 그 모든 것은 분명 자신에게 허락되지 않을 거라고, 자신은 이제 아름다움을 향한 비자를 결코 얻지 못할 거라고 괴로운 심정으로 중얼거리곤 했다.

그러다가 난데없이 나탈리가 그에게 키스를 한 것이다. 그의 상관이자 그의 머릿속 환상의 명백한 원천인 그녀가. 그런데 그녀는 마치 아무 일도 없었다는 듯, 의도치 않았던 일이라고 해명했다. 그러니 그런가 보다 하는 수밖에. 그리 심각한 일은 아니었다. 하지만 그는 눈물을 보였다. 그렇다, 그의 두 눈에서 눈물방울이 흘러내렸고, 그는 몹시 당혹스러웠다. '예상치 못한' 눈물이었던 것이다. 그가 이렇게 쉽게 상처받는 남자였던가? 아니,

그건 아니었다. 이보다 훨씬 더 힘든 상황도 견뎌낸 그였다. 단지 그녀와의 키스에 유난히 마음이 흔들렸던 것이다. 나탈리가 분명 아름다운 여자이기 때문인 점도 있지만, 그녀가 보여준 미칠 듯 뜨거운 몸짓 때문이기도 했다. 이제까지 어느 누구도 그런 식으로, 그의 입술에 예정 없는 키스를 한 적은 없었다. 바로 이 마법과도 같은 키스가 그의 마음을 흔들어 눈물까지 흘리게 만든 것이었다. 지금 이 상황에서는 쓰디쓴 실망의 눈물이지만.

49

금요일 저녁 퇴근하면서 그는 주말 동안 도피하듯 숨을 수 있어서 기뻤다. 그는 이번 토요일과 일요일을 두터운 이불 두 채처럼 활용할 생각이었다. 아무 일도 하고 싶지 않았다. 책을 펼쳐 읽을 용기조차 나지 않았다. 그래서 텔레비전 앞에 자리를 잡았다. 그리고 특별한 장면을 지켜보게 되었다. 프랑스 사회당 당수를 선출하는 중이었다. 2차 투표에서 두 여성 후보, 마르틴 오브리와 세골렌 루아얄이 맞대결을 벌였다. 이제까지 그는 프랑스 국내 정치에 진지하게 관심을 기울인 적이 없었다. 그런데 화면으로 지켜보는 그 광경은 흥미진진했다. 흥미진진함 이상으로 그의 상상력을 자극하게 될 사건이었다.

  금요일에서 토요일로 넘어가는 밤에 결과가 드러나기 시작했다. 그러나 어느 한쪽이 이겼노라고 장담할 수 없는 상태였다. 새벽녘이 되어서야 마침내 불과 42표 차로 마르틴 오브리의 당선이 확정되었다. 마르퀴스는 그처럼 근소한 표차에 어안이 벙벙했다. 세골렌 루아얄의 지지자들은 부정행위가 있었다고 목소리를 높였다. "우리는 도둑맞은 승리에 대해 좌시하지 않을 것이다!" 멋진 구호네, 마르퀴스는 생각했다. 패배한 후보는 투쟁을 계속하며 득표수에 이의를 제기했다. 토요일 뉴스에서 선거 부정행위와 개표 오류가 거론되며 낙선자 쪽의 주장에 힘을 실어주는 듯한 보도가 나왔다는 점을 언급할 필요가 있다. 표차가 점점 더 줄어들고 있었다. 이 광경에 완전히 몰입한 채 마르퀴스는 마르틴 오브리의 당선 성명을 들었다. 그녀는 자신이 사회당의 신임 당수라고 발표했다. 그러나 일은 그리 간단하게 풀리지 않았다. 그날 저녁 세골렌 루아얄은 텔레비전 뉴스에 출연해 자신이 신임 당수로 취임할 것이라고 말했다. 두 사람 모두 자기가 승리자라고 주장하는 것이다! 마르퀴스는 두 여성의 결연한 태도에 매료당했다. 특히 후자의 결의에 흠뻑 반했다. 그녀는 패배를 했음에도, 초자연적이라고 말할 수는 없더라도 어쨌든 극도의 의지를 발휘해 투쟁을 계속하고 있었다. 그는 그 두 정치적 야수에게서 자신과 정반대되는 정력적인 모습을 보았다. 그리고 바로 그 토요일 밤, 사회당원들의 희비극적 전투에 휩쓸린 그날 밤, 그는 한번 싸워보기로 마음먹었다. 나탈리와의 관계를 이대로 미지근하게 끝내지 않겠다고 결심한 것이다. 비록 그녀가 다 끝난 일이라고, 앞으로 뭔가 있으리라는 기대는 아예 접으라고 말했을지라도, 그 가능성을 계속 이어나가겠다는 것이다. 아무리 비싼 대가를 치르더라도 그는 그녀의 인생에서 당수 자리를 차지할 각오였다.

첫번째 결심은 간단했다. 상호 평등 원칙에 따라 받은 대로 돌려주는 것이었다. 그녀가 그의 의견을 물어보지도 않고 그에게 키스한 이상, 자신도 똑같이 하지 못할 이유가 없다고 생각했다. 월요일 아침 일찍 그녀에게 가서 자기 입술을 거슬러줄 작정이었다. 그러자면 그녀에게로 가는 걸음걸이가 단호해야 할 것이고(이 점이 이 계획에서 가장 어려운 부분이었다. 그는 단호하게 걷는 데는 별로 재능이 없었다), 남자답게 그녀를 끌어안아야 할 터였다(이 계획의 또 다른 난관이었다. 그는 무슨 일이건 조금이나마 남자답게 해내는 재주가 별로 없었다). 달리 말해 이번 공격 작전은 힘든 과정이 될 것이었다. 그러나 예행연습을 할 수 있는 일요일 하루가 아직 남아 있었다. 사회당원들에게는 긴 하루가 될 일요일이.

50

세골렌 루아얄이 42표 차로 앞서고 있을 때 던진 말

마르틴, 당신은 만족을 모르는 사람이에요.
내 승리를 인정하고 싶지 않은 거죠.

51

마르퀴스는 나탈리의 사무실 문 앞에 와 있었다. 이제 행동으로 옮길 때가 되자 손가락 하나 까닥할 수 없을 만큼 몸이 얼어 버리고 말았다. 같은 팀 동료인 브누아가 다가왔다.

"어이, 뭐하는 거야?"

"어…… 나탈리 팀장과 미팅이 있어."

"문 앞에서 꼼짝도 않고 서서 팀장과 만날 생각이라는 거야?"

"아니야…… 약속은 10시인데…… 지금 9시 59분이니까……
알잖아, 난 약속 시간보다 일찍 들어가는 거 안 좋아해……"

브누아는 1992년 4월 어느 날 교외의 한 극장에서 사뮈엘 베케트의 연극을 보았을 때와 똑같은 기분으로 자리를 떠났다.

이제 마르퀴스는 행동에 나서야만 했다. 그는 나탈리의 사무실로 들어갔다. 그녀는 어떤 서류를 들여다보고 있다가(혹시 114호 문건?) 곧바로 고개를 들었다. 그가 단호한 걸음걸이로 그녀를 향해 다가갔다. 하지만 쉬운 일은 하나도 없었다. 나탈리와 가까워질수록 그는 걸음을 늦춰야 했다. 심장이 점점 더 세차게 두방망이질 쳐서 그야말로 북소리 우렁찬 노동조합 합주단 같았다. 나탈리는 무슨 일이 벌어지려는 것인지 생각해보았다. 사실대로 말하자면 막연하게 두려움을 느꼈다. 하지만 그녀는 마르퀴스가 친절함 그 자체라는 것을 잘 알고 있었다. 이 사람이 뭘 하려는 걸까? 어째서 저렇게 딱 멈춰 선 거지? 그의 몸은 과부하로 버그에 걸린 컴퓨터 같았다. 감정의 과부하였다. 그녀가 자리에서 일어나 그에게 물었다.

"무슨 일이에요, 마르퀴스?"

"……"

"괜찮아요?"

그는 나탈리의 목소리를 듣고서야 자신이 여기 온 목적에 다시 집중할 수 있었다. 느닷없이 그녀의 허리를 껴안고 그 자신도 예상 못했던 힘을 발산하며 그녀에게 키스했다. 그녀가 간신히 반응을 하려 했을 때 그는 이미 사무실에서 나가고 없었다.

52

마르퀴스는 이 심상찮은 도둑 키스 장면을 남기고 나가버렸다. 나탈리는 검토하던 서류에 다시 집중하려 했지만, 결국 그를 찾아 나서기로 마음먹었다. 뭐라고 딱 잘라 말할 수 없는 복잡한 심정이었다. 솔직히 말해 누군가 그녀를 이런 식으로 끌어안은 것은 3년 만이었다. 3년 만에 처음으로 조심해서 다뤄야 하는 사람 취급을 받지 않은 것이다. 그렇다, 그건 놀라운 일이었다. 하지만 그녀는 순식간에 이루어진 그 행동, 과격하기까지 한 남자다움에 마음이 혼란스러워졌다. 그녀는 회사 안 복도를 걸으며 사방에서 마주치는 직원들에게 마르퀴스가 어디 있는지 물었다. 그의 행방을 아는 사람은 아무도 없었다. 그는 사무실로 돌아가지도 않았다. 그때 건물 옥상이 떠올랐다. 요즘처럼 추운 날씨에 거기 올라가는 사람은 없었다. 하지만 그녀는 그가 옥상에 올라가 있을 거라는 생각이 들었다. 예감은 딱 맞아떨어졌다. 그가 거기, 난간 가까이에 지극히 고요한 모습으로 서 있었다. 보일 듯 말 듯 입술을 움직이는 게 분명 심호흡을 하고 있는 듯했다. 담배 피우는 것처럼 보이기도 했으나 담배는 없었다. 나탈리는 조용히 그에게 다가가 말했다. "나도 가끔 여기로 숨곤 해요. 한 숨 돌리러 오는 거죠."

마르퀴스는 갑작스러운 그녀의 등장에 깜짝 놀랐다. 그런 일이 있고 나서 그녀가 이렇게 자기를 찾아 나서리라고는 전혀 생각지 못한 것이다.

"감기 걸리실 텐데요." 마르퀴스가 대답했다. "팀장님한테 덮어줄 만한 외투도 없고요."

"그럼 우리 둘 다 감기에 걸리죠, 뭐. 그러면 적어도 우리 사이에 차이는 없어질 테니까."

"약으시네요."

"아니, 그런 뜻 아닌데. 난 약은 사람 아니에요. 그런 행동을 하긴 했지만…… 뭐 어쨌거나 내가 죄를 지은 건 아니잖아요!"

"그러니까 팀장님은 관능에 대해서는 아무것도 모르시는군요. 팀장님한테는 키스 한 번이고 또 그걸로 끝인지 모르겠지만, 분명 그건 범죄예요. 메마른 마음의 왕국에서라면 팀장님은 처형감이에요."

"메마른 마음의 왕국? 마르퀴스 씨가 그런 표현을 쓰다니 좀 어색한데요."

"제가 설마하니 114호 문건에 있는 어휘로 시를 쓰겠습니까?"

★

추위로 그들의 얼굴빛이 변해갔다. 불공평함도 더 심해졌다. 마르퀴스의 안색은 푸르뎅뎅까지는 아니더라도 약간 푸르스름 해졌는데, 나탈리는 신경쇠약에 걸린 공주처럼 핏기 없이 창백 해졌다.

★

"이제 그만 들어가는 게 좋겠어요." 나탈리가 말했다.

"네…… 그런 다음 어떻게 해야 하죠?"

"글쎄…… 다 된 거 아닌가요? 아무것도 할 게 없어요. 내가 사과했잖아요. 그걸로 소설 한 편 쓸 것도 아닌데."

"왜요? 그런 소설을 읽어보자는 생각이면 저는 반대하지 않는 데요."

"됐어요, 그만해요. 여기서 당신하고 이러고 있으니 나도 내가 뭘 하고 있는지 모르겠네요."

"좋습니다, 그만할게요. 저녁식사 하고 나서요."

"뭐라고요?"

"저녁 같이 먹어요. 그러고 나면 이 문제를 다시 거론하지 않겠다고 약속할게요."

"그럴 수 없어요."

"팀장님은 제게 갚아야 할 빚이 있어요…… 저녁식사 한 번이면 된다고요."

간혹 이런 화술을 구사하는 비범한 능력의 소유자들이 있다. 상대방이 부정적인 대답을 하지 못하게 만드는 능력. 나탈리는 마르퀴스의 목소리에서 진지한 열의를 느꼈다. 이 데이트 신청을 받아들이는 것이 실수임을 그녀는 알고 있었다. 그리고 너무 늦기 전에 지금 한 걸음 물러나야 한다는 것도 알고 있었다. 그러나 그와 얼굴을 마주한 채로는 거절을 할 수가 없었다. 게다가 몹시 춥기도 했다.

53

114호 문건에 대한 구체적 정보

이 문건은 1967년 11월부터 1974년 10월까지 프랑스와 스웨덴 농촌 지역의 무역수지 실태와 조절 활동을 비교 분석한 자료이다.

54

마르퀴스는 집에 들러 옷장 앞에서 서성였다. 나탈리와의 저녁 약속 때 어떤 옷을 입어야 할까? 그는 자신의 31로 입고 싶었다.* 그녀를 생각하면 이 숫자도 너무 작았다. 적어도 47, 아니면 112, 혹은 입는 김에 387로 입고 싶었다. 숫자에 정신을 파는 바람에 그는 정작 중요한 문제들을 잊고 있었다. 넥타이를 매야만 할까? 조언을 해줄 사람이 아무도 없었다. 그는 세상에 홀로였고, 또 그 세상이란 나탈리였다. 평소엔 자신의 의상 선택에 확신이 있었지만 지금은 어찌할 바를 모르고 있었다. 어떤 구두를 신어야 좋을지조차 감이 오지 않았다. 저녁 데이트를 위해 옷을 차려입었던 적은 사실 없었으니까. 게다가 민감한 문제도 얽혀 있었다. 그녀가 자신의 상관이기도 했으니, 그 점에서도 압박을 받는 것이다. 결국 겉모습은 중요치 않다고 스스로를 타이르면서 긴장을 풀었다. 무엇보다 여유 있는 모습을 보이며 다양한 주제에 대해 편안하게 대화해나가야 했다. 업무 이야기는 금물이었다. 114호 문건에 대한 언급은 절대 금지. 그날 오후의 일이 저녁 데이트로 옮겨가지 않게 할 것. 그렇다면 두 사람은 대체

---

* '정장 차림을 하다' '잘 차려입다'라는 뜻의 프랑스어 표현.

무슨 이야기를 나눌 것인가? 이래서는 분위기가 바뀔 수 없다. 꼭 채식주의자 모임에 참석한 푸주한 꼴이 될 터였다. 그렇다, 이 데이트는 말도 안 되는 일이다. 어쩌면 데이트 약속을 취소하는 편이 나을지도 몰랐다. 시간은 아직 남아 있었다. 큰일이 생겼어요. 그래요, 미안해요, 나탈리. 정말 가고 싶었는데, 아시죠. 하지만 어쩌겠어요, 바로 오늘 어머니가 돌아가신 걸. 아니다. 이런 구실은 좋지 않아. 너무 극단적이야. 그리고 너무 카뮈스러워. 데이트 약속을 취소하려고 카뮈스러워지는 건 좋지 않아. 사르트르가 한결 낫지. 오늘 저녁 약속 못 지키겠어요. 이해하시죠, 타인은 곧 지옥이거든요. 실존주의자 같은 말투를 조금 섞어주면 설득력이 있을 거야. 머릿속이 지리멸렬 뒤죽박죽이 된 채, 그는 그녀 역시 막판에 약속을 취소할 구실을 찾으려 고심할 게 틀림없다고 생각했다. 하지만 지금으로서는 여전히 구실이 없었다. 그들은 한 시간 후 만나기로 했고, 문자메시지는 없었다. 분명 그녀는 다른 핑계를 찾는 중일 것이다. 아니면 휴대전화 배터리에 문제가 생겨, 약속 장소에 나갈 수 없는 사정을 그에게 알리지 못하는 상태이거나. 그는 잠시 이렇게 시간을 보냈지만 아무 연락이 없자 우주 탐험 임무를 떠맡은 기분으로 약속 장소로 향했다.

55

그는 그녀의 집에서 멀지 않은 이탈리안 레스토랑을 선택했다. 그녀가 저녁식사를 함께하겠다는 친절을 이미 베풀어줬는데 시내를 가로지르는 수고까지 하게 만들고 싶지는 않았다. 약속 시간보다 먼저 도착한 터라 그는 맞은편 술집에 들어가 보드카 두 잔을 주문했다. 그걸 마시고 용기가 생겼으면, 취기도 조금 올랐으면 싶었다. 그러나 술은 전혀 효과가 없었다. 그는 레스토랑으로 가서 자리를 잡고 앉았다. 마침내 그는 어느 때보다 맑은 정신으로, 약속 시간에 딱 맞춰 나타난 나탈리를 발견했다. 나탈리를 보자마자 자신이 술에 취하지 않아 다행이라고 생각했다. 그 자리에 나타난 그녀를 보는 행복감을 취기로 망쳐버릴 수는 없었으니까. 그녀가 그를 향해 다가오고 있었다…… 정말 아름다웠다…… 말줄임표를 덕지덕지 붙일 수밖에 없을 정도로 아름다웠다…… 뒤이어 그의 머릿속에 지금까지 그녀를 저녁 시간에 본 적이 한 번도 없다는 생각이 스쳤다. 그녀가 이 시각에도 존재할 수 있다는 것이 놀랍기까지 했다. 그는 아름다움은 밤이 되면 상자 속으로 들어가버린다고 생각하는 부류임이 분명했다. 이제는 그렇지 않다는 것을 믿어야 했다. 그녀가 바로 거기, 그의 눈앞에 있었으니까.

그는 자리에서 일어나 그녀에게 인사했다. 그녀는 그가 이만큼 키가 큰 줄은 지금껏 몰랐었다. 또 한 가지 말해둬야 할 것은 회사 바닥에 깔린 융단 때문에 직원들이 납작해 보인다는 점이다. 회사 밖에서는 모두들 키가 더 커 보인다. 이렇게 키가 큰 사람이었구나, 하는 이 첫인상을 그녀는 오랫동안 간직하게 될 터였다.

"나와줘서 고마워요." 마르퀴스는 이 말을 자제할 수 없었다.

"별말씀을요……"

"아니에요…… 정말이에요. 일이 많다는 걸 알고 있는데…… 특히 요즘…… 114호 문건으로……"

그녀가 그를 흘긋 쳐다보았다.

그는 멋쩍은 듯 웃음을 터뜨렸다.

"그 문건 이야기는 꺼내지 말자고 다짐했는데…… 맙소사, 제가 너무 바보 같군요……"

이번에는 나탈리가 미소를 지었다. 프랑수아가 세상을 떠난 후로 그녀가 누군가를 다독여주는 입장이 된 것은 이번이 처음이었다. 이 점이 그에게 긍정적인 효과를 가져다줄 터였다. 당황스러워하는 그의 모습에는 마음을 움직이는 무언가가 있었다. 샤를과 함께했던 저녁식사, 그가 내뿜던 자신감을 떠올려보자 그녀는 지금이 훨씬 편안한 느낌이었다. 출마도 하지 않았으면서 당선을 확신하는 정치인과 같은 표정으로 자신을 바라보던 남자와 함께한 저녁식사보다는.

"일 얘기는 하지 않는 게 좋겠어요." 그녀가 말했다.

"그럼 무슨 이야기를 할까요? 각자의 취미에 대해? 대화를 풀어나가기엔 아주 좋은 주제죠."

"좋아요…… 그런데 무슨 이야기를 나눠야 할지 이렇게 궁리하고 있다는 게 좀 이상하네요."

"내 생각에는 대화 주제를 찾는 것 자체가 좋은 대화 주제가 될 것 같은데요."

그녀는 이 말이 마음에 들었다. 그리고 그의 말투도 마음에 들었다.

"당신은 재미있는 사람이네요, 사실."

"고마워요. 그런 말로 격려해줄 만큼 내가 처량맞아 보이나요?"

"조금은…… 그래요." 그녀가 웃으며 대답했다.

"취미 이야기로 돌아갑시다. 그게 낫겠어요."

"말해둘 게 있어요. 나는 이제 내가 무엇을 좋아하는지, 무엇을 안 좋아하는지 진지하게 생각하지 않아요."

"한 가지 물어봐도 돼요?"

"네."

"과거를 그리워하는 편인가요?"

"아뇨, 아닌 것 같아요."

"이름이 나탈리인 사람치고 드문 경우인데요."

"아, 그런가요?"

"네, 나탈리들은 과거에 대해 뒤끝이 있는 편이죠."

나탈리가 또다시 웃었다. 사실 그녀는 한동안 잘 웃지 않았다. 그런데 이 남자가 쓰는 어휘는 대체로 좀 엉뚱했다. 무슨 말을 할지 도무지 예측할 수 없었다. 어휘가 머릿속에 들어 있다가 로 또 추첨통의 공처럼 무작위로 튀어나오는 것일까. 나탈리에 대한 다른 이론도 알고 있을까? 과거를 그리워한다고? 그녀는 자신이 지나간 세월에 대해 어떤 태도를 취하고 있는지 진지하게 자문해보았다. 마르퀴스가 별안간 그녀를 과거의 영상들 속으로 밀어넣었다. 그녀는 본능적으로 여덟 살의 여름을 생각했다. 그해 여름 그녀는 부모를 따라 미국으로 여행을 떠났고, 광활한 서부의 명소들을 돌아다니며 환상적인 두 달을 보냈다. 그해 휴가는 어떤 열정으로 각인되었다. '페즈Pez'에 대한 열정. 여러 가지 캐릭터 인형이 달린 케이스에서 빼먹는 작은 사탕. 머리 부분에 달린 캐릭터 인형의 머리를 누르기만 하면 사탕을 즐길 수 있었다. 그 물건이 어느 해 여름의 정체성을 규정해놓은 것이다. 그해 여름 이후로 그녀는 한 번도 페즈를 보지 못했다. 나탈리가 그 기억을 떠올린 것은 웨이터가 테이블로 다가온 순간이었다.

"주문하시겠습니까?"

"네, 아스파라거스 리소토 둘, 그리고 디저트로는…… 페즈 주세요." 마르퀴스가 말했다.

"네?"

"페즈요."

"저희 식당에는…… 페즈가 없습니다, 손님."

"아쉽네요."

웨이터는 조금 언짢은 기색을 보이며 자리를 떠났다. 그가 속한 직업군에서 직업적 센스와 유머감각은 절대 만날 수 없는 평행선 같은 것이었다. 그는 저렇게 예쁜 여자가 저런 남자와 뭘 하고 있는 건지 이해할 수 없었다. 남자는 분명 영화 제작자고 여자는 배우일 거야. 일 때문이 아니고서야 저렇게 이상하게 생겨먹은 괴짜 남자와 함께 식사를 할 이유가 있나. 그나저나 '페즈pèze'라니, 그 돈 타령은 대체 뭐람? 웨이터는 돈을 뜻하는 그 말이 아주 마음에 들지 않았다. 웨이터를 깎아내리려고 열을 올리는 부류의 손님들은 익히 알고 있었다. 그런 자들에게 그냥 당하고만 있을 수는 없었다.

나탈리는 그날 데이트가 유쾌하게 흘러가고 있다고 생각했다.

마르퀴스가 그녀를 즐겁게 해주었다.

"있잖아요, 지난 3년 동안 겨우 두 번 데이트했는데 오늘이 그 두번째예요."

"그러잖아도 부담되는데, 더 부담을 느끼라는 거죠?"

"아뇨, 전혀. 지금 아주 좋아요."

"다행이군요. 팀장님이 즐거운 저녁 시간을 보낼 수 있도록 노력해볼게요. 안 그러면 다시 겨울잠을 자러 들어가버릴 테니까요."

두 사람은 무척 자연스러웠다. 나탈리는 편안했다. 마르퀴스와 친구 사이는 아니지만, 그렇다고 유혹의 대상이 될 것 같지도 않았다. 그는 편안한 세계, 그녀의 과거와 전혀 관련이 없는 세계에 있었다. 고통 없는 저녁을 보내기 위한 모든 조건이 마침내 갖춰진 것이다.

56

아스파라거스 리소토의 필수 재료

아르보리오 쌀* (둥근 쌀) 200g

아스파라거스 500g

잣 100g

양파 1개

달지 않은 백포도주 200ml

액상크림 100ml

파르메산 치즈 가루 80g

헤이즐넛유

소금

후추

★

파르메산 치즈 크래커 재료

파르메산 치즈 가루 80g

잣 50g

밀가루 2큰술

물 약간

＊리소토에 적합한 이탈리아 쌀 품종.

57

마르퀴스의 눈은 틈만 나면 나탈리를 좇았다. 그는 그녀가 융단 바닥을 스치는 바지 정장 차림으로 복도를 걸어가는 모습을 바라보기 좋아했다. 환상 속에 떠오른 그녀의 모습은 실제 그녀의 모습과 충돌을 일으키곤 했다. 다른 사람들처럼 그도 나탈리가 겪은 일을 알고 있었다. 하지만 그가 봐왔던 것은 그녀가 보여주는 모습, 즉 부드럽고 자신감 넘치는 여성으로서의 모습뿐이었다. 그녀가 잘 내보이지 않았던 다른 범주의 모습을 별안간 발견하면서 그는 나탈리의 약한 모습에 다가선 느낌이었다. 물론 잘 알아차리지 못할 만큼 미미한 정도였다. 하지만 그녀는 아주 조금씩 경계를 풀었다. 긴장을 풀면 풀수록 그녀의 진짜 성격이 드러났다. 상처로 인해 생긴 그녀의 약한 부분은 역설적이게도 그녀가 미소 지을 때 드러나곤 했다. 시소 효과에 따라 마르퀴스는 한층 강한 역할, 보호자에 가까운 역할을 떠맡기 시작했다. 그녀를 마주할 때면 그는 자신이 유머 있고 활기 넘치며 심지어 남자다워지는 느낌이었다. 그는 이 순간의 활력을 평생토록 유지하고 싶었다.

　그는 '상황을 장악한 사람' 역할을 맡긴 했지만, 그렇다고 무결점 연기를 해내지는 못했다. 와인을 두 병째 주문할 때 와인 이름을 잘못 말한 것이다. 와인에 대해 잘 아는 척하고 있었는데, 웨이터가 주저 없이 끼어들어 그의 무식함을 꼬집었다. 웨이터의 개인적이며 소심한 복수였다. 마르퀴스는 몹시 화가 치밀었다. 그래서 주문한 와인을 웨이터가 가져왔을 때 발끈하여 한 마디 던졌다.

"아 고맙습니다. 목이 마르던 참이었어요. 당신을 위해 건배하겠습니다."

"고맙습니다. 친절하시군요."

"아뇨, 친절한 게 아닌데요. 스웨덴에서 내려오는 말 중에 이런 게 있죠. 누구든 처지가 바뀌는 것은 한순간이다. 같은 자리를 끝까지 차지할 수 있는 사람은 없다는 겁니다. 당신도 지금은 서 있지만 언젠가는 자리에 앉을 수 있는 거예요. 말이 나온 김에, 지금이라도 원하시면 당장 일어나서 당신한테 내 자리를 내드릴 수도 있어요."

마르퀴스가 느닷없이 자리에서 일어났다. 웨이터는 어떻게 반응해야 좋을지 몰라했다. 어색한 미소를 띠고는 와인 병을 내려놓았다. 나탈리는 마르퀴스가 왜 그런 행동을 하는지 정확히 이해하지 못한 채 웃음을 터뜨렸다. 이런 괴상한 돌발행동이 마음에 들었다. 자기 자리를 웨이터에게 내주다니, 그건 웨이터에게 본분을 일깨워주는 가장 훌륭한 방법이었다. 그녀는 눈앞의 이 순간이 시적이라고 생각했다. 마르퀴스에게서 아주 매력적인 '동유럽' 성향이 엿보였다. 그의 스웨덴 기질에는 루마니아 혹은 폴란드의 기질 같은 것이 섞여 있었다.

"진짜 스웨덴 사람 맞아요?" 그녀가 물었다.

"그런 질문을 하시다니, 정말 기쁘군요. 팀장님은 상상도 못 하실 거예요. 내 출신에 대해 처음으로 의문을 제기한 사람이 되셨네요…… 정말 대단하세요."

"스웨덴인으로 산다는 게 그렇게 어려운 일인가요?"

"짐작도 못 하실걸요. 내가 스웨덴으로 돌아가면 모두들 나에게 분위기 메이커라고 하죠. 상상이 되나요? 내가 분위기 메이커라는 것이?"

"그럼요."

"스웨덴에서는 침울해지는 것이 일종의 소명이에요."

그날 데이트는 내내 이렇듯 상대방에 대해 새롭게 발견하는 순간과 행복감으로 인해 상대방을 잘 안다고 느끼게 되는 순간이 계속해서 교차했다. 그녀가 빨리 집으로 돌아가야겠다고 생각했을 때는 이미 자정을 넘긴 시각이었다. 옆 테이블에 있던 사람들이 자리를 뜨고 있었다. 웨이터는 이제 그만 나갈 생각을 해야 하지 않겠느냐는 표현을 교양 없이 티 나게 드러냈다. 마르퀴스는 일어나 화장실에 다녀온 후 계산을 했다. 이 모든 동작이 아주 세련되었다. 바깥으로 나오자 그는 택시로 그녀의 집까지 바래다주겠다고 했다. 그는 그녀를 세심하게 배려했다. 그녀의 집 앞에서 그는 한 손을 그녀의 어깨에 올리고 뺨에 입을 맞추었다. 그 순간 자신이 이미 알고 있던 것, 즉 그녀를 열렬히 사랑하고 있다는 사실을 깨달았다. 나탈리는 이 남자의 배려 하나하나가 델리카하다고 생각했다. 그와 함께했던 시간이 정말로 행복했다. 다른 생각은 떠오르지 않았다. 그녀는 침대에 누워 그에게 고맙다고 문자메시지를 보냈다. 그리고 전등을 껐다.

58

두 사람의 첫 저녁식사 후
나탈리가 마르퀴스에게 보낸 문자메시지

아름다운 시간을 보내게 해줘서 고마워요.

59

그는 짤막한 답장을 보냈다. '그 시간을 아름답게 만들어줘서 고마워요.' 그로서는 좀더 독창적이고, 더 재미있고, 더 감동적이고, 더 낭만적이고, 더 문학적이고, 더 러시아적이고, 더 연보랏빛을 띤 답변을 해주고 싶었다. 그렇지만 결국 그 한마디가 그때의 분위기와 아주 잘 어울렸다. 잠자리에 들기는 했지만 그는 잠을 이룰 수 없음을 알고 있었다. 방금 꿈에서 깨어났는데 어떻게 또 꿈을 꿀 수 있겠는가?

그는 얼핏 잠이 들었지만 불안감에 잠이 깼다. 데이트가 성공적일 때는 기쁨에 취해 어찌할 바를 모르기 마련이다. 그러고 나서 점차 통찰력을 발휘해 다음에 일어날 일들을 예상해보게 된다. 만약 일이 잘 풀리지 않는다면 적어도 두 사람이 다시 만날 일은 없을 거라는 사실은 분명하다. 하지만 그럴 경우 어떻게 해야 할까? 함께 저녁식사를 하는 동안 쌓인 모든 자신감과 확신이 하룻밤 사이에 무너지고 말았다. 결코 잠을 이루지 못할 터였다. 결국 이런 느낌은 다음과 같은 단순한 행동으로 구현되었다. 그날 아침 일찍 나탈리와 마르퀴스는 복도에서 마주쳤다. 한 사람은 커피자판기로 가는 길이었고, 또 한 사람은 거기서 오는 길이었다. 서로 어색한 미소를 나눈 다음 두 사람은 조금 과장된 목소리로 짧은 인사를 건넸다. 두 사람 모두 한마디도 더 덧붙일 수 없었고, 대화에 물꼬를 틀 만한 화젯거리도 찾을 수 없었다. 아무것도, 아무것 아닌 것조차도 찾을 수 없었다. 날씨에 대해 가볍게 언급하는 것도, 구름 이야기든 햇볕 이야기든 그 어떤 것도, 어떻게 해볼 희망도 찾을 수 없었다. 그렇게 불편해진 채로 두 사람은 각자 가던 방향으로 엇갈렸다. 서로에게 할 말이 아무것도 없었다. 이런 것을 가리켜 '동영상 재생 후의 우주배경 화면'이라고 부르기도 한다.

자신의 사무실로 돌아온 마르퀴스는 평정을 되찾으려고 애썼다. 지극히 당연한 말이지만 언제나 완벽할 수는 없는 것이다. 삶이란 무엇보다 연습장 위의 낙서, 박박 그어 지운 흔적, 흰 여백과 같다. 셰익스피어는 자신이 창조한 인물들의 절정의 순간만을 다룰 뿐이다. 아름다운 밤을 보낸 다음 날 아침 복도에서 마주친 로미오와 줄리엣도 서로 할 말이 없을 게 분명하다. 조금 전 일은 걱정할 필요가 없었다. 그보다는 앞으로의 일에 집중해야 했다. 바로 그것이 중요한 문제였다. 게다가 그는 꽤 잘 해낸 편이었다. 마르퀴스는 곧바로 저녁 데이트에 대한 구상, 함께 밤을 보내자는 제안을 할 궁리에 빠져들었다. 그는 떠오르는 생각을 전부 큰 종이에 적었다. 일종의 공격 작전이었다. 그의 작은 사무실에 이제 114호 문건은 존재하지 않았다. 114호는 나탈리 라는 문건에 의해 잊혔다. 그는 이 계획에 대해 누구와 의논해야 좋을지, 누구에게 자문을 얻어야 할지 알 수 없었다. 친하게 지내는 동료가 몇 명 있기는 했다. 특히 베르티에와는 이따금 서로 속내를 주고받으며 고민거리를 털어놓는 사이였다. 그러나 나탈리와의 일에 대해 회사 사람에게 이야기한다는 것은 상대가 어느 누구든 절대 안 될 일이었다. 갑갑한 그의 마음은 침묵 속에 묻어놓아야 했다. 침묵, 그렇다, 그것이 답이었다. 그러나 그는 심장이 너무 세차게 뛰어 그 요란한 소리가 다른 사람들에게까지 들리진 않을까 걱정스러웠다.

그는 인터넷에 들어가 낭만적인 데이트에 대한 정보를 얻을 수 있는 사이트를 속속들이 살펴보았다. 유람선 데이트도 알아보고(그런데 배를 타기엔 추운 날씨였다), 연극 관람도 고려해보았다(하지만 극장 안은 대개 덥다. 게다가 그는 연극을 싫어했다). 구미가 당기는 것이 눈에 띄지 않았다. 너무 거창해 보일까봐, 혹은 뭔가 부족해 보일까봐 염려스러웠다. 달리 말해서 그는 그녀가 무엇을 원하는지, 무슨 생각을 하는지 전혀 감을 잡지 못하고 있었다. 어쩌면 나탈리는 그를 다시 만나고 싶어 하지 않을

지도 모른다. 그녀는 단 한 번 그와의 저녁식사를 수락했다. 그 것으로 끝일지도 모른다. 이왕 허락한 데이트가 좋은 시간이 될 수 있도록 장단을 맞춰준 것뿐인지도 모른다. 그리고 모든 것이 끝이었다. 약속이 유효한 것은 그 약속 시간 동안만이다. 하지만 그녀는 그에게 아름다운 시간을 보내게 해줘서 고맙다고 했다. 그렇다, 그녀는 '아름다운'이라는 단어를 썼다. 마르퀴스는 이 단어를 보고 몹시 기뻤다. 이건 결단코 무시할 만한 일이 아니었 다. 아름다운 시간이라. '좋은 시간'이라고 쓸 수도 있었을 것이 다. 그럼에도 그녀는 '아름다운'이라는 단어를 선택했다. 아름다 운 '아름다운'이었다. 솔직히 얼마나 아름다운 시간이었던가. 긴 드레스와 호화로운 사륜마차로 대변되는 위대한 시대에 와 있는 것만 같았…… "그런데 대체 내가 무슨 생각을 하고 있는 거 지?" 그가 갑자기 열을 냈다. 지금은 행동을 할 때지 부질없는 몽상에 잠겨 있을 때가 아니었다. 그렇다, 그 '아름다운'이라는 단어는 정말 아름답긴 했지만, 일보 전진하고 애정 공세를 퍼부 어야 하는 지금 이 상황에는 아무 소용 없는 말이었다. 오, 그는 절망적인 심정이었다. 도무지 아이디어가 떠오르지 않았다. 어 제의 여유는 하룻저녁 여유였을 뿐이었다. 환영 같은 것이었다. 그는 다시 보잘것없는 처지가, 나탈리와 두번째 데이트를 준비 하면서 아무런 아이디어도 떠올리지 못하는 형편없는 남자가 되어버렸다.

노크 소리가 들렸다.

마르퀴스는 "들어오세요" 하고 대답했다. 눈앞에 나타난 사람
은 아름다운 시간을 보냈다고 문자메시지를 보내온 여인이었다.
그렇다, 나탈리였다. 나탈리가 바로 거기 있었다.
"괜찮아요? 들어가도 돼요? 뭔가에 아주 집중하는 중인가봐요."
"아…… 아뇨…… 아뇨, 괜찮아요."
"내일 나랑 연극 보러 함께 갈 수 있나 해서요…… 티켓이 두
장 있는데…… 그래서 혹시……"
"저 연극 정말 좋아해요. 기꺼이 가죠."
"그럼 잘됐네요. 내일 저녁에 봐요."
그 역시 그녀를 따라 "내일 저녁에 봐요"라고 속삭이듯 대답
했지만, 너무 늦은 뒤였다. 대답은 나탈리의 귀에 닿지 못해 멋
쩍은 듯 허공을 떠돌았다. 마르퀴스를 구성하는 입자 하나하나
가 진한 행복감을 느꼈다. 그리고 이 황홀한 왕국 한가운데서 그
의 심장은 기쁨에 넘쳐 온몸으로 펄쩍펄쩍 뛰어다니는 듯했다.

기이하게도 이 행복감으로 그는 사뭇 진지해졌다. 지하철에서

그는 열차 안 승객을 한 사람 한 사람 유심히 살펴보았다. 그들 모두가 각자의 일상에 경직되어 있었다. 그는 더이상 자신이 그들 속에 섞인 익명의 한 사람이라고는 느껴지지 않았다. 그는 줄곧 서서 갔고, 자신이 여자를 좋아한다는 사실을 그 어느 때보다도 더 실감했다. 집에 돌아와서는 늘 하던 대로 일상을 이어나갔다. 저녁을 먹는 둥 마는 둥 하고 잠자리에 누워서는 책을 몇 페이지라도 읽으려고 해보았다. 그러고는 불을 껐다. 그나마 평소처럼 행동할 수 있었던 것은 딱 거기까지였다. 그는 잠을 이룰 수 없었다. 나탈리와 첫 키스를 한 뒤 거의 잠을 자지 못했던 것과 똑같은 증상이었다. 그녀가 그의 잠을 앗아간 것이다.

60

구론산 복용법 중에서

성인의 일시적 피로감 해소

61

그날 하루는 별일 없이 흘러갔다. 팀 회의도 있었지만 여느 때와 똑같았고, 나탈리가 그날 저녁 마르퀴스와 연극을 보러 가리라고는 그 누구도 생각지 못하고 있었다. 기분은 좋은 편이었다. 직장인은 비밀을 지니는 걸 좋아한다. 겉으로 드러나지 않는 관계를 맺고, 아무도 모르는 삶을 사는 것에 열광한다. 이런 점에서 사내 연애를 하는 커플은 짜릿함을 느끼게 된다. 나탈리에게는 사안을 하나하나 떼어놓고 생각하는 능력이 있었다. 그녀가 겪은 비극이 어떤 면에서는 그녀를 무감각하게 만들었다. 다시 말해 그녀는 그날 저녁 데이트가 있다는 사실은 거의 잊어버린 채 로봇처럼 기계적으로 팀 회의를 주재했다. 마르퀴스로서는 나탈리의 눈빛에서 그녀가 자신에게만 보내주는 특별한 관심과 공모의 신호를 포착하고 싶었다. 그러나 이런 것들은 그녀의 작동 프로그램에 들어 있지 않았다.

그 점에서는 클로에도 마찬가지였다. 그녀 역시 자신이 팀장과 각별한 사이라는 사실을 가끔은 다른 팀원들이 알아주기를 은근히 바랐다. 그녀는 팀장과 '말을 편하게 할 수 있는' 유일한 사람이었다. 나탈리가 바에서 도망치듯 떠나버렸던 날 이후 클로에는 약속을 새로 잡으려고 하지 않았다. 그럴 경우 야기될 수 있는 위험을 알고 있기 때문이었다. 상관의 약한 모습을 목격한 다는 것은 자신에게 불리하게 작용할 수도 있었다. 그래서 그녀는 공과 사를 뒤섞지 않으려고, 위계를 철저히 지키려고 주의를 기울였다. 업무가 끝날 무렵 클로에가 나탈리를 찾아왔다.

"잘 지내시는 거죠? 지난번 이후로 이야기를 거의 나누지 못했네요."

"그러네. 내 잘못이에요, 클로에. 그래도 그날 즐거웠어요. 정말로."

"그러셨어요? 팀장님은 그때 바람처럼 사라지셨잖아요. 그런데 즐거우셨다고요?"

"그래요. 정말이라니까."

"그렇다면 다행이고요…… 오늘 저녁 그 바에 다시 가실래요?"

"아니, 미안하지만 안 되겠어요. 연극 보러 가거든요." 나탈리의 이 말은 마치 초록색 아기의 탄생을 알리는 것처럼 들렸다.

클로에는 놀란 기색을 보이고 싶지는 않았다. 하지만 나탈리의 대답은 놀랄 만했다. 그렇게 자기 의사를 확실히 밝힐 때에는 시시콜콜 캐묻지 않는 편이 낫다. 아무 일도 아닌 것처럼 행동할 것. 클로에는 자신의 사무실로 돌아와서 잠시 서류 작성을 마무리하고 이메일을 확인했다. 그런 다음 외투를 걸쳐 입고 사무실을 나섰다. 엘리베이터 쪽으로 가다가 그녀는 믿을 수 없는 광경을 목격하고야 말았다. 마르퀴스와 나탈리가 함께 퇴근하고 있었던 것이다. 그녀는 두 사람 눈에 띄지 않도록 하면서 그들 가까이 다가갔다. 얼핏 '연극'이라는 단어가 들린 것 같았다. 그녀는 무어라 정의 내리기 어려운 어떤 것을 즉감했다. 당혹스러운, 혹은 거북스럽기까지 한 어떤 것.

62

그 극장의 좌석은 무척 협소했다. 마르퀴스는 너무 불편했다. 다리가 긴 것이 유감스러웠다. 이보다 더 생산성 없는 유감은 없었다.* 그것 말고도 그를 고통스럽게 만드는 것이 또 있었다. 바라보고 싶어서 미칠 지경인 여자와 나란히 앉아 있어야 하는 것보다 최악은 없는 것이다. 봐야 할 공연은 무대 위가 아니라 그의 왼쪽에 있었다. 게다가 눈앞에 펼쳐지고 있는 것이란? 그 공

---

* 극장에선 짧은 다리를 대여해주지 않는다.(원주)

연은 이쪽 공연보다 흥미롭지도 않았다. 특히나 스웨덴 연극이었으니 말이다! 그녀가 일부러 스웨덴 연극을 고른 것일까? 더군다나 웁살라에서 공부했던 작가의 작품이었다. 차라리 부모님 댁에 가서 저녁식사를 하는 게 낫겠다. 그는 건성으로 관람하고 있었던 터라 줄거리도 파악하지 못했다. 공연이 끝나고 분명 작품에 대해 이야기할 텐데, 그러면 그는 우둔한 사람으로 비칠 게 뻔했다. 상황이 그런 국면에 접어드는데 어떻게 가만있을 수 있겠는가? 무슨 일이 있더라도 공연에 집중해야만 했다. 그리고 논평 몇 마디도 준비해두어야 했다.

그렇지만 공연 말미에 이르러 그는 스스로도 놀랄 만큼 큰 감동을 느꼈다. 아마도 스웨덴 혈통 때문인 듯. 나탈리 역시 만족한 것 같았다. 그러나 그것은 극장 안에서는 알기 어려운 법이다. 때때로 사람들은 마침내 그 긴 고난의 시간이 끝났다는 단순한 이유 때문에 행복해 보이기도 하니까. 바깥으로 나오자 마르퀴스는 3막이 상연되는 동안 자신이 쌓아올린 학설을 풀어놓고 싶었다. 하지만 나탈리가 그의 말을 잘랐다.

"우린 지금 우리를 좀 풀어놓아야 할 것 같은데."

마르퀴스는 자신의 다리근육을 떠올렸다. 그러나 나탈리가 딱 짚어 말했다.

"한잔하러 가요."

그것이 바로 풀자는 말의 의미였다.

63

아우구스트 스트린드베리의 〈율리에 아가씨〉의 한 대목.

보리스 비앙이 프랑스어로 각색함.

나탈리와 마르퀴스가 두번째 데이트 때 관람한 작품.

율리에 내가 당신에게 복종해야 하나요?

얀   이번 한번만 그렇게 해줘요. 아가씨의 행복을 위해서!
      제발!
      밤은 깊어지고, 졸음은 겨워지고, 머리는 뜨거워지는
      군요!

64

그리하여 결정적인 일이 벌어졌다. 처음에는 대수롭지 않았는데 점차 중대 사건으로 번질 만한 일이었다. 모든 것이 두 사람의 첫번째 데이트와 똑같이 진행되고 있었다. 매력이 발산되었고, 한층 더 향상되기까지 했다. 마르퀴스는 상황을 능숙하게 헤쳐가고 있었다. 그는 가능한 한 스웨덴 사람 같지 않은 미소, 뭐랄까, 스페인 사람 같은 미소를 지어 보였다. 몇 가지 재미난 일화들을 잇달아 늘어놓고 문화적 지식과 사담을 적절히 배합하고, 내밀한 것에서부터 보편적인 것까지 이야기를 척척 이끌어나갔다. 이렇게 그는 사회적 인간의 거룩한 작동 프로그램을 친절하게 펼쳐 보였다. 그렇지만 이런 여유를 부리는 와중에 별안간 그는 기계 오작동을 초래할 어떤 불안감에 사로잡혔다. 멜랑콜리의 출현을 감지한 것이다.

처음에는 아주 작은 얼룩, 노스탤지어의 한 형태 같았다. 하지만 천만에, 가까이 다가갈수록 그것은 멜랑콜리의 연보랏빛 모습이라는 것을 알아차릴 수 있었다. 좀더 가까이 다가가자 어떤 슬픔의 참모습이 보였다. 순식간에 그는 병적이고도 비장한 충동에 사로잡힌 듯, 이 데이트의 텅 빈 본질과 마주했다. 그는 자문했다. 대체 무엇 때문에 나는 지금 가장 멋진 모습을 보여주려 애쓰는 걸까? 어째서 나는 이 여자를 웃게 하려는 걸까? 어째서 이 여자의 마음을, 도저히 가까이 다가갈 수 없는 여자의 마음을 사로잡는 데 열중하고 있는 걸까? 매사 확신 없이 불안해하던 과거의 자신이 급작스레 그를 엄습했다. 그런데 그게 다가 아니었다. 조금씩 확장되던 이런 퇴영적 태도 때문에 비극적이게도 결국 두번째 결정적 사건에 가속도가 붙고 말았다. 테이블보에 와인을 엎질러버린 것이다. 단순히 서툴러서 저지른 실수로 생각할 수도 있었다. 또 어쩌면 매력적으로 비칠 수도 있었다. 나탈리는 뭔가 서툴다는 것에 언제나 다정다감했으니까. 그렇지만 그 순간 그는 더이상 그녀를 의식하지 않았다. 그는 이 하찮은 사건에서 훨씬 중대한 징조를 보고 있었다. 바로 붉은빛의 출현. 그의 인생에 어김없이 붉은빛이 난입한 것이다.

"별일 아니잖아요." 마르퀴스의 안색이 어두워진 것을 보고 나탈리가 말했다.

물론 별일 아니었다. 비극적인 일이었다. 붉은빛을 보자 그는 브리지트가 떠올랐다. 세상의 모든 여자들이 자신을 거부하는 환영이 되살아났다. 그를 조롱하는 소리가 귓속에서 윙윙거리는 듯했다. 그가 궁지에 몰려 안절부절못했던 장면들이 하나둘 내면에서 떠올랐다. 이를테면 학교 운동장에서 놀림거리 아이였던

일, 군대 신병 환영식에서 골탕 먹던 일, 관광지에서 바가지를 쓰던 장면들. 바로 이것이 하얀 테이블보에 드러난 붉은 자국의 의미였다. 온 세상이 자신을 관찰하고 있다는 생각이 들었다. 자신의 등 뒤에서 모두들 쑥덕거리는 듯했다. 여자의 마음을 사로잡을 수 있을 것만 같았던 그의 의상이 점점 헐렁해졌다. 어긋난 길로 질주하는 이 망상을 그 무엇도 막을 수가 없었다. 멜랑콜리가, 그리고 과거를 도피처로 생각하는 단순한 감정이 고개를 들 때 이미 예고된 일탈이었다. 그 순간 현재는 더이상 존재하지 않았다. 나탈리는 한갓 그림자, 여자들의 세계에서 온 유령일 뿐이었다.

마르퀴스는 자리에서 몸을 일으켜 잠시 아무 말 없이 서 있었다. 나탈리는 그가 무슨 말을 하려 하는지 짐작하지 못한 채 그를 쳐다보았다. 농담을 하려는 것일까? 우울한 말을 꺼내려는 걸까? 마침내 그가 차분한 어조로 말했다.

"나는 이만 가보려고요."

"왜요? 와인을 엎질러서요? 하지만…… 그런 실수는 누구든 해요."

"아뇨…… 그것 때문이 아니에요…… 그게 아니고……"

"그게 아니면요? 내가 지루한가요?"

"천만에요…… 절대 아니에요…… 당신이 죽은 사람이라 해도 난 지루하지 않을걸요……"

"그럼 무슨 이유예요?"

"아무 이유 없어요. 분명 나는 당신과 함께 있는 게 즐거워요. 당신은 정말이지 나를 즐겁게 해줘요."

"……"

"나는 당신한테 다시 키스하고 싶은 마음밖에 없어요…… 하지만 나는 단 한순간도 당신을 기쁘게 할 수 없을 것 같아요…… 그래서 우리가 이제 그만 만나는 게 최선이라는 생각이 들어요…… 분명 나는 고통스럽겠지요. 하지만 장담컨대, 그 고통이 차라리 덜 괴로울 거예요……"

"줄곧 그렇게 생각하고 있었어요?"

"생각하지 않으려면 대체 어떻게 해야 할까요? 이렇게, 그냥 당신과 마주 보고만 있으려면 어떻게 해야 하죠? 그 방법을 알아요? 그래요?"

"나랑 마주 보고만 있다고요?"

"네, 그래요, 내가 바보 같은 말을 했네요. 그만 일어나는 게 낫겠어요."

"당신이 여기 계속 있어주면 좋겠어요."

"왜 그래야 하죠?"

"잘 모르겠어요."

"나랑 여기서 뭘 한다는 거죠?"

"글쎄요. 내가 아는 것은 당신과 함께 있는 게 좋다는 것, 당신
은 꾸밈없고…… 친절하고…… 나에게 델리카하다는 사실이에
요. 그리고 내가 그것을 원한다는 걸 이제 알게 되었고요. 그래
요."

"그게 다예요?"

"그거면 충분하지 않나요?"

마르퀴스는 여전히 서 있었다. 나탈리도 자리에서 일어났다.
잠시 두 사람은 이렇게, 서로에 대한 확신을 잃어버린 채 뻣뻣이
굳어 있었다. 주위 사람들이 고개를 돌려 그들을 쳐다보았다. 가
만히 선 채로 꼼짝도 않는 경우는 흔치 않으니까. 남자들이 하늘
에서 종유석처럼 쏟아지는 마그리트의 그림을 떠올릴 필요가 있
을 듯하다. 두 사람의 태도에는 벨기에 회화의 특징이 어느 정도
스며 있었다. 물론 그것은 보는 사람에게 안정감을 주는 그림은
아니었다.

65

마르퀴스는 나탈리를 남겨두고 카페를 떠났다. 그 순간은 완벽해지며, 그를 달아나게 했다. 그녀는 그의 태도를 이해할 수 없었다. 그와 즐거운 시간을 보냈는데 이제는 그를 원망하고 있었다. 마르퀴스는 자신도 모르게 일을 훌륭히 해냈다. 나탈리를 흔들어 깨운 것이다. 그로 인해 그녀는 자문해보지 않을 수 없었다. 그는 그녀에게 키스하고 싶다고 말했다. 그뿐인 걸까? 그녀도 그것을 원하는 걸까? 아니, 나탈리는 그럴 생각이 없었다. 그녀는 그를 특별하게 생각하지는 않았다…… 하지만 그게 정말 중요한 문제는 아니었다…… 그렇고말고…… 그녀는 그에게 뭔가 매력이 있다고 생각했다…… 게다가 그는 재미있는 사람이었다…… 그런데 그는 어째서 가버린 걸까? 바보같이. 이제 모든 게 엉망이 되고 말았다. 그녀는 신경이 잔뜩 곤두섰다…… 바보, 그래, 정말 바보야, 그녀는 되뇌었고, 그러는 동안 카페의 손님들은 그녀를 지켜보고 있었다. 그녀처럼 아름다운 여인이 그저 그런 남자한테 차였으니 말이다. 그녀는 자신을 향한 시선들도 알아차리지 못했다. 상황을 조율하지 못했다는 것에, 그를 붙잡지도 못했고, 그를 이해할 수도 없다는 사실에 몹시 실망하고 화가 나서 그 자리에 꼼짝도 않고 있었다. 후회를 할 수도 없었다. 할 수 있는 일이 없었다. 그녀가 무얼 할 수 있었겠는가. '당신이 너무 탐이 나 도저히 당신 곁에 머무를 수 없다'고 남자가 말하는데.

그녀는 집으로 돌아와 그에게 전화를 걸었지만 신호음이 가기도 전에 끊어버렸다. 그가 자신에게 전화해주기를 바랐을 것이다. 어쨌거나 그 두번째 데이트는 그녀의 제안으로 이루어진 것이었으니까. 적어도 그녀에게 고맙다는 말 정도는 할 수도 있었다. 혹은 문자메시지를 보낼 수도. 그녀는 그렇게, 전화기를 앞에 놓고 기다렸다. 그런 경험, 즉 무언가를 기다린다는 것은 정말 오랜만의 일이었다. 잠을 이룰 수 없었다. 와인을 조금 마셨다. 그리고 음악을 틀었다. 알랭 수숑. 그녀가 프랑수아와 함께 즐겨 듣던 노래였다. 자신이 그 노래를 들으면서도 그렇게 멀쩡할 수 있다는 것에 깜짝 놀랐다. 그녀는 계속해서 거실을 돌며 살짝 춤을 추기도 했다. 그러면서 와인에 의한 취기가 어떤 가능성의 에너지를 싣고 자기 안으로 스며들게 했다.

66

알랭 수숑의 노래 〈도망치는 사랑〉의 1절 가사

마르퀴스와의 두번째 데이트 후에 나탈리가 들은 노래

내 민감한 피부 위에 사진처럼 새겨진 애무
모든 것을 버릴 수 있어, 순간순간도, 사진도. 그건 자유야.
투명 접착테이프는 늘 있으니
이 모든 고통을 잘 여며 붙일 수 있어.

우리는 아름다운 사진, 굳게 맺어진 연인이었지.
우리는 둥지를 차렸지. 둘만의 행복이라니 웃기는 소리.
유리 조각을 어서 치워, 베어서 피가 나잖아.
사기그릇은 타일 바닥 위에 나뒹굴고.

우리, 우리, 우리는 견딜 수 없었어.
부, 부, 네 뺨 위로 눈물이 흐르고
우리는 헤어져 각자의 길로 떠나네, 아무런 설명도 없이
그것은 도망치는 사랑,
달아나는 사랑.

67

마르퀴스는 발아래 이는 바람을 느끼며 낭떠러지를 따라 걸었다. 그날 밤 그는 집으로 돌아와서도 계속해서 고통스러운 영상에 쫓겼다. 모든 게 스트린드베리와 연관되어 있는 걸까? 같은 나라 사람의 번민과 마주하는 게 아니었는데. 그는 순간의 아름다움, 나탈리의 아름다움, 그 모든 것을 가닿아야 할 궁극의 목표점으로 인식했다. 애타게 갈망했던 목표점으로. 아름다움이 거기, 그의 눈앞에서 마치 비극의 예감처럼 그의 눈을 똑바로 응시했다. 루키노 비스콘티 감독의 영화 〈베니스에서 죽다〉의 주제가 핵심구절과 더불어 바로 거기 있었다. "아름다움을 본 사람은 죽음을 맞이한다." 물론 마르퀴스가 과장하고 있다고 볼 수 있었다. 도망쳐 나왔으니 어리석기까지 하다고 볼 수도 있었다. 그러나 사람이 어떻게 일말의 가능성 때문에 한순간에 겁을 먹을 수 있는지 이해하려면 몇 년 간 절대 무無의 상태로 살아볼 필요가 있다.

그는 그녀에게 전화하지 않았다. 그의 동유럽적 성향을 좋아했던 그녀는 이제 또다시 스웨덴 사람다운 무미건조한 그의 모습을 발견하고 놀랄 터였다. 그에게 이제 폴란드 사람다운 기질은 한 톨도 없었다. 마르퀴스는 자신을 닫아걸기로 결심했다. '여성이라는 불꽃으로 불장난을 하지 않겠노라'며. 그렇다, 이런 말들이 그의 머릿속에 맴돌고 있었다. 그리고 그 첫번째 결론. 그는 이제 더이상 그녀의 눈을 바라보지 않기로 결심했다.

다음 날 아침, 회사에 출근한 나탈리는 클로에와 마주쳤다. 굳이 숨길 것도 없이, 클로에 역시 우연을 가장하는 데 일가견이 있었다. 나탈리와 마주치려고 이렇게 복도에서 서성거리고 있었던 것이다.* 진정한 다언자多言者로서, 고슴도치만큼의 우아함도 없이, 그녀는 나탈리의 비밀 고백을 강제로 받아낼 심산이었다.

"좋은 아침이에요, 팀장님, 오늘 컨디션 어떠세요?"

"응, 좋아요. 그냥 조금 피곤하네."

"어제 저녁에 본 연극 때문에요? 공연이 길었어요?"

"아니, 특별히 그랬던 건 아니고……"

클로에는 뭔가 더 알아내기가 쉽지 않을 것임을 느꼈다. 그러나 다행히 모든 것을 단순하게 만들어줄 일이 벌어졌다. 마르퀴스

---

* 결국 우리는 우연이 정말로 존재하는지 생각해볼 수 있다. 우리가 마주치는 모든 사람들이 어쩌면 우리를 만나려는 끊임없는 희망을 가지고 우리의 행동반경 내에서 걷고 있었던 것은 아닐까? 잘 생각해보면, 그들이 헐떡이는 것처럼 보일 때가 종종 있지 않은가.(원주)

가 두 사람을 향해 걸어오고 있었던 것이다. 마르퀴스 역시 뭔가 심상치 않아 보였다. 클로에가 인사를 건네며 그를 멈춰 세웠다.

"좋은 아침, 마르퀴스, 별일 없지?"

"응, 별일이 있을 리야…… 당신은 어때?"

"그럭저럭."

그는 눈앞의 두 사람에게서 시선을 피하면서 대답했다. 그런 태도가 아주 이상하게 느껴졌다. 마치 바쁜 사람을 붙잡고 말을 걸고 있기라도 한 양. 이상하다고 하는 이유는 사실 마르퀴스가 전혀 바빠 보이지 않았기 때문이다.

"괜찮아? 목이 불편한 거야?"

"아니…… 아냐…… 괜찮아…… 그럼 난 이만 가볼게."

그는 어안이 벙벙해진 두 여자를 남겨놓고 자리를 떴다. 클로에의 머릿속에는 곧바로 이런 생각이 떠올랐다. '저 남자 몹시 불편해하는데…… 둘이 분명히 같이 잔 거야…… 그렇지 않고서야 저 태도가 설명이 안 돼…… 아니면 왜 그가 팀장을 모른 척했겠어?' 그래서 클로에는 나탈리를 향해 활짝 웃어 보였다.

"한 가지 여쭤봐도 돼요? 어제 극장에 마르퀴스와 함께 가신 거죠?"

"그건 클로에 씨가 상관할 일이 아닌데."

"그렇구나…… 저는 우리 두 사람이 뭐든 함께 나눈다고 생각하고 있었거든요. 전 팀장님께 전부 이야기하는데."

"그렇지만 난, 나는 할 말이 없어요. 이제 그만 일 시작하죠."

나탈리는 냉담했다. 클로에가 오지랖 넓게 끼어드는 것이 달갑
잖았다. 클로에의 눈빛은 꼭 뭔가 험담 거리를 찾아내려 안달하
는 사람의 눈빛이었다. 무안해진 클로에는 내일이 자신의 생일
이라 파티를 계획하고 있다고 우물쭈물 말했다. 나탈리는 애매
하게 고개를 끄덕였는데, 애매한 긍정의 의미로 보였다. 하지만
그녀는 자신이 그 자리에 참석할지 확신할 수 없었다.

잠시 후 사무실 안에서 나탈리는 클로에의 그 노골적인 태도
에 대해 다시 생각해보게 될 것이다. 지난 수개월 동안 나탈리
는 가는 데마다 소문을 달고 다녔다. 그녀가 어떻게 충격을 견뎌
내는지, 무슨 일을 하는지, 어떤 방식으로 업무에 매진하는지 등
뒤에서 수많은 눈들이 그녀를 주시했다. 그런 감시가 깊은 호의
에서 우러나오는 것이기는 해도 그녀에게는 부담으로 작용했다.
그 당시 그녀는 아무도 자신을 쳐다봐주지 않기를 바랐다. 끊임
없는 친절의 표현들이 역설적으로 그녀의 업무를 복잡하게 만들
곤 했다. 사람들의 관심을 끌던 이 시기는 그녀에게 씁쓸한 기억
으로 남아 있다. 그렇기에 그녀는 클로에가 한 말을 곱씹어보며
신중해져야만 한다는 것을, 마르퀴스와 있었던 일을 절대 거론

해서는 안 된다는 것을 깨달았다. 그런데 그와 무슨 일이 있기는 했나? 프랑수아를 떠나보내면서 그녀는 자신의 판단 기준도 모두 잃어버렸다. 사춘기 소녀 시절로 되돌아간 기분이었다. 사랑에 대해 알고 있던 모든 것들이 황폐해지고 말았다. 그 폐허 위에서 그녀의 심장이 고동치고 있었다. 그녀는 마르퀴스의 태도를, 자신에게 더이상 눈길조차 주지 않는 그의 대처 방식을 이해하지 못했다. 도무지 믿을 수 없는 행동이었다. 아니면 제정신이 아닌 걸까? 달콤한 사랑에 정신이 나가버린 것이라면 그럴 법도 했다. 어떤 여자를 바라보려 하지도 않는다는 것은 그녀를 진심으로 사랑한다는 의미였지만, 나탈리는 이 생각은 하지 않았다. 그렇다, 그녀의 생각이 여기까지 미치지는 못했다. 그녀는 그저 혼란에 빠져 있었다.

68

**〈베니스에서 죽다〉에서 타지오로 분한
비요른 안드레센에 관한 세 가지 소문**

뉴욕에서 한 게이 배우를 살해했다.

★

멕시코에서 비행기 사고로 죽었다.

★

평생 야채샐러드만 먹고 살았다.

69

마르퀴스는 일이 손에 잡히지 않았다. 그는 창가에 서서 허공
을 바라보며 시간을 보냈다. 그의 내부에는 여전히 노스탤지어
가 자리했다. 더 정확히 말하자면 터무니없는 노스탤지어였다.
처절한 과거였음에도 어찌 되었든 거기서 어떤 매력을 찾고자
하는 그 터무니없는 환상. 지금 이 순간, 보잘것없었던 그의 유
년 시절이 삶의 원천으로 보였다. 그는 과거의 세세한 에피소드
들을 떠올렸고, 그 일들이 항상 슬픔을 느끼게 했었는데도 새삼
감동으로 다가왔다. 어디든 피난처를 찾고 싶었다. 현재로부터
달아날 수 있는 곳이라면 어디라도 좋았다. 하지만 최근 며칠 사
이에 그는 아름다운 여자와 연극을 보러 가며 일종의 낭만적 꿈
을 이룬 상태였다. 그렇다면 그가 이토록 강렬히 뒷걸음질 치려
는 이유는 무엇인가? 복잡하게 생각할 필요 없이 분명 단순한 이

유가 있다. 그리고 그것을 이렇게 규정할 수 있다. **행복에 대한 두려움.** 사람은 죽기 전에 자기 인생에서 가장 아름다웠던 순간들을 차례차례 돌이켜본다. 마찬가지로 행복이 바로 여기, 눈앞에 있는 순간에는 우울한 미소를 지으며 과거의 실패와 상처들을 돌이켜본다는 것도 납득할 수 있을 것 같다.

나탈리가 자신의 사무실로 와달라고 했지만 마르퀴스는 거절했다.

"나도 당신을 만나고 싶어요. 하지만 전화로 만납시다."

"전화로 만나자고요? 혹시 어디 아픈 거예요?"

"괜찮습니다. 염려해줘서 고맙네요. 그런데 부탁하건대 며칠 동안은 내 눈앞에 안 나타나주면 좋겠어요. 내 부탁은 그거 하나예요."

갈수록 뒷걸음질 치는 그의 태도에 기가 막혔다. 하지만 그의 이상한 반응이 또 매력적으로 느껴지기도 했다. 그에 관한 궁금증의 영역은 광활했다. 그녀는 마르퀴스가 전략적으로 행동하는 것은 아닐까 생각해보았다. 아니면 사랑을 유머러스하게 표현하는 현대식 태도인 걸까? 물론 그것은 그녀의 착각이었다. 마르퀴스는 한심한 초급 단계에 갑갑하게 갇혀 있을 뿐이었다.

퇴근 무렵이 되어 그녀는 그의 권고를 무시하고 마르퀴스의 사무실로 들어갔다. 그는 곧바로 시선을 돌렸다.

"이러는 건 좀! 게다가 노크도 없이 들어오다니요."

"당신이 나를 좀 봐줬으면 좋겠거든요."

"보고 싶지 않아요."

"원래 이런 사람인가요? 설마 와인 엎지른 일 때문에 이러는 건 아니죠?

"어느 정도 그 이유도 있어요."

"일부러 그러는 거예요? 나를 난처하게 만들자, 뭐 그런 건가요? 그렇다면 성공했네요."

"나탈리, 당신한테 말한 그대로예요. 다른 의도는 없어요. 나 자신을 보호하는 것, 그게 전부예요. 이해하기 어려운 말은 아니잖아요."

"그나저나 그렇게 고개를 돌리고 있다가는 목에 쥐가 나지 않겠어요?"

"마음보다는 목이 아픈 게 나아요."

나탈리는 그의 마지막 말을 곱씹으며 잠시 멍하니 서 있었다.

"만약 내가 당신을 보고 싶다면요? 당신과 시간을 함께 보내고 싶다면? 당신과 함께 있는 게 즐겁다면? 나는 어떻게 해야 하죠?"

"그럴 리 없어요. 결코 그럴 리 없을 겁니다. 그만 나가주면 좋겠네요."

나탈리는 어찌해야 할 바를 몰랐다. 그에게 키스를 해야 할까, 뺨을 한 대 올려붙여야 할까, 그를 버려야 할까, 무시해야 하는 걸까, 욕을 해줘야 하는 걸까, 애원해야 하나? 결국 그녀는 문손잡이를 돌려 사무실 밖으로 나갔다.

70

다음 날, 오후 끝 무렵에 클로에가 생일파티를 열었다. 그녀는 사람들이 자신의 생일을 잊어버리고 그냥 넘어가는 것을 참을 수 없었다. 몇 년 지나면 분명 정반대가 될 테지만. 그녀의 활력, 써늘한 분위기에 불을 댕기는 능력, 그 자리에 있는 직원들의 기분을 억지로나마 유쾌하게 만드는 방식은 인정해줄 만했다. 같은 층의 직원 거의 모두가 파티에 참석했고, 클로에는 무리 한가운데서 샴페인을 마셨다. 그러면서 생일선물을 기대하고 있었다. 우스꽝스러울 만큼 자기애를 과장되게 표현하는 그녀의 태도에는 감동적이고도 매력적이라 할 만한 무언가가 있었다.

파티가 열리는 공간은 아주 넓지는 않았다. 그럼에도 마르퀴스와 나탈리는 서로에게서 가능한 한 멀리 떨어져 있으려고 애썼다. 그녀는 마침내 그의 요구를 받아들였고, 그의 시야에 들어가지 않으려고 이럭저럭 노력했다. 두 사람 사이의 밀고 당기기를 추적하고 있던 클로에는 그들의 모습에 속지 않았다. 그녀는 생각했다. '저 두 사람은 말을 나누지 않는 척하고 있지만, 오히려 그게 더 의미심장해.' 얼마나 예리한가. 그러나 이 연애사에 지나치게 신경 쓰고 싶지는 않았다. 중요한 것은 바로 자신의 생일파티를 멋지게 성공시키는 일이었다. 동료들은 남자 여자 할 것 없이 모두들 정장을 차려입고 손에 술잔을 들고 편안한 자세로 서서 흥겨운 파티의 기술을 펼쳐 보이고 있었다. 마르퀴스는 그들 각자가 연출하는 가벼운 흥분을 지켜보았고, 그 모습이 그로테스크하다는 생각을 했다. 하지만 그에게 그로테스크란 지극히 인간적인 면모의 하나였다. 그 역시 이 집단적 움직임에 동조하고 싶었다. 뭔가 좋은 일을 해야 할 필요성을 느낀 그는 오후 끝자락에 전화로 흰 장미 꽃다발을 주문해놓았었다. 평소 클로에와의 관계를 고려해볼 때 지나치게 과한, 아주 큰 꽃다발이었다. 흰색에라도 희망을 걸고 매달려보고자 함이었다. 어마어마하게 큰 흰색에. 흰색이 붉은색을 상쇄해줄 수도 있으니까. 꽃을 배달하는 젊은 여자가 회사 안내데스크에 도착하자 마르퀴스는 아래로 내려갔다. 참으로 놀라운 광경이었다. 이 영혼 없는 기능 본위의 공간에서 거대한 꽃다발을 받아들고 있는 마르퀴스.

이렇게 희고 숭고한 덩어리를 내민 채 그는 클로에를 향해 걸어갔다. 그가 다가오는 것을 보고 클로에가 물었다.

"나한테 주는 거야?"

"응. 생일 축하해, 클로에."

클로에는 이 상황이 마음에 걸렸다. 본능적으로 고개를 돌려 나탈리를 보았다. 마르퀴스에게 어떻게 대꾸해야 좋을지 막막했다. 두 사람 사이에는 백白이 있었다. 일테면 '흰 바탕에 흰 사각형'이었다. 모두들 두 사람을 바라보고 있었다. 두 사람의 얼굴, 즉 흰색에서 떨어져 나온 작은 조각들이 마침내 보였다. 클로에는 무슨 말이든 해야겠다는 생각이 들었다. 그런데 어떤 말을 하지? 결국 그녀가 고른 말은 이것이었다.

"이럴 것까지는 없는데. 너무 과하네."

"응, 과하긴 해. 하지만 내가 흰색을 원했거든."

마르퀴스는 다른 동료가 선물을 들고 다가오는 틈을 타 자리에서 물러섰다.

나탈리는 멀리서 그 장면을 지켜보았다. 그녀는 마르퀴스가 설정한 규율을 지키고 싶었지만, 눈앞에 펼쳐지는 장면이 몹시 거슬려 그에게 말을 하기로 결심했다.

"어째서 클로에에게 저런 꽃다발을 준 거죠?"

"글쎄요."

"이봐요…… 당신의 자폐 환자 같은 태도에 질리기 시작했어요…… 나를 쳐다보지도 않고…… 설명해주지도 않고."

"정말이지 나도 잘 모르겠어요. 제일 난감한 사람은 나예요. 내가 보기에도 꽃다발이 지나치게 크네요. 하지만 이렇게 되고 말았죠. 주문할 때 흰 장미로 큰 꽃다발을 만들어달라고 했으니까."

"그녀를 사랑한다, 그 말인가요?"

"질투하는 건가요?"

"질투하는 거 아니에요. 하지만 당신이 사실은 스웨덴 사람 특유의 우울한 탈을 쓴 선수는 아닌지 의심이 들기 시작하네요."

"그러면 당신은…… 남성 심리 전문가겠죠, 분명."

"웃기지 마요."

"정말 웃기는 건 내가 당신에게도 줄 선물을 준비했고, 그걸 당신한테 주지 못했다는 거죠……"

그들은 서로 마주 보았다. 그리고 마르퀴스는 속으로 중얼거렸다. 내가 어떻게 이 여자를 안 보겠다는 생각을 할 수 있었을까? 그가 미소를 지어 보였다. 그녀도 미소로 답했다. 그렇게 또

다시 미소의 왈츠가 시작되었다. 놀라운 일이다. 때로 사람들은 결심을 하고, 앞으로는 모든 게 결심대로 될 거라고 다짐하지만, 보일 듯 말 듯한 입술의 움직임 하나만으로도 영원할 것 같던 그 확고한 결심이 무너질 수 있다. 지금 막 마르퀴스의 의지는 명백한 나탈리의 얼굴 앞에서 스르르 무너졌다. 피로에 지치고 상대방을 이해하지 못해 찡그린 얼굴이지만 그래도 여전히 나탈리의 얼굴이었다. 두 사람은 다른 이들이 눈치 채지 않게 파티장을 빠져나와 마르퀴스의 사무실로 갔다.

71

공간은 협소했다. 두 사람 사이의 안도감이 사무실을 가득 채웠다. 그들은 단둘이 있을 수 있어서 기뻤다. 마르퀴스는 나탈리를 바라보았다. 그녀의 눈빛에서 망설임을 읽자 마음이 요동쳤다.

"그런데 선물은 뭐죠?" 나탈리가 물었다.

"지금 줄게요. 하지만 집에 돌아가기 전까진 열어보지 않겠다고 약속해요."

"그럴게요."

마르퀴스가 작은 상자를 내밀었고 나탈리는 그것을 가방에 넣었다. 두 사람은 잠시 그대로 있었다. 언제까지나 지속되는 순간이었다. 마르퀴스는 무슨 말이든 해서 침묵을 채워야 한다는 의무감 따위 느끼지 않았다. 두 사람은 서로를 되찾아 편안하고 행복했다. 시간이 어느 정도 흐르고 나탈리가 말했다.

"파티로 돌아가야 할 것 같아요. 우리가 다시 나타나지 않으면 이상하게 생각할 거예요."

"맞는 말이에요."

두 사람은 사무실에서 나와 복도를 따라 걸었다. 파티 장소로 돌아온 그들은 깜짝 놀라고 말았다. 아무도 없었던 것이다. 파티는 이미 끝나고 모든 것이 정돈되어 있었다. 그들은 서로를 바라보며 의아해했다. 대체 얼마나 오랫동안 사무실에 있었던 걸까?

집으로 돌아온 나탈리는 소파에 걸터앉아 상자를 열었다. 눈앞에 나타난 것은 페즈 사탕 케이스였다. 놀라운 일이었다. 사실 페즈는 프랑스에서 구할 수 없는 것이었으니까. 이 선물에 그녀는 깊이 감동했다. 그녀는 다시 외투를 걸치고 집을 나섰다. 그러고는 팔을 흔들어 택시를 잡았다(이 행동이 갑자기 너무나 간단해 보였다).

72

위키피디아의 '페즈' 항목 내용

'페즈'라는 이름은 상업화된 최초의 향인 후추향 박하를 가리키는 독일어 페페르민츠Pfefferminz에서 파생되었다. 페즈의 생산지는 오스트리아이며, 세계 각지로 수출되고 있다. 페즈 사탕 케이스는 유명 캐릭터 가운데 하나를 형상화한 것이다. 케이스의 다양한 캐릭터 덕분에 페즈는 수집가들의 열광의 대상이 되었다.

문앞에 선 나탈리는 잠시 망설였다. 몹시 늦은 시각이었다. 하지만 여기까지 온 이상 그냥 돌아간다는 것은 어처구니없는 일이었다. 그녀는 초인종을 한 번 누르고, 이어서 한 번 더 눌렀다. 아무 응답도 없었다. 문을 두드려보았다. 잠시 후 발소리가 들려왔다.

"누구세요?" 불안감이 깃든 목소리였다.

"저예요." 그녀가 대답했다.

문이 열리고, 나탈리는 예상치 못한 모습과 맞닥뜨렸다. 그녀의 아버지가 산발한 머리카락에 얼빠진 눈을 하고 서 있었다. 마치 무언가를 도둑맞기라도 한 듯 넋이 나간 얼굴이었다. 따지고 보면 그런지도 모른다. 잠을 도둑맞은 참이니까.

"대체 무슨 일이냐? 무슨 문제라도 생긴 거야?"

"아뇨…… 별일 없어요…… 보고 싶어서 온 거예요."

"이 시간에?"

"네, 너무 보고 싶었거든요."

나탈리는 집 안으로 들어갔다.

"네 엄마는 역시 한밤중이야. 세상이 일시에 딱 멈춘다 해도 그 사람은 아마 계속 잘 거다."

"초인종을 누르면 아빠가 일어나실 거라고 예상했어요."

"뭐 마실래? 허브티 한잔 줄까?"

나탈리는 고개를 끄덕였고, 아버지는 부엌으로 향했다. 그녀와 아버지 사이에는 마음을 든든하게 해주는 무언가가 있었다. 놀랐던 마음이 가라앉고 아버지는 침착한 태도를 되찾았다. 모든 일을 그가 도맡아 한다는 것이 느껴졌다. 그렇지만 한밤중 이 시각에 나탈리의 머릿속에 스치듯 떠오른 생각은 아버지도 나이가 들었다는 것이었다. 실내화를 신고 걷는 모습을 보고 든 생각이었다. 그녀는 속으로 중얼거렸다. 모습은 영락없이 한밤중에

화들짝 깬 사람인데, 무슨 일인지 알아보려고 문간으로 나오는데도 실내화부터 찾아 신다니. 발을 신경 써야 하는 상황에 그녀는 마음이 애잔해졌다. 아버지가 거실로 돌아왔다.

"그래, 무슨 일인 게냐? 날이 밝기를 기다릴 수도 없었던 일이 대체 뭐니?"

"이걸 보여드리고 싶었어요."

그녀는 주머니에서 페즈 사탕 케이스를 꺼냈다. 그 즉시 아버지도 딸과 동일한 감동에 사로잡혔다. 이 작은 물건이 두 사람을 같은 해 여름으로 데려다놓았다. 그리고 별안간 그의 딸은 여덟 살이 되어 있었다. 나탈리는 아버지 곁으로 다가가 조심스레 아버지의 어깨에 머리를 기댔다. 페즈에는 과거 여름날의 정겨움, 세월과 함께 사라졌던 모든 것이 담겨 있었다. 한꺼번에 사라진 게 아니라 조금씩 흩어지듯 소진되어버린 것들이었다. 그리고 불행 이전의 시절, 상처라고 해봐야 낙상, 찰과상이 전부이던 시절이 담겨 있었다. 또한 페즈에는 아버지의 모습, 아이였던 그녀가 달려가 품에 안기기를 좋아했던 남자의 모습이 담겨 있었다. 아버지의 품에 폭 안겨 있으면 그녀는 자신감에 한껏 부풀어 올라 미래를 생각할 수 있었다. 나탈리와 그의 아버지는 놀라움에 사로잡힌 채 그 사탕 케이스를 한참 동안 바라보고 있었다. 너무나 감동적인 그 사탕은 하잘것없고 우스꽝스러운 소품이었지만 삶의 온갖 맛을 품고 있었다.

그 순간 나탈리가 울음을 터뜨렸다. 눈물방울이 뚝뚝 떨어지는 진짜 울음이었다. 아버지와 마주할 때면 억눌러왔던 고통의 눈물이었다. 이유는 알 수 없지만 그녀는 아버지 앞에서 단 한 번도 있는 그대로 감정을 쏟아놓지 않았다. 그녀가 외동딸이기 때문이었을까? 아들 역할까지 해내야 했기 때문이었을까? 눈물이 헤퍼서는 안 될 사내아이의 역할을? 하지만 그 순간 그녀는 소녀였고, 남편을 잃은 여자아이였다. 그래서 그 모든 시간을 겪고 나서, 페즈의 향수에 잠겨 그녀는 아버지의 품속에서 울기 시작했다. 위안을 기대하며 자신의 감정에 몸을 맡긴 것이다.

74

다음 날, 사무실에 도착한 나탈리는 몸이 조금 좋지 않았다. 간밤에 결국 부모님 댁에서 잠이 들었다가 이른 새벽 어머니가 일어나기 전에 자신의 집으로 돌아왔다. 소녀 시절 하얗게 밤을 지새우던 기억, 동이 틀 때까지 파티에 있다가 옷을 갈아입고 곧장 학교에 갔던 날들이 떠올랐다. 그녀는 신체의 모순성을 느꼈다. 피곤한 상태가 오히려 각성을 불러일으킨 것이다. 그녀는 마르퀴스를 만나러 갔다. 그리고 그가 전날과 똑같은 표정을 짓고 있음을 확인하고는 놀랐다. 동일성이 주는 어떤 고요한 힘. 그녀는 안심이 되었고, 위안을 느끼기까지 했다.

"고맙다고 말하려고요······ 선물 고마워요."

"별것 아닌데요 뭘."

"오늘 저녁에 술 한잔 사도 돼요?"

마르퀴스는 고개를 끄덕여 보이면서 생각했다. '나는 이 여자를 사랑해. 게다가 항상 데이트를 주도하고 있잖아.' 무엇보다 더이상 두려워하지 말아야 한다고 생각했다. 그렇게 뒷걸음질 쳤던 자신의 행동, 스스로를 방어하려 했던 태도가 우스꽝스러웠다. 당장 벌어지지도 않을 잠재적인 고통을 피하려 해서는 안 될 일이었다. 그는 또다시 생각에 잠겼고, 답을 찾고자 했을 때 그녀는 이미 몇 분 전 방을 나간 뒤였다. 마르퀴스는 생각을 이어나갔다. 이 모든 상황이 그 자신을 고통, 실망, 가장 잔인한 감정적 궁지로 몰아갈지도 모른다고. 하지만 그는 계속 밀고 나가고 싶었다. 미지의 목적지를 향해 떠나고 싶었다. 그 무엇도 비극적이지 않았다. 고통의 섬, 망각의 섬, 그리고 아직은 더 멀리 있는 희망의 섬, 이 세 섬 사이에는 연락선이 있다는 사실을 그는 알고 있었다.

나탈리는 카페에서 바로 만나자고 제안했었다. 전날 두 사람이 함께 사라진 일도 있으니 좀더 신중하게 움직이는 편이 낫겠다는 생각이었다. 게다가 클로에가 이것저것 캐묻기도 했다. 그도 그러자고 했다. 마음 같아서는 기자회견이라도 열어 자신과 나탈리의 만남에 대해 속속들이 알리고 싶을 정도였지만. 약속 장소에 그가 먼저 도착했다. 그는 사람들 눈에 잘 띄는 자리에 앉기로 했다. 자신과 데이트를 할 아름다운 여자가 자리에 와서 앉는 장면을 한 사람도 놓치지 않고 목격할 수 있는 전략적인 위치 선정이었다. 그것은 절대 과시적인 것으로 치부해서는 안 될 의미심장한 행위였다. 결단코 남자로서의 허영심에서 비롯한 행동이 아니었다. 훨씬 더 중요한 다른 의미를 읽어내야 한다. 즉 그 행위는 자기 자신을 그대로 인정하는 것의 성공적인 첫걸음이었던 것이다.

참으로 오랜만에 그는 집에서 나오면서 읽을 책을 깜박 잊고 챙기지 않았다. 나탈리가 약속 장소로 가능한 한 빨리 오겠다고는 했지만, 그의 기다림이 조금 길어질 가능성이 아주 없는 것은 아니었다. 마르퀴스는 자리에서 일어나 무료 배포 신문을 한 부 가져와서 읽기 시작했다. 한 가지 사건이 금세 흥미를 끌었다.

이 사회면 기사에 몰두해 있을 때 나탈리가 나타났다.

"괜찮아요? 내가 방해하는 건 아닌가요?"

"아뇨, 전혀 아니에요."

"아주 골똘히 들여다보고 있는 것 같아서요."

"네, 기사 하나를 읽고 있었어요…… 모차렐라 치즈 밀수에 대한 것인데."

나탈리는 걷잡을 수 없이 웃음이 터져 나왔다. 피곤할 때면 미친 듯이 웃을 때가 있는데, 이번이 그랬다. 웃음을 멈출 수가 없었다. 마르퀴스도 자신의 말이 재미있을 수 있었다는 것을 깨달았고, 그래서 따라 웃기 시작했다. 그들은 자신도 모르게 멍청이처럼 굴고 있었다. 그는 앞뒤 재지 않고 단순하게 대답했다. 그리고 이제 그녀가 멈출 줄 모르고 웃고 있었다. 그것은 마르퀴스가 보기에도 영락없이 실성한 모습이었다. 네 발 달린 물고기를 마주 보고 있는 것만 같았다(누구에게나 즐겨 쓰는 은유가 있는 법이다). 여러 해 동안 수백 번의 스피드 데이트에 참석하면서 그는 진지한, 상냥하지만 늘 진지한 그런 여자들만 만나왔다. 그는 나탈리가 웃는 모습도 물론 보았고, 이미 그녀를 웃게 한 적도 있었지만 이렇게 밝은 웃음은 아니었다. 그녀가 이처럼 미친 듯이 웃은 적은 이번이 처음이었다. 그녀의 입장에서는 모든 대답이 거기 있었다. 바로 그 순간이 그녀가 마르퀴스와 함께하는 시간을 좋아한다는 사실의 가장 순결무구한 증거였다. 카페에 미리 와서 앉아 있다가 그곳에 도착한 당신을 환한 미소로 맞이하며 모차렐라 치즈 밀수에 대한 기사를 읽고 있노라고 심각한 어조로 말해주는 그 남자가 그녀는 좋았던 것이다.

75

〈메트로〉 지에 실린
'모차렐라 밀수단 소탕'이라는 제목의 기사

봉두플(에손 지방)에서 벌어진 '고품질' 모차렐라 밀수단 소탕 작전으로 어제와 그제 다섯 명이 경찰에 감치되었다. 이 사건의 수사를 담당하고 있는 에브리 지방 치안대 중대장 피에르 슈츠코프에 따르면 '2년 사이에 60에서 70판, 즉 30톤가량이 밀수입되어' 이 지역과 빌쥐프(발드마른 지방)에서 판매되었다. 피해액이 28만 유로에 달하는 무시할 수 없는 규모의 밀수 사건인 것이다. 이 사건의 수사는 2008년 6월 스테프 사의 제소로 시작되었는데, 밀수 경로를 추적하여 특히 두 곳의 피자 식당 주인이 연루된 것을 확인하고 그들을 소환할 예정이다. 두 식당 중 팔레조에 위치한 한 곳은 이번 사건에서 중계를 담당한 것으로 추정되고 있다. 남은 일은 이번 사건의 주모자와 밀수 수익금이 흘러들어간 곳을 밝히는 것이다. V. M.

76

감정의 이야기가 전개되는 과정을 보면, 상반된 두 순간에 술이 동반된다. 하나는 상대방을 발견하고 서로 이야기를 나누어야 할 때, 다른 하나는 서로 나눌 이야기가 더이상 없을 때. 지금 이 경우는 첫번째 단계였다. 시간이 흐르는 줄도 모르는 단계, 이야기를 재구성해보는 단계, 그리고 특히 그 키스 장면을 되풀이해보는 단계. 나탈리는 그 키스가 우연한 충동에 따랐던 것이라고 생각했다. 어쩌면 그게 아닌가? 우연이란 존재하지 않았는지 모른다. 그 모든 것이 직관의 무의식적인 행보였는지도. 그녀는 이 남자와 함께라면 즐거울 것만 같았다. 이런 느낌이 그녀를 행복하게 했고, 이어서 심각하게 만들었다가 또다시 행복감을 안겨주었다. 명랑함에서 슬픔에 이르는 끊임없는 여정이었다. 그리고 이제 그 여정을 따라 두 사람은 카페 밖으로 나왔다. 날씨가 차가웠다. 나탈리는 몸 상태가 그리 좋지 않았다. 전날

밤길을 오간 탓에 감기에 든 터였다. 이 두 사람은 어디로 갈 것인가? 긴 산책 같은 것을 예상할 수 있다. 아직은 대담하게 상대방의 집으로 갈 수도 없고, 그만 헤어지는 것은 무엇보다 바라지 않는 일이니까. 망설임이 계속되도록 내버려둔다. 그런 불확정의 감정이란 아직 밤보다 한층 더 강력하다.

"키스해도 돼요?" 그가 물었다.
"글쎄요…… 감기 기운이 있는데."
"상관없어요. 당신 따라서 아플 준비가 되어 있으니까. 키스해도 되죠?"

나탈리는 그가 자신의 의사를 물어보는 것이 몹시도 좋았다. 그것은 델리카테스의 한 형태였다. 그와 함께 보내는 매 순간은 평범함을 벗어나곤 했다. 그런 고통을 겪고 나서 다시금 이런 경이로운 세계에 빠질 수 있으리라고는 상상하지 못했다. 이 남자에게는 무엇인가 독특한 것이 있었다.

그녀는 고개를 끄덕여 키스를 허락했다.

77

우디 앨런의 영화 〈셀러브리티〉에서
마르퀴스의 대답에 영감을 준 대화

샤를리즈 테론 옮을까봐 겁나지 않아요? 난 감기에 걸렸는데.
케네스 브래너 당신한테서 옮는 것이라면 나는 불치의 암이라
            도 마다 않겠어요.

78

저녁 데이트는 특별할 수 있고, 잊을 수 없는 밤이 될 수도 있
지만, 그 시간들의 끝에는 언제나 여느 때와 다름없는 아침이 기
다리고 있는 법이다. 나탈리는 엘리베이터를 타고 사무실로 올
라가고 있었다. 그녀는 그 좁은 공간에서 누군가와 마주하게 되
는 것을 좋아하지 않았다. 억지로 미소를 짓고 인사말을 주고받
아야 한다는 게 싫었다. 그래서 빈 엘리베이터를 기다렸다가 타
곤 했다. 하루 일과를 향해, 사람들을 흙 속에 집을 지은 개미들
로 만드는 골방으로 올라가는 그 몇 초간의 시간이 좋았다. 엘리

베이터에서 내리면서 그녀는 사장과 코가 닿았다. 단지 언어 표현이 아니라, 진짜로 그들은 맞부딪쳤다.

"신기하네…… 요즘 좀처럼 얼굴 보기 힘들다는 생각을 하던 차였는데…… 이렇게 딱 당신을 만나다니! 나한테 이런 능력이 있다는 걸 진작 알았더라면 다른 소원을 빌었을 텐데……"

"짓궂으시네요, 참."

"좀더 진지해지자면 말이지, 당신한테 해야 할 말이 있어. 좀 이따 내 방에 들러주겠나?"

요 근래 나탈리는 샤를의 존재를 거의 잊고 지냈다. 그의 존재란 이제는 사용되지 않는 옛날 전화번호 같은, 현대적인 것과는 더이상 연결점이 없는 요소였다. 속달 우편용 기송관*이었다. 그녀는 그의 사무실로 다시 갈 생각을 하니 이상한 기분이 들었다. 얼마 만에 그곳에 가는 거지? 그녀도 정확히는 알 수 없었다. 어느 틈엔가 과거가 모습을 바꾸기 시작했다. 머뭇거림 속으로 퍼져 묽게 희석되고, 망각의 반점들 아래로 숨어들기 시작했다. 그리고 그것은 다행스럽게도 현재가 다시금 제 역할을 하고 있다

---

* 1860년대 미국, 프랑스 등지에서는 지하에 설치된 기송관에 압착공기를 가하여 두 도시 사이의 우편물을 송달하곤 했다. 그렇게 도착한 우편물은 다시 속달로 처리됐다.

는 증거였다. 그녀는 아침나절을 흘려보내고, 결단을 내렸다.

79

지난 세기의 전화번호 예시

오데옹 32-40

★

파시 22-12

★

클리시 12-14

80

나탈리는 샤를의 사무실로 들어갔다. 평소보다 덜 열려 있는 덧창이 눈에 들어오자마자, 그날 아침을 어둠에 빠뜨리려는 모종의 시도가 있었다는 사실을 확인할 수 있었다.

"정말이지 여기 안 온 지 한참 되었네요." 그녀는 걸음을 옮기며 말했다.

"한참이라, 그렇군……"

"그날 이후로도 라루스 사전에서 단어 읽기를 계속하셨겠죠……"

"아, 그거…… 아니. 그만뒀어. 어휘 정의는 이제 지긋지긋해졌어. 솔직히 말해서 단어의 의미를 알아서 무엇에 쓰는지 좀 알려주겠나?"

"그걸 물어보시려고 보자고 하신 건가요?"

"아니…… 그건 아니고…… 그동안 서로 지나치기만 했던 것 같은데…… 그래서 그냥 잘 지내는지 알고 싶어서…… 요즘 어떻게 지내는지……"

그는 이 마지막 말을 거의 더듬다시피 중얼거렸다. 이 여자와 마주한 지금 그는 탈선한 열차였다. 어째서 이 여자가 자신에게 이런 영향을 미치는지 그는 이해하지 못했다. 그녀가 아름다운 건 분명했다. 그가 보기에 그녀의 삶의 방식이 멋진 것도 분명했다. 그렇다고 그걸로 충분한 것일까? 그는 권력 있는 남자였다. 게다가 자기가 나타나기만 하면 빨간 머리 여비서들이 때때로 킥킥 웃으며 몸을 꼬기도 한다. 여자라면 얼마든지 가질 수 있을 것이다. 어디서든 저녁 데이트를 즐기는 데 아무 문제 없는 상황이다. 그런데 이게 대체 뭔가? 아무런 말도 할 수 없었다. 그는 첫인상의 절대적인 힘에 휘둘리고 있는 것이다. 이력서에서 그녀의 얼굴을 본 그 순간, "이 여자를 면접봐야겠는걸" 하고 중얼거렸던 그 순간의 절대권력에. 이유는 그것밖에 없었다. 마침내 그 여자가 눈앞에 나타났다. 머뭇거리는 태도로 들어선 창백한 얼굴의 젊은 유부녀였다. 잠시 후 그는 그녀에게 크리스프롤을 먹어보라고 권했다. 어쩌면 그는 한 장의 사진과 사랑에 빠졌던 것일까? 사진 속 미녀와 맺은 관능의 강제 조약에 예속되어 살아가는 것보다 더 진 빠지는 일은 없다. 샤를은 계속해서 그녀를 탐색하듯 바라보았다. 그녀는 자리에 앉고 싶은 마음이 없었다. 걸음을 옮기면서 이것저것 만지작거리고 이유 없이 미소를 짓곤 했다. 그야말로 여성성의 강렬한 화신이었다. 마침내 그녀는 그의 사무실을 한 바퀴 돌고 나서 그의 뒤편에 와서 섰다.

"뭘…… 뭘 하는 거지?"

"사장님 머리를 보고 있어요."

"어째서?"

"뒤통수를 살펴보는 거예요. 사장님이 뒤통수에 다른 꿍꿍이속을 숨겨놓은 것 같아서요."

설상가상이었다. 그녀에게는 유머감각도 있었다. 샤를은 이런 장면에 어쩔 줄 모르고 당황했다. 그녀가 자기 뒤에 서서 이 상황을 재미있어하고 있는 것이다. 과거는 정말로 지나간 과거일 뿐이라는 것을 처음으로 실감했다. 그녀가 슬픔에 젖어 있던 시절, 그는 그녀에게 다가가기에 가장 유리한 위치에 있었다. 밤마다 그는 그녀가 자살할지도 모른다는 생각에 잠을 설쳤다. 그런데 지금 그녀는 지나칠 만큼 활기 넘치는 모습으로, 그의 뒤에 서 있는 것이었다.

"이제 저기 좀 앉으면 어떨까." 그가 조용히 말했다.

"좋아요."

"행복해 보이네. 그래서 예뻐진 거로군."

나탈리는 대답하지 않았다. 그녀는 그가 뭔가 새로운 이야기를 캐내기 위해 자신을 부른 것이 아니기를 바랐다. 그가 말을 이었다.

"내게 할 말은 전혀 없나?"

"없어요. 저를 보자고 한 건 사장님이잖아요."

"팀은 문제없이 잘 돌아가는 거지?"

"네, 제가 보기에는요. 어쨌거나 그런 건 저보다 사장님이 더 잘 아시잖아요. 매출액 보고서를 보실 테니까."

"그럼…… 마르퀴스하고는 어떻게 지내?"

그의 꿍꿍이속은 바로 이것이었다. 그는 마르퀴스에 대해 이야기하고 싶었던 것이다. 어째서 그녀는 이런 사실을 좀더 일찍 생각하지 못했던 걸까?

"당신이 종종 그와 함께 저녁식사를 한다는 말이 들리더군."

"누가 그런 이야기를 해주던가요?"

"이 자리에 있으면 뭐든 다 알게 되지."

"그래서요? 그건 제 사생활이에요. 그게 사장님과 무슨 상관이죠?"

별안간 나탈리가 말을 끊었다. 안색이 달라졌다. 그녀는 샤를을 빤히 쳐다보았다. 그녀의 입에서 나올 말에 목을 매고서 해명을 고대하는 옹색한 모습, 모든 게 거짓말이라고 말해주기만을 바라는 모습이었다. 그녀는 계속해서 한참 동안이나 그를 응시하면서도 어떤 방식으로 대응해야 할지 답을 찾지 못했다. 결국 그녀는 한마디 말도 더 덧붙이지 않은 채 사무실에서 나가버렸다. 사장을 의혹 속에, 큰 실망감 속에 남겨둔 채. 그녀는 자신을 두고 벌이는 그 쑥덕공론이 불쾌했다. 등 뒤에서 주고받는 험담들을 참을 수 없었다. 꿍꿍이속이라든가 뒷공론들, 뒤통수치기, 그녀는 이런 모든 것을 혐오했다. 무엇보다 '뭐든 다 알게 된다'는 샤를의 말에 화가 났다. 이제 그 말을 곱씹어보니 알 수 있었다. 다른 사람들의 시선에서 느꼈던 것이 무엇이었는지. 누군가 레스토랑에서 두 사람을 봤거나, 아니면 둘이 함께 퇴근하는 것만 보았더라도 그걸로 충분했다. 그래서 회사 전체가 들썩였던 것이다. 어째서 그녀는 화가 난 걸까? 그건 자신의 사생활이라고 그녀는 무뚝뚝하게 대답했다. "그래요. 그 남자가 마음에 들어요"라고 샤를에게 얼마든지 말할 수 있었을 것이다. 자신 있게. 하지만 아니었다. 그녀는 현재의 상황을 말로 설명하고 싶지 않았다. 그 누구도 자신에게 요구할 수 없는 일이었다. 사무실로 돌아오는 길에 그녀는 동료들과 마주쳤고, 변화를 확인했다. 다른 무언가가 동정과 호의의 눈길을 서서히 잠식하고 있었다. 그러나 그녀는 어떤 일이 생길지 여전히 상상할 수 없었다.

81

**장 폴 벨몽도와 아니 지라르도가 출연한
클로드 를루슈 감독의 영화 〈마음에 드는 남자〉의 개봉일**

1969년 12월 3일

나탈리가 사무실에서 나간 뒤, 샤를은 한참 동안 움직이지 못하고 그대로 있었다. 자신이 방금 전 대화를 요령 있게 끝고 나가지 못했음을 잘 알고 있었다. 서툴렀다. 무엇보다 자신의 진짜 속마음을 그녀에게 전달하기에는 능력 부족이었다. "아니, 그 문제는 나와 상관있지. 당신은 나와 데이트하려 하지 않았어. 남자를 사귀고 싶어 하지 않았으니까. 그러니까 말이지, 난 당신 감정이 어떤지 알아야겠어. 그의 어떤 점이 마음에 드는지, 나의 어떤 점이 거슬리는지 알아야겠다고. 내가 얼마나 당신을 사랑했는지, 그 때문에 얼마나 힘들었는지 당신도 잘 알잖아. 당신은 내게 설명해줘야 해. 그게 내가 요구하는 전부야." 그가 하고 싶었던 말은 대충 이런 것이었다. 그러나 실상은 그렇지 못했다. 사랑의 대화를 할 때면 항상 5분 지각하게 마련이다.

그는 오늘 업무에 집중할 수 없었다. 프로축구 1부 리그에서 무승부 행진이 벌어졌던 날 밤, 그는 나탈리에 대한 마음을 접고 체념하고 상황을 받아들였다. 그 결정으로 인해 야릇한 관능적 메커니즘이 작동하여 아내와의 관계가 회복되었다. 몇 주 동안이나 부부는 계속해서 섹스를 했고, 육체를 통해 상대와 만났다. 부부의 황금기라고 말할 수 있을 정도였다. 사랑을 회복한다는 것은 사랑을 처음 시작할 때보다 때로 훨씬 더 큰 감동을 주는 법이다. 그런데 이어서 고통이 다시금 천천히, 마치 비웃듯이 고개를 들었다. 그들이 다시 서로를 사랑할 수 있게 되리라고 어떻게 생각할 수 있었겠는가? 그것은 일시적 현상, 절망이 숨어 있는 삽화, 비장한 두 산 사이에 자리 잡은 경박한 들판이었다.

샤를은 기력이 다 빠져나가 쇠해진 느낌이었다. 스웨덴이라는 나라와 스웨덴 사람들이라면 신물이 났다. 언제나 평정을 유지하려고 애쓰는 그들의 빡빡한 습성이 지겨웠다. 전화 통화를 하면서 절대로 언성을 높이지 않는 그 습성도 지긋지긋했다. 그런 참선하는 듯한 태도, 그리고 사원들에게 안마를 해주는 그 태도도 마음에 들지 않았다. 이 모든 평안함이 그의 신경을 건드리기 시작했다. 지중해 지방 사람 특유의 히스테릭한 흥분이 그리웠다. 그래서 그는 때때로 양탄자 상인들과 사업을 해볼까 하는 망상에 빠져들곤 했다. 이런 와중에 나탈리의 사생활에 관한 그 소식을 접하게 되었다. 이후 그 남자, 마르퀴스라는 그자에 대한 생각이 머리에서 떠나지 않았다. 대체 어떻게 했기에 그런 멍청한 이름을 달고도 나탈리를 유혹할 수 있었던 걸까? 샤를은 그 사실을 믿고 싶지 않았다. 그의 입장에서 그녀의 마음은 일종의 오아시스 신기루였다. 다가갔다 싶으면 눈앞에서 사라져버리고 마는 것이다. 하지만 이번에는 문제가 달랐다. 그녀가 보여준 과도한 반응이 소문이 사실임을 확인해주는 것 같았다. 오 그럴 리가, 그건 있을 수 없는 일이었다. 만약 그게 사실이라면 그는 도저히 견딜 수 없을 것이었다. "대체 그가 어떻게 했기에?"라는 의문이 끊임없이 떠올랐다. 그 스웨덴 녀석이 그녀에게 마법을 부린 게 틀림없었다. 아니면 그와 비슷한 무슨 수작을 부렸을 터였다. 잠이 들게 하거나 최면을 걸어놓고는 묘약을 먹였을지도. 그게 아니고는 있을 수 없는 일이었다. 더구나 그가 본 나탈리는 아주 달라져 있었다. 그렇다, 아마도 이런 점, 그녀가 더이상 자신의 나탈리가 아니라는 점이 그에게 가장 큰 상처를 입힌 것이다. 뭔가 달라져 있었다. 진정한 변모였다. 이제 그의 눈에 해결책은 단 한 가지밖에 보이지 않았다. 마르퀴스를 불러들여서 그의 속셈이 무엇인지 떠보고 비밀을 캐내야 했다.

83

1957년 르노도상 수상작 미셸 뷔토르의 『변모』

스웨덴어를 포함해 번역된 언어의 수

20

84

마르퀴스는 결코 주변에 물의를 일으켜서는 안 된다는 가치관 속에서 성장해왔다. 어디를 가든 신중하게 처신해야만 하는 것이다. 그에게 삶이란 조심조심 지나가야 할 복도 같은 것이어야 했다. 그러니 당연히 사장이 자신을 부르자 불안해지기 시작했다. 그는 남자다운 사람, 유머감각과 책임감도 있을 법한 사람이었다. 믿을 만한 사람이었지만, 권력을 마주하는 즉시 아이가 되곤 했다. 불안감 속에 오만 가지 생각이 엄습했다. "왜 나를 보자는 걸까?" "내가 무슨 잘못을 했지?" "114호 문건의 증빙 자료를 잘못 챙긴 것일까?" "요 근래 치과에 다니느라 너무 자주 자리를 비웠나?" 죄의식이 사방에서 그를 옭아맸다. 아마도 이것이 그의 본래 성격일 것이다. 불합리한 죄책감에 늘 시달리면서 앞으로 닥칠 처벌을 두려워하는 성격.

그는 평소처럼 손가락 두 개로 노크를 했다. 샤를이 들어오라고 대답했다.

"안녕하십니까, 사장님 뵈러 왔습니다…… 저를 부르셨다고……"

"지금은 시간이 없는데…… 약속이 있어."

"아, 네."

"……"

"예, 그러면 나중에 다시 오겠습니다."

샤를은 이 직원과 이야기를 나눌 시간이 없다고 판단하고 그를 그대로 돌려보냈다. 마르퀴스라는 소문의 주인공을 기다리고 있었기 때문이다. 그러면서 방금 본 직원이 그 인물일 거라는 상상은 1초도 하지 못했다. 그 빌어먹을 녀석은 나탈리의 마음을 붙잡은 것으로도 모자라 오라는 소리를 듣고도 감히 코빼기도 비치지 않다니. 대체 어떤 막돼먹은 놈일까? 그냥 두고 볼 수 없는 일이었다. 대체 자기가 뭔 줄 아는 거야? 샤를은 전화로 비서를 호출했다.

"내가 마르퀴스 룬델인가 하는 직원한테 내 방에 좀 들르라고 했는데 아직 감감무소식이네. 어떻게 된 일인지 알아보겠나?"

"사장님께서 그만 가보라고 하셨다면서요."

"아니, 오지도 않았는데."

"아니에요, 방금 사장님 방에서 나오는 걸 봤는데요."

그러자 샤를은 정신이 멍해지는 느낌이었다. 별안간 바람이 몸속으로 들이쳤다가 횅하니 빠져나간 것 같았다. 물론 차디찬 북풍이었다. 거의 기절할 뻔했다. 그는 비서에게 그 직원을 다시 불러오라고 지시했다. 지금 막 자리에 돌아온 마르퀴스는 의자에 엉덩이를 붙이자마자 곧바로 다시 일어나야만 했다. 사장이 자신을 놀리려는 게 아닌가 하는 의심이 솟았다. 아마도 스웨덴 주주들에게 열 받는 일이 있어서 스웨덴 출신 직원한테 화풀이를 하는 거라고 생각했다. 마르퀴스는 요요 노릇을 하고 싶지 않았다. 만약 이런 일이 계속되면 그는 정말로 3층에 근무하는 노동조합원 장 피에르의 간청에 넘어가게 될 터였다.

그는 또다시 샤를의 사무실로 들어섰다. 샤를은 입안 가득히 무언가를 밀어넣고 우물거리고 있었다. 크리스프롤을 먹으면서 마음을 가라앉히려는 참이었다. 긴장을 풀 때 오히려 신경을 자극하는 것들을 이용하는 경우가 심심치 않은데, 샤를은 부들부들 떨고 몸을 흔들면서 입에서 빵 부스러기들을 마구 떨어뜨리고 있었다. 마르퀴스는 놀라서 얼어붙었다. 어떻게 이런 남자가 회사를 좌지우지할 수 있는 걸까? 하지만 두 사람 가운데 더 놀란 사람은 단연 샤를이었다. 어떻게 이런 남자가 나탈리의 마음을 좌지우지할 수 있는 걸까? 두 사람 모두 너무 놀라 한순간 시간이 멈춰버린 것 같았다. 그 시간 동안 누구도 앞으로 어떤 일이 벌어질지 상상할 수 없었다. 마르퀴스는 자신에게 어떤 일이 닥칠지 짐작할 수 없었다. 샤를은 자신이 무슨 말을 하게 될지 짐작할 수 없었다. 무엇보다 그는 상당히 충격을 받은 상태였다. '대체 어떻게 이런 일이 있을 수 있지? 이 녀석은 못생긴 데다…… 비실비실하고…… 물러터졌어. 딱 봐도 약해빠진 녀석이라고…… 아, 안 돼, 있을 수 없는 일이야…… 게다가 사람을 흘겨보는 꼬락서니 하고는…… 안 돼, 정말 못 봐주겠어…… 이 남자는 절대 안 돼, 나탈리…… 어느 한구석도 봐줄 수가 없어, 정말이지…… 아 역겨운 녀석…… 이 녀석이 나탈리 주위에 계속 얼쩡거린다는 건 말도 안 되는 일이야…… 말도 안 돼…… 이 녀석을 스웨덴으로 보내버리겠어…… 그래, 그거야…… 소규모 인사이동…… 내일 당장 이 녀석을 전근시켜야지!'

샤를은 이런 식으로 아주 오랫동안 궁리할 수도 있었다. 말할 기운이 없었던 것이다. 하지만 그를 불러놓았으니 무슨 이야기든 해야 했다. 일단 시간을 벌기 위해 그는 말을 꺼냈다.

"크리스프롤 하나 먹어볼 텐가?"

"아닙니다. 괜찮습니다. 그런 빵을 그만 먹고 싶어서 스웨덴을 떠나왔는걸요…… 여기서 그걸 또 먹고 싶지는 않습니다."

"아하…… 아하…… 아주 재미있군…… 아…… 히이!"

샤를은 미친 듯이 웃어대기 시작했다. 이 멍청이가 유머는 있네. 이런 멍청이가 다 있나…… 이거야말로 최악인데. 의기소침한 표정으로 있다가 유머를 구사하며 놀라게 하는군…… 예상하지 못하고 있다가 쿵, 농담 한 방이 날아오는 거야…… 이것이 이 녀석의 비결인 게 분명했다. 샤를은 늘 이 부분이 자신의 약점이라고 느껴왔다. 살아오면서 여자들을 웃게 해본 적이 많지 않았던 것이다. 심지어 그는 자기 아내를 떠올리며 혹시 여자들을 우울하게 만드는 능력을 부여받은 건 아닐까 자문해보기까지 했다. 사실 로랑스가 웃지 않은 지 2년 3개월하고도 17일째였다. 그걸 기억하고 있었는데, 마치 월식을 기록해놓듯 다이어리에 '오늘 집사람 웃음'이라고 적어둔 덕분이었다. 하여간 이제 더이상 이야기가 샛길로 빠지지 못하게 막아야 했다. 그는 말을 해야 했다. 어쨌거나 두려울 게 무엇인가? 고용주는 자신이었다. 식권 총액을 얼마로 정할지 결정하는 사람은 자신이고, 이건 무시할 문제가 아닌 것이다. 아무렴 아니지, 그는 스스로를 다잡아야 했다. 그런데 이 친구한테 뭐라고 말해야 할까? 어떻게 얼굴을 똑바로 쳐다보지? 그렇다, 이 남자가 나탈리와 스킨십을 할 수 있다는 생각에 샤를은 역겨워졌다. 이 남자가 자기 입술을 그녀의 입술에 갖다 댈 수 있다니. 이 얼마나 불경하고, 이 얼마나 극악무도한 만행인가! 오 나탈리. 그는 처음부터 나탈리를 사랑해왔다. 이건 분명한 사실이다. 아무도 우리의 열정을 사그라뜨릴 순 없어. 샤를은 그녀를 쉽게 잊을 수 있을 거라 생각했다. 하지만 아니었다. 과거의 감정은 그의 내부에서 겨울잠을 자듯 숨죽이고 있다가 이제 가장 파렴치한 차원에서 다시 깨어나고 있었다.

샤를은 전근보다 더 근본적인 해결책을 생각해냈다. 마르퀴스를 해고하는 것이었다. 그가 분명 업무상 실수를 저지른 적이 있을 것이다. 누구든지 실수를 저지르는 법이니까. 하지만 그는 그 일반적인 범주에 속하는 사람이 아니었다. 나탈리와 데이트를 했다는 게 그 증거였다. 이자는 아마도 모범 사원일 터였다. 미소 띤 얼굴로 초과근무를 하고, 봉급 인상은 결코 요구하는 법이 없는 사원. 그렇다면 이거야말로 최악의 상황이었다. 어쩌면 이 도깨비 같은 녀석은 노동조합에도 가입하지 않았을지 모른다.

"저를 보자고 하셨다고요?" 마르퀴스는 너무 놀라 무호흡 증세를 보이던 샤를의 긴 침묵을 깨뜨리려 했다.

"응…… 그렇지…… 곰곰이 생각해야 할 게 있어서 자네를 미처…… 이제 자네 문제를 이야기해보지."

샤를은 마르퀴스를 계속 이렇게 기다리게 할 수는 없었다. 아니다, 그를 온종일 이렇게 내버려두고 반응을 지켜볼 수도 있었다. 어떻게 하든지 문제가 되지는 않을 터였다. 사실 지금 그는 이런 생각을 하고 있었다. 입을 딱 다물고 있는 사람을 마주 대하고 있는 것보다 더 불편한 일은 없지. 특히 그 사람이 회사 사장일 경우는 더욱 그렇고. 여느 직원 같으면 불안한 기색을 보일 텐데. 식은땀을 흘리고, 손을 꼼지락거리고, 다리를 꼬았다 풀었다 할 텐데…… 이런, 여기 이자는 전혀 그렇지 않잖아. 꼼짝도 않고 10분, 어쩌면 15분을 버티고 있군그래. 대단한 극기심이야. 이 친구 두말할 것 없이 강한 정신력을 지녔군. 샤를이 이렇게 생각을 바꾸다니 정말 놀라운 일이었다.

그 순간 마르퀴스는 불안감이라는 지극히 불편한 감정에 뻣뻣이 굳어 있었다. 지금 벌어지는 일을 이해할 수 없었다. 몇 년 동안이나 그는 사장을 만난 적이 없었다. 그랬는데 사장은 이렇게 자신을 불러놓고는 침묵 속에 숨 막히게 만들고 있는 것이다. 두 사람은 각자 자신도 모르는 사이 상대방에게 힘의 이미지를 투사하고 있었다. 먼저 말을 시작해야 할 사람은 샤를이었지만 할 말이 없었다. 그의 말은 봉인되어 있었다. 샤를은 최면에 걸린 듯 계속해서 마르퀴스의 눈을 똑바로 바라보았다. 처음에 그는 마르퀴스를 쫓아낼 생각이었지만 곧 두번째 가설이 등장했다. 그의 내면에서 어떤 이끌림이 분명 공격적 적대감과 나란히 싹트고 있었다. 그를 쫓아버리기보다 그가 일을 하도록 해야만 했다. 샤를이 마침내 입을 열었다.

"기다리게 해서 미안하네. 이야기를 하기 전에 시간을 충분히 들여 신중하게 단어를 고르는 편이라서 말이야. 이제부터 자네에게 하게 될 말 같은 경우는 특히 그렇지."

"……"

"뭐냐 하면, 자네가 114호 문건을 담당하고 있다는 이야기를 들었네. 알다시피 이 회사에서 내가 모르고 넘어가는 일은 없으니까. 나는 전부 파악하고 있지. 그래서 이 이야기는 꼭 해야겠는데 말이야, 자네가 우리 회사에 있어서 기쁘다네. 스웨덴 주주들에게도 자네 이야기를 했더니 유능한 동향인이 있다는 사실을 아주 자랑스러워했어."

"고맙습니다……"

"고마워해야 할 사람은 나야. 모두들 자네가 이 회사에서 견인차 역할을 하고 있다고 느끼고 있지. 그것 말고도 나는 개인적으로 자네를 칭찬하고 싶네. 내가 회사의 인재들과 충분한 시간을 보내지 않고 있다는 생각이 들어. 자네를 더 잘 알 수 있다면 좋겠는데. 오늘 저녁에 함께 식사를 할 수 있겠나, 응? 자네 생각은 어때, 응? 어때, 괜찮지 않나?"

"아…… 좋습니다."

"잘됐군, 좋았어! 그리고 인생에 일이 전부도 아니잖나……
다른 이야기들도 실컷 나누기로 하지. 사장과 직원 사이의 장벽
은 가끔 없어도 좋다고 생각하거든."

"그렇게 말씀하신다면."

"좋아, 그럼 오늘 저녁에 보세…… 마르퀴스! 좋은 하루 보내
고…… 일도 열심히 하게!"

마르퀴스는 일식 중의 태양만큼이나 어리둥절한 상태로 사무
실을 나왔다.

85

2002년 크리스프롤 판매 수량

22,500,000개

마르퀴스와 나탈리가 사귄다는 소문은 온 회사에 퍼져나갔다. 진실: 그들은 세 번 키스했을 뿐이다. 망상: 나탈리가 임신을 했다. 그렇다, 사람들은 이야기를 과장했다. 쑥덕공론에 얼마나 살이 붙었는지 가늠하려면 커피자판기의 매상을 계산해보면 된다. 오늘 커피자판기는 기록적인 매상을 올렸다. 회사 사람들 모두 나탈리는 알아도 마르퀴스가 누구인지는 몰랐다. 그는 사슬을 이루는 고리 하나, 옷 솔기를 박은 흰 실과 같은 존재였다. 조금 전 겪은 일로 다소 어안이 벙벙해진 채 사무실로 돌아가던 그는 자신에게로 쏟아지는 수많은 시선을 느꼈다. 영문을 알 수 없었다. 그는 화장실에 들러 재킷이 구겨졌는지, 머리카락이 새집을 짓지는 않았는지, 치아 틈새와 안색은 어떤지 살폈다. 특별한 점은 없었다. 모두 정돈되어 있었다.

그에 대한 관심은 하루 종일 멈출 줄 모르고 증폭되어갔다. 많은 동료 직원들이 갖가지 구실로 그를 만나러 왔다. 그들은 그에게 이것저것 물어보다가 나가는 문을 못 찾고 허둥댔다. 아마 어쩌다 보니 생긴 일이었을 것이다. 이유는 알 수 없지만 유독 여러 가지 사건이 벌어지는 날들이 있는데, 오늘이 바로 그런 날 같았다. 스웨덴에 계신 숙모라면 이런 걸 두고 달이 조화를 부린 탓이라고 했을 것이다. 그녀는 노르웨이에서 카드점으로 유명한 사람이었다. 이 모든 난리법석 때문에 그는 정말이지 업무를 볼 틈이 나지 않았다. 어처구니없는 일이었다. 일을 잘한다고 사장에게 칭찬을 받은 날 아무 일도 못 하다니. 어쩌면 그래서 그의 마음이 더 불편했는지도 모른다. 살아오면서 한 번도 좋은 자리를 차지해본 적이 없다면, 자신이 무슨 일을 하고 있는지 그 누구도 진정으로 알아준 적이 없다면, 칭찬을 받았다고 대뜸 으쓱하기란 쉽지 않다. 그리고 나탈리가 있었다. 그의 마음속에서 그녀의 자리는 점점 커져갔다. 그들의 마지막 데이트는 그에게 큰 자신감을 심어주었다. 삶이 두려움과 불안으로부터 서서히 멀어지면서 익숙지 않은 모양새를 띠기 시작했다.

나탈리 역시 자신을 둘러싼 이 부산스러운 분위기를 느꼈다. 그건 정면 돌파의 명수인 클로에가 대담하게 물어오기 전까지는 그저 막연한 느낌일 뿐이었다.

"팀장님, 뭐 하나 여쭤봐도 돼요?"

"그래요."

"사람들 말로는 팀장님이 마르퀴스와 그렇고 그런 사이라는데, 정말이에요?"

"그건 클로에 씨가 상관할 바 아니라고 이미 대답했을 텐데."

이번만큼은, 나탈리는 정말로 화가 났다. 자신이 좋아했던 클로에의 기질은 모두 사라져버린 것 같았다. 이제는 그녀에게서 천박한 망상만이 보일 뿐이었다. 샤를의 태도로 그녀는 이미 속이 뒤집어진 상태였다. 그 상황이 이렇게 계속되고 있는 것이다. 두 사람 모두 무슨 연유로 이렇게 몸이 달아 있는 것일까? 클로에가 더듬거리면서 한 번 더 들이댔다.

"팀장님이 그럴 거라고는 전혀 상상도 못 해서……"

"됐어요. 그만 나가줘요." 나탈리가 짜증스럽게 말했다.

본능적으로 그녀는 사람들이 마르퀴스를 헐뜯을수록 자신은 그에게 더욱 애착을 느끼게 될 것임을 직감했다. 이런 상황이라면 두 사람은 타인들의 몰이해에서 벗어난 세상에서 한층 더 결속될 터였다. 클로에는 사무실을 나서면서 자신을 멍청이라고 자책했다. 나탈리와 특별한 관계로 지내기를 그토록 바랐건만, 이런, 얼뜨기처럼 행동하고 만 것이다. 그럼에도 비위가 뒤틀리는 건 어쩔 수 없었다. 그녀도 자신의 생각을 표현할 권리가 있지 않은가? 게다가 클로에 혼자 그렇게 생각하는 것도 아닌데 말이다. 그들 두 사람의 관계를 생각해보면 어딘가 어울리지 않는 면이 있었다. 이 말은 클로에가 마르퀴스를 좋아하지 않는다거나 불쾌한 남자로 여긴다는 의미는 아니었다. 단지 여자와 함께

208

있는 마르퀴스를 생각할 수 없을 뿐이었다. 그녀는 이제까지 줄 곧 마르퀴스를 남자 세계의 UFO쯤으로 여겨왔다. 반면 나탈리는 늘 그녀의 눈에 어떤 이상적 여성성이 구현된 것으로 비쳤다. 그러니 그 두 사람이 사귄다는 사실에 클로에는 혼란스러웠고 본능적으로 반발심이 들었던 것이다. 자신이 나탈리 앞에서 품위 없게 행동했다는 사실은 잘 알고 있었다. 그렇지만 모두들 클로에에게 "그래서? 어떻게 됐어? 뭐 좀 알아냈어?"라고 물어오자, 그녀는 이번 일을 통해 자신의 특별한 위치가 빛을 발하리라 느꼈다. 또한 나탈리에게 거부당한 일로 어쩌면 다른 이들과 친밀해질 기회를 얻게 될 수도 있다고 생각했다.

87

**마르퀴스를 만나러 가기 위해
동료 사원들이 만들어낸 갖가지 구실**

이번 여름휴가에 와이프랑 스웨덴에 가보고 싶어.
자네가 조언을 좀 해주겠나? 설마 다 잊었다고는 말 않겠지?

★

아, 미안. 사무실을 착각했네.

★

아직도 114호 문건에 매달려 있는 거야?

★

이 방 인트라넷은 접속 잘 되나?

★

자네 나라의 그 작가*가 쓴 책은 어쨌거나 대단하더군.
그 사람, 자기 3부작이 성공하는 걸 못 보고 죽었지.

88

오후 업무시간 중에 나탈리와 마르퀴스는 잠시 짬을 내어 옥상에서 만났다. 그곳은 그들의 피난처이자 지하 기지 같은 곳이었다. 두 사람은 서로 눈이 마주치자마자 무엇인가 범상치 않은 일이 벌어지고 있음을 알아차렸다. 둘 다 다른 사람들의 호기심을 한 몸에 받고 있었던 것이다. 그들은 그 바보짓을 한껏 비웃

---

* '밀레니엄 시리즈'를 쓴 스티그 라르손을 가리킨다. 라르손은 시리즈의 3부를 완성한 2004년 심장마비로 사망했다.

어주고는 서로를 끌어안았다. 고요함을 자아내는 데는 세상에서 제일가는 방법이었다. 나탈리는 저녁에 만나고 싶다고, 지금이 저녁이었으면 좋겠다는 생각까지 든다고 속삭였다. 아름답고 달콤한, 뜻밖의 짜릿한 말이었다. 그러나 마르퀴스는 난감해하면서 저녁에 약속이 있다고 했다. 잔인한 방정식이었다. 이제 나탈리와 떨어져 보내야 하는 순간순간은 자신에게 아무런 의미가 없다는 생각이 들기 시작했는데, 사장과의 저녁 약속이 잡혀 있다니. 사장과의 약속을 취소할 수는 없는 일이었다. 나탈리는 너무 놀란 나머지 누구와의 어떤 약속인지 물어보지도 못했다. 무엇보다 그녀를 놀라게 한 것은 자신이 별안간 약자의 위치에 놓였다는, 기다리는 입장이 되었다는 사실이었다. 마르퀴스는 샤를과의 저녁 약속이라고 털어놓았다.

"오늘 저녁에? 사장이 자기한테 저녁식사 하자고 제안한 거야?"

그 순간 그녀는 웃어야 할지 화를 내야 할지 갈피를 잡지 못했다. 자신에게 알리지도 않고 자신의 팀원과 저녁식사를 할 권한이 샤를에게는 없었다. 곧바로 그녀는 이 약속이 업무와는 아무 상관도 없음을 알아차렸다. 이제까지 마르퀴스는 사장이 갑작스럽게 나서는 이유를 따져보려고 하지 않았다. 어쨌거나 그럴 수도 있는 일이었다. 114호 문건을 잘 처리하고 있었으니까.

"사장이 왜 자기하고 저녁식사를 같이하려는지 말해줬어?"

"음…… 응…… 나를 칭찬해주고 싶어서라던데."

"그 이유가 이상하다고 생각하지 않아? 그 사람이 칭찬하고 싶은 사원을 한 사람 한 사람 불러서 저녁식사를 하는 모습이 상상이 돼?"

"그런데 말이야, 그 사람은 원래부터 무척 이상해 보여서 뭘 해도 별로 이상하진 않던데."

"그래, 그건 그렇네. 자기 말이 맞아."

나탈리는 마르퀴스가 사리를 판단하는 방식이 좋았다. 물론 세상물정 모르는 것으로 비칠 수도 있지만, 그건 아니었다. 그에게는 세상의 때가 묻지 않은 아이 같은, 상황을 받아들이는 능력이 있었다. 매우 황당한 상황일지라도. 마르퀴스가 나탈리에게 다가가서 키스했다. 그들의 네번째 키스, 가장 자연스러운 키스였다. 사귀기 시작할 무렵에는 키스를 할 때마다 분석이 가능하지 않은가. 여러 번 반복되어 뒤섞여버린 채 서서히 변해가는 기억 속에서도 모든 것이 또렷이 부각된다. 나탈리는 샤를에 관해, 그리고 그의 그 망측한 동기에 대해 아무 말도 하지 않기로 마음먹었다. 그날 저녁식사 뒤에 숨은 의도를 마르퀴스는 혼자 힘으로 찾아낼 터였다.

89

마르퀴스는 옷을 갈아입으러 서둘러 집에 들렀다. 사장과의 약속은 저녁 9시에나 잡혀 있어서 잠시 틈이 났던 것이다. 늘 그렇듯 그는 여러 벌의 재킷을 두고 망설였다. 그러다가 투철한 직업정신을 가장 잘 드러내주는 옷을 골라 입었다. 침울하다고까지 할 수는 없지만, 가장 진지해 보이는 옷이었다. 그는 마치 휴가를 떠나는 장의사 같은 모습이었다. 다시 수도권 급행열차를 타야 할 순간 문제가 생겼다. 승객들은 이미 웅성거리며 불만을 토해내기 시작했다. 안내방송도 나오지 않았다. 화재가 발생했나? 누군가 철로에 뛰어들었나? 영문을 아는 이는 아무도 없었다. 마르퀴스가 탄 차량에도 혼란이 거세졌다. 그는 무엇보다도 사장을 기다리게 만들까봐 걱정스러웠다. 상황은 걱정한 대로였다. 샤를은 벌써 10분 전부터 와인을 마시며 자리를 잡고 있었다. 그는 화가 나 있었다. 속이 부글부글 끓어오르기까지 했다. 지금까지 그 누구도 그를 이런 식으로 기다리게 한 적은 없었으니까. 더구나 아침까지만 해도 안중에도 없던 직원이 그 장본인이라니 있을 수 없는 일이었다. 그런데 이렇게 화가 치미는 와중에 어떤 다른 감정이 고개를 들었다. 아침나절에 느낀 감정과 동일한 것이었으나 훨씬 더 강렬했다. 어떤 마력과도 같았다. 정말 비범한 자로군. 어느 누가 감히 이런 자리에 늦을 엄두를 내겠어? 과연 그 누가 이런 식으로 권위에 도전할 수 있나? 두말할 것도 없었다. 그는 나탈리와 사귈 만했다. 이론의 여지가 없는 사실이었다. 수학적으로 명백한, 화학적으로 확실한 사실이었다.

약속 시간에 이미 늦었다면 달려봤자 아무 소용없다는 생각이 종종 든다. 30분 늦으나 35분 늦으나 아무 차이가 없다고 여기는 것이다. 상대방이 약간 더 기다리는 만큼 땀에 젖지 않고 도착할 수 있다. 이것이 마르퀴스가 결정한 바였다. 시뻘건 얼굴로 숨이 턱까지 차오른 채 나타나고 싶지는 않았다. 그는 자신이 조금만 달려도 금세 갓난아이처럼 빨개진다는 사실을 알고 있었다. 그래서 지하철에서 나오며 이렇게까지 늦어버렸다니 하는 생각에 (게다가 사장의 휴대전화 번호를 몰라 양해를 구하지도 못했다) 덜컥 겁이 나긴 했지만, 평상시처럼 걸었다. 그리하여 약속 시간으로부터 정확히 한 시간이 지난 후에 평온한, 너무나 평온한 모습으로 약속 장소에 나타났다. 검은색 재킷이 거의 망자의 등장 같은 효과를 주었다. 주인공들이 희미한 어둠 속에서 말없이 모습을 드러내는 누아르 영화의 한 장면 같기도 했다. 샤를은 마르퀴스를 기다리며 와인 한 병을 거의 비운 참이었다. 술기운에 그는 낭만적이고 애수에 젖은 남자가 되어버렸다. 마르퀴스가 그에게 급행열차에 대해 설명하며 사과하는 말소리조차 들리지 않았다. 육체를 부여받은 아름다움이 그의 눈앞에 도착해 있었다.

그리하여 그날 저녁 만남은 이 첫인상의 승리 위에서 순항을 시작했다.

90

영화 〈스파이 오퍼레이션〉에서
베르나르 블리에가 피에르 리샤르에 대해 한 말

그는 강해, 아주 강해.

91

저녁식사 내내 마르퀴스는 샤를의 태도에 몹시 놀랐다. 샤를은 말을 더듬고, 주저리주저리 지껄이다가, 말꼬리를 우물우물 삼켰다. 문장 하나를 제대로 끝내는 법이 없었다. 별안간 폭소를 터뜨리기도 했는데, 그나마 상대방이 우스갯소리를 하는 순간에는 전혀 웃지 않았다. 마치 현재 순간과 시간상으로 조금 떨어져 있는 것 같았다. 잠시 후 마르퀴스가 물었다.

"괜찮으세요?"

"괜찮냐고? 나 말인가? 알다시피 어제부터 죽 괜찮았어. 특히 요즘 아주 괜찮지."

아귀가 맞지 않는 이 대답이 마르퀴스의 느낌을 확인시켜주었다. 샤를이 완전히 정신이 나간 것은 아니었다. 드물지만 퍼뜩 정신을 차린 순간에는 자신이 횡설수설하고 있음을 잘 알고 있었다. 그렇지만 스스로 통제하지는 못했다. 그의 내부에서 합선이 일어난 것이다. 맞은편에 앉은 이 스웨덴 남자가 그의 삶, 그의 시스템을 뒤죽박죽으로 만들어놓았다. 그는 현실로 복귀하기 위해 애쓰고 있었다. 마르퀴스는 과거에도 즐거운 일이 거의 없었지만, 오늘 저녁식사가 자신의 삶에서 가장 암울하다는 생각이 들 정도였다. 말하자면 그랬다. 그럼에도 마르퀴스는 계속 커지는 동정심, 즉 표류하고 있는 이 남자를 돕고 싶은 욕구를 막을 수가 없었다.

"제가 사장님을 위해 뭔가 할 수 있을까요?"

"그럼 물론이지, 마르퀴스…… 내 한번 생각해보지. 고맙네. 친절하군. 정말이야, 자네는 친절한 사람이지…… 나를 바라보는 자네의 얼굴을 보면 알 수 있어…… 자네는 나를 평가하려 하지 않아…… 다 이해가 되는군…… 이제야 모든 걸 이해할 수 있겠어."

"무엇을 이해하신다는 거죠?"

"그야 나탈리를 이해한다는 것이지. 자네를 보면 볼수록 나에게 없는 것이 무엇인지 전부 이해가 된다는 말이네."

마르퀴스는 술잔을 내려놓았다. 이 모든 일이 나탈리와 관련되었을 수 있다는 의심이 고개를 들기 시작했다. 예상과는 전혀 다르게 안도감이 가장 먼저 들었다. 누군가 자신에게 그녀에 대해 이야기를 꺼낸 것은 이번이 처음이기 때문이다. 바로 이 순간 나탈리가 환상에서 빠져나와 그의 삶의 현실 속으로 들어오고 있었다.

샤를이 말을 이었다.

"그녀를 사랑해. 자네는 내가 그녀를 사랑한다는 걸 알고 있나?"

"사장님께서는 많이 취하신 것 같습니다."

"그래서? 취해도 달라지는 것은 아무것도 없어. 내 정신은 말짱해. 아주 또렷하다고. 나에게 없는 것을 전부 꿰뚫어보고 있다는 말이네. 자네를 보면서 내가 얼마나 인생을 망쳐놓았는지 깨닫게 돼…… 얼마나 허울만 좇으며 끊임없는 타협 속에서 살아왔는지…… 이런 모습이 자네 눈에는 정신 나간 것처럼 보이겠지만, 그 누구에게도 말한 적이 없는 사실을 자네에게 말해주지. 나는 화가가 되고 싶었네…… 그래, 알아, 그런 노래도 있지…… 하지만 정말로 어릴 적에 작은 배들을 그리는 걸 아주 좋아했어…… 그때가 행복했는데…… 나한테 모형 곤돌라 컬렉션이 있었는데…… 몇 시간이고 붙어 앉아서 그 곤돌라들을 그리곤 했지…… 세세한 부분까지 하나하나 정확히 그리려 했어…… 그림을 계속 그리고 싶었는데…… 그렇게 고요함 속에서 강렬함을 느끼며 살아가고자 했는데…… 그러기는커녕 온종일 크리스프롤이나 먹어대고 있지…… 그리고 요즘은 하루하루가 한없이 길어…… 그날그날이 중국 사람들처럼 모두 똑같아 보여…… 또 내 성생활에 대해 말하자면…… 안사람은…… 어쨌거나 우리는 말야…… 그 얘기는 꺼내고 싶지도 않아…… 이 모든 걸 나는 지금 깨달았네…… 자네를 보면서 깨달았다고……"

혼자서 독백처럼 주절대던 샤를이 갑자기 말을 뚝 끊었다. 마르퀴스는 부담스러웠다. 잘 알지 못하는 사람이 털어놓는 속내를 듣는다는 게 결코 편한 일은 아니다. 그 사람이 회사 사장이라면 더더욱 그렇다. 마르퀴스가 할 수 있는 일이란 가라앉은 분위기를 띄우기 위해 우스갯소리를 해보는 것뿐이었다.

"저를 보면서 그 모든 걸 아셨다고요? 제가 정말로 사장님께 그런 영향을 끼쳤다는 말씀입니까? 그렇게 짧은 시간에……"

"게다가 자네는 유머감각도 탁월하군. 자네는 천재야, 정말로. 마르크스가 있었고, 아인슈타인이 있었고, 이제 자네가 있군."

조금 과하다 싶은 이런 칭찬에 마르퀴스는 어떻게 대답해야 좋을지 몰랐다. 다행스럽게도 웨이터가 주문을 받으러 왔다.

"메뉴를 정하셨습니까?"

"난 스테이크로 하지." 샤를이 대답했다. "레어로."

"저는 생선으로 하겠습니다."

"네, 알겠습니다." 웨이터는 대답하고 돌아섰다.

웨이터가 몇 걸음 떼어놓기도 전에 샤를이 다시 그를 불렀다.

"아니, 나도 이분과 같은 것으로 하겠소. 역시 생선으로."

"네, 그렇게 올리겠습니다." 웨이터가 대답하고 자리를 떠났다.

한동안 침묵이 흐른 후에 샤를이 고백했다.

"자네가 하는 대로 똑같이 따라 하기로 결심했거든."

"제가 하는 대로 똑같이 말입니까?"

"그래, 자네가 내게 멘토 같은 역할인 셈이지."

"아시겠지만, 저는 남들과 별로 다를 게 없는 사람입니다."

"그 말에는 동의하지 못하겠는걸. 예를 들어 자네가 입은 그

재킷 말이야, 나도 그것과 똑같은 것을 입으면 괜찮겠다는 생각이 들어. 나도 자네가 입는 대로 따라 입어야 할 것 같아. 자네에겐 독특한 스타일이 있거든. 꼼꼼하게 계산된 차림새야. 그 어느 것 하나 되는대로 대충대충 아니라는 걸 알 수 있지. 그런 게 여자들한테 먹히는 법이야. 그런 게 먹힌다고, 아닌가?"

"아, 네, 저는 잘 모르겠는데요. 원하신다면 이 재킷을 빌려드릴 수도 있습니다."

"이렇다니까! 이게 바로 자네 모습이야. 친절의 화신. 재킷이 마음에 든다고 말했더니 즉시로 빌려주겠다는군. 아주 훌륭해. 나는 재킷을 빌려준 적이 거의 없는 것 같은데 말이야. 나는 평생 지독한 재킷 이기주의자였지."

마르퀴스는 자신이 무슨 말을 하든 매우 훌륭하게 받아들여질 것임을 알아차렸다. 그가 마주하고 있는 이 남자는 숭배까지는 아니더라도 감탄이라는 필터를 통해 그를 바라보고 있는 것이다. 샤를은 인물 탐구를 이어나가기 위해 마르퀴스에게 질문을 했다.

"자네에 대해 좀더 이야기해주겠나?"

"솔직히 말씀드리자면, 저는 제가 어떤 사람인지 별로 생각하지 않고 지냅니다."

"그렇지! 그거야! 내 문제점은 생각을 너무 많이 한다는 거야.

나는 늘 다른 사람들이 어떻게 생각을 할지 짐작해보곤 해. 좀더 극기심을 길러야 할 것 같아."

"스웨덴에서 태어나셨다면 극기심은 문제없었을 텐데요."

"아! 아주 재미있군! 지금처럼 말을 재미있게 하는 법을 가르쳐주게나. 이 얼마나 재치 있는 대꾸인가! 자네를 위해서 건배하겠네! 좀더 마시겠나?"

"아닙니다. 벌써 많이 마신 것 같습니다."

"게다가 절제하는 센스도 대단하군! 좋아, 그런데 이건 자네를 따라 하지 않겠어. 한 가지 일탈은 허용해야지."

웨이터가 생선요리 두 접시를 들고 와서 테이블에 내려놓으며 맛있게 드시라는 말을 남겼다. 두 사람은 식사를 시작했다. 샤를이 별안간 접시에서 고개를 처들었다.

"나는 정말로 멍청해. 이 모든 게 우스꽝스럽군."

"무슨 말씀인지요?"

"나는 생선을 싫어해."

"아……"

"게다가 그것보다 더한 문제가 있지."

"그렇습니까?"

"응, 나는 생선에 알레르기가 있거든."

"……"

"다 끝났어. 나는 결코 자네처럼 될 수 없을 거야. 결코 나탈리의 마음을 얻을 수 없을 거란 말이지. 이게 다 생선 때문이야."

92

생선 알레르기와 관련한 몇 가지 전문적 설명

생선 알레르기는 아주 드문 증상은 아니다. 프랑스 내에서 네 번째로 높은 발생빈도를 보인다. 이 증상이 나타났을 때 생기는 궁금증은 이것이 한 가지 생선으로 인한 것인지, 여러 종류의 생선에 기인한 것인지 하는 문제이다. 실제로 한 가지 생선에 알레르기 반응을 보이는 환자의 절반은 다른 종류의 생선에도 같은 반응을 보인다. 알레르기의 원인 물질을 찾아내기 위해서는 피부 반응 검사가 필요하며, 간혹 피부 반응 검사로 만족스러운 결론을 얻지 못한 경우 (문제의 음식물로) 알레르기 유발 검사를 한다. 또한 다른 생선들에 비해 알레르기를 덜 유발하는 특정한 생선이 있는지 질문을 던져볼 수 있다. 이 문제를 밝히기 위해 연구팀은 다음 아홉 가지 생선, 즉 생대구(혹은 말리지 않은 대구), 연어, 메를랑*, 고등어, 참치, 청어, 농어, 넙치, 가자미의 알레르기 반응도를 비교했다. 검사 결과에 따르면 참치와 고등어 (두 생선 모두 고등어과에 속한다)가 알레르기 유발 빈도가 가장 높았고, 몸통이 납작한 어종인 넙치와 가자미가 그다음이었다. 반면 생대구, 연어, 메를랑, 청어, 농어는 알레르기 유발 빈도가 의미 있는 수준으로서, 다시 말해 이들 생선 가운데 하나에 알레르기 반응을 보인다면 다른 것들에는 더 심한 반응을 보일 수 있다는 뜻이다.

93

이렇게 생선과 관련된 새로운 사실이 밝혀진 후 저녁식사는 침묵의 세계로 빠져들었다. 마르퀴스는 몇 번이나 대화를 다시 이어보려고 해보았지만 모두 허사였다. 샤를은 음식에는 손도 대지 않고 와인만 마셔댔다. 두 사람은 서로 할 말이 말라버린 오래된 부부 같은 분위기였다. 마주 앉아서도 각자 내면 성찰 같은 것에 빠져버리는 부부. 시간은 술술 잘도 흐른다(가끔은 세월 역시 그렇다).

---

* 대구의 일종.

바깥으로 나오자 마르퀴스는 사장을 부축해야만 했다. 이런 상태로는 운전을 할 수 없었다. 그는 가능한 한 빨리 사장을 택시에 태우고 싶었다. 그날 저녁의 긴 시련에 어서 종지부를 찍고 싶었다. 하지만 나쁜 소식이 기다리고 있었다. 선선한 밤공기가 샤를의 원기를 되찾아준 것이다. 또다시 다람쥐 쳇바퀴를 향해 출발이었다.

"나를 두고 가지 말게, 마르퀴스. 자네와 좀더 이야기를 나누고 싶어."

"하지만 한 시간 동안이나 아무 말씀도 않으셨잖습니까. 게다가 너무 많이 취하셨고요. 집으로 돌아가시는 게 좋겠습니다."

"오, 그런 심각한 얼굴은 좀 접어둬! 정말로 피곤하게 만드는군! 마지막으로 한 잔만 더 하자는 거야. 그걸로 끝이라고. 이건 명령이야!"

마르퀴스는 선택의 여지가 없었다.

두 사람이 들어간 곳은 나이가 좀 있는 사람들이 선정적으로 몸을 비비대는 그런 곳이었다. 정확히 말해 무도장은 아니었지만, 그 비슷한 곳이었다. 분홍색 긴 의자에 앉은 그들은 허브티 두 잔을 주문했다. 그들 뒤편으로 대담한 판화 한 점이 떡하니 걸려 있었는데, 한 점의 정물화 같았다. 아니, 정말로 죽어 생기가 없는 그림이었다. 샤를은 이제 좀더 차분해진 듯 보였다. 또다시 하강곡선에 접어든 것이다. 걷잡을 수 없는 무력감이 그의 얼굴에 스쳤다. 지난 몇 해를 돌이켜보며 그는 비극을 겪고 난 나탈리가 다시 회사로 돌아왔을 때를 떠올렸다. 상처를 입은 그녀의 모습이 뇌리에 강박적으로 맴돌았다. 어째서 우리는 소소한 특징과 몸짓 하나에 이토록 깊은 영향을 받는 것일까? 그것들을 보게 된 그 짧은 순간이 한 시기의 중심이 되는 것이다. 나탈리의 얼굴이 샤를의 기억 속에서 그 자신의 지난 이력과 가정생활을 지워버렸다. 그는 나탈리의 무릎에 대해서는 책 한 권을 쓸수도 있었지만, 딸이 좋아하는 가수가 누구인지는 깜깜했다. 나탈리가 비탄에 빠져 있던 그 시절, 샤를은 체념하고 받아들였다. 그녀가 다른 삶을 경험할 준비가 되어 있지 않다는 것을 이해했다. 그렇지만 마음속으로는 계속해서 희망을 품고 있었다. 그러나 지금은 모든 것이 시들해 보였다. 삶이 우울했다. 가슴이 짓눌리는 느낌이었다. 스웨덴의 대주주들은 재정 위기 때문에 신경이 곤두서 있었다. 아일랜드가 파산 위기 상태에 있고, 이런 문제로 불안감이 확대되고 있었다. 샤를 역시 기업경영자들에 대한 증오심이 커지고 있는 것을 느꼈다. 자신도 다른 사장들처럼 다음번 노사분쟁 때 감금당하게 될지 몰랐다. 거기에다 아내 문제도 있었다. 아내는 그를 이해하지 못했다. 그들의 대화는 대체로 돈에 대한 것이었는데, 그런 탓에 그는 아내를 채권자와 혼동할 때도 있었다. 모든 것이 여성성이라는 흔적만이 남아 있을 뿐 아무도 하이힐 소리를 내지 않는 무미건조한 세계 안에 뒤섞였다. 침묵 속에서 보내는 하루하루는 침묵 속에서 보내게 될 평생을 예고했다. 바로 이런 이유로 샤를은 나탈리가 다른 남자를 사귄다는 사실에 안절부절못했던 것이다.

샤를은 이 모든 이야기를 아주 진지하게 털어놓았다. 마르퀴스는 이제 자신이 나탈리 이야기를 할 때라는 걸 깨달았다. 여자 이름 하나, 그러면 밤은 무한해 보인다. 그런데 마르퀴스가 그녀에 대해 대체 무슨 이야기를 할 수 있나? 그녀를 이제 막 알아가는 참인데. 뭔가 이야기를 한다면 그저 이런 말뿐일 것이다. "잘못 생각하고 계세요…… 정확히 말해서 그 사람과 저는 연인이라고 할 수 없습니다…… 지금으로선 서너 번 키스한 사이일 뿐인걸요…… 게다가 그 묘한 사연을 다 말씀드릴 수도 없고……" 그렇지만 그의 입에서는 아무 말도 나오지 않았다. 그녀에 대해 이야기하는 게 이토록 어렵다는 사실을, 그는 지금 이 순간 깨달았다. 그러나 사장은 그의 어깨에 머리를 기대고는 어서 말해보라고 재촉했다. 그래서 마르퀴스도 자신의 방식으로 나탈리와 있었던 일에 대해, 그녀와 함께했던 순간순간에 대해 자신의 해석을 이야기해보려 애썼다. 예상하지도 못했는데 별안간 수많은 기억들이 몰려왔다. 벌써 한참 전으로 거슬러 올라가는 덧없는 순간들에 대한 기억, 충동적으로 키스를 했던 그 순간보다 훨씬 오래전의 기억들이었다.

그들이 처음 보았을 때가 기억났다. 마르퀴스의 채용 면접을 바로 나탈리가 담당했고, 그것이 그들의 첫 만남이었다. 면접장에서 그녀를 본 마르퀴스는 이런 생각을 했다. '이런 여자와는 도저히 함께 일할 수 없을 것 같아.' 그의 면접 결과는 별로 좋지 않았지만, 나탈리는 스웨덴인을 한 명 채용하라는 지시를 받아둔 상태였다. 마르퀴스는 아직도 전혀 모르는 사실인데, 그가 이 회사에서 일하게 된 것은 채용할당제 덕분이었다. 그렇게 그녀의 첫인상이 몇 달 동안 그를 쫓아다녔다. 지금 막 그의 머릿속에 그녀가 머리카락을 귀 뒤로 넘길 때의 모습이 떠올랐다. 바로 그 동작에 매혹되었던 것이다. 팀 회의가 열릴 때면 그는 그녀가 또 그 동작을 해주기를 바랐지만, 이런, 그것은 단 한 번뿐인 아름다움이었다. 마르퀴스는 그녀의 다른 몸짓들, 예를 들어 테이블 구석에 서류를 포개놓는 동작이나 잔을 들어 마시기 전에 혀로 빠르게 입술을 적시는 습관 같은 것들도 기억해냈다. 말을 이어가는 사이사이 재빨리 숨을 들이쉬는 모습이라든가, 특히 하루가 끝날 무렵 때때로 그녀가 에스 발음을 하는 방식, 또 예의상 짓는 미소, 고맙다며 짓는 미소를 기억해냈다. 그리고 그녀의 하이힐, 오 그렇다, 그녀의 종아리에 축복을 내리는 그 뾰족한 굽이 떠올랐다. 그는 회사 바닥에 깔린 융단이 너무 싫어서 언젠가 이런 생각까지 했다. '대체 누가 융단이라는 것을 만들어낸 거야?' 그리고 수많은 기억들이 떠오르고 또 떠올랐다. 그렇다, 모든 기억이 되살아나고 있었다. 그러면서 자신이 나탈리에게 수없이 많은 환상을 품어왔고, 또 그런 환상이 차곡차곡 쌓여왔음을 깨달았다. 그녀 곁에서 보낸 하루하루에 진정한 감정의 제국은 광대하고도 소리 없이 정복당한 것이다.

얼마나 오랫동안 그녀 이야기를 늘어놓은 걸까? 마르퀴스는 전혀 알 수 없었다. 고개를 돌려보니 샤를은 꾸벅꾸벅 졸고 있었다. 동화를 듣다가 잠든 아이 같았다. 감기에 걸리지 않도록 세심한 배려로 마르퀴스는 재킷을 벗어 샤를에게 덮어주었다. 다시금 침묵으로 되돌아가, 권력자에 대한 환상을 품어왔던 이 남자를 찬찬히 들여다보았다. 가슴이 깔때기에 끼인 듯 수시로 답답함을 느껴왔고, 걸핏하면 질투심 가득한 마음으로 타인의 인생을 생각해왔는데, 그랬던 그가 자신이 가장 불행한 남자가 아니라는 사실을 깨달았다. 판에 박힌 일상조차 그에게는 기쁨이었다. 그는 나탈리와 함께하기를 바라지만 그러지 못한다 해도 무너지지는 않을 것이다. 열에 들뜨고 이따금 연약한 모습을 보이기도 했지만 마르퀴스에게는 어떤 힘이 있었다. 일종의 안정성, 평정심이었다. 삶의 나날을 위험에 빠지지 않게 해주는 무엇이었다. 전부 얼토당토 않은 이야기인데 흥분할 일이 뭐가 있나? 그는 이따금 되뇌기도 했다. 분명 시오랑의 책을 너무 열심히 읽은 탓이었다. 세상에 태어난 이상 불편할 수밖에 없음을 알고 있을 때, 인생은 아름다울 수 있다. 잠든 샤를의 모습이 마르퀴스의 이런 확신을 공고히 해주었다. 이 확신은 그의 내면에서 한층 더 크고 굳건해질 터였다.

50대로 보이는 여자 두 명이 그들이 있는 테이블로 와서 대화의 물꼬를 터보려고 했지만, 마르퀴스는 손짓으로 조용히 해달라는 신호를 보냈다. 하지만 그곳은 음악이 있는 장소였다. 마침내 깨어난 샤를은 자신이 잠들었던 장소가 그 분홍색 누에고치 안이라는 사실에 당황했다. 밤새 자기 옆에 있어주었을 마르퀴스의 얼굴이 눈에 들어왔고 자신을 덮고 있던 재킷을 발견했다. 샤를은 미소를 지었다. 이 희미한 미소만으로도 두통이 느껴졌다. 이제 가야 할 시간이었다. 벌써 날이 밝아오고 있었다. 그리고 두 사람은 사무실에 함께 출근을 했다. 엘리베이터에서 내려 헤어지면서 그들은 악수를 나누었다.

94

오전 조금 늦게 마르퀴스는 커피자판기로 향했다. 직원들이 비켜서며 자신에게 길을 내주는 것 같은 느낌이 곧바로 들었다. 그는 홍해 앞에 선 모세였다. 과장된 비유처럼 들릴 수도 있다. 그렇지만 무슨 일이 벌어진 것인지 알아볼 필요가 있었다. 앞으로 나서는 일도 없고 주목도 받지 못하던, 일개 직원일 뿐이던 마르퀴스가, 예전에는 주로 하찮은 녀석이라는 말을 들었던 그가, 하루 사이에 회사 내에서 예쁜 여자, 아니 가장 예쁘지는 않더라도 가장 예쁜 축에 속하는 여자(이 위업에 흠집을 내지 않기 위해서인 양 그녀는 어떤 유혹에도 아랑곳하지 않은 것으로 소문이 자자했던 여자였다)와 데이트를 하고, 사장과 저녁식사를 함께하는 사람이 된 것이다. 심지어 사장과 함께 출근하는 모습이 목격되기까지 했으니, 그야말로 떠도는 소문을 뒷받침해주는 일이었다. 그건 한 사람이 차지하기에는 너무 과분했다. 모두들 마르퀴스에게 인사를 하면서 오늘 기분이 어떤지, 114호 문건은

진척이 있는지 물어왔다. 별안간 그 빌어먹을 서류는 물론, 마르
퀴스의 숨소리 하나까지 관심의 대상이 되어 있었다. 그래서 마
르퀴스는 오전 중에 하마터면 기절할 뻔했다. 간밤에 한숨도 자
지 못한 데다가 설상가상으로 분위기의 변화가 너무 충격적이었
던 것이다. 지난 몇 해 동안 얻지 못했던 인기를 한순간에, 단 몇
분으로 압축해서 전부 얻은 것 같았다. 물론 이 모든 상황이 자
연스러울 수는 없었다. 분명 어떤 이유, 석연치 않은 무언가가
있다고 사람들은 생각했다. 마르퀴스가 스웨덴에서 파견된 첩자
라는 말도 있었고, 이 회사 최대 주주의 아들이라고도 했고, 심
각한 병을 앓고 있다고도 했다. 스웨덴에서 포르노 영화배우로
아주 유명하다는 이야기, 화성에 소개할 인간 대표로 선택되었
다는 이야기, 나탈리 포트만과 터놓고 지내는 사이라는 이야기
도 있었다.

95

1987년 1월 18일에 이자벨 아자니가
브뤼노 마쥐르가 진행하는 텔레비전 뉴스에 나와서 한 말

"오늘 제가 견디기 힘든 일은 이 자리에 나와서 '저는 아프지 않아요'라고 말해야 한다는 거예요. 마치 '저는 죄를 짓지 않았어요' 라고 해명하듯 말이에요."*

96

나탈리와 마르퀴스는 함께 점심식사를 했다. 그는 피곤했지만 눈을 크게 뜨고 있었다. 그녀는 마르퀴스가 샤를과 저녁식사를 하러 나가서 밤새 함께 있었다는 사실을 알고 깜짝 놀랐다. 이 사람과 함께 있으면 매번 이렇게 놀라운 일이 생기는 걸까? 예측 가능한 일이 아무것도 없었다. 그녀는 그 일을 웃어넘기고 싶었을 것이다. 하지만 지금 눈에 보이는 상황이 그리 달갑지는 않다. 그녀는 두 사람을 둘러싼 들썩거리는 분위기가 긴장되고 불편했다. 이번 일로 프랑수아의 장례식을 치른 후 사람들이 보여준 저속한 관심들, 성가시기만 했던 동정 어린 표현들이 다시 떠올랐다. 엉뚱한 생각일지도 모르지만, 그런 모습들에서 대독 협

---

* 프랑스의 국민 여배우 이사벨 아자니는 공백기가 길어지자 에이즈에 걸려 사망했다는 소문에 시달렸다.

력 시기의 흔적이 느껴졌다. 몇몇 사람들의 반응들을 지켜보며 이렇게 중얼거리기도 했다. "전쟁이 또다시 일어난다 해도 모든 일이 똑같이 재현될 거야." 그녀의 이런 감정이 지나치다고 생각할 수 있다. 그러나 모종의 악의가 담긴 소문은 빠르게 퍼져나갔고, 이 모든 것에 그녀는 혐오감을 느꼈다. 그리고 이 혐오감은 그 고통스러웠던 시기의 기억을 불러일으키고 있었다.

나탈리는 마르퀴스와 자신이 사귀는 일이 어째서 그렇게 관심거리가 되는지 이해할 수 없었다. 마르퀴스 때문일까? 그의 인상 때문에? 논리적으로는 이루어지기 어려운 커플들에 대한 사람들의 인식이 이런 것일까? 하지만 그건 말도 안 되는 생각이다. 사람이 사람에게 반하는 일만큼 비논리적인 일이 있겠는가? 최근 클로에와 이야기를 나눈 후로 나탈리는 화가 가라앉지 않았다. 다들 자신들이 뭐라도 된다고 생각하는 건가? 이제 그녀는 누군가 자신을 힐끗 쳐다보기만 해도 공격으로 받아들였다.

"우리는 이제 겨우 키스 몇 번 했을 뿐인데, 요새 사람들이 모두 나를 미워하고 있는 것 같아." 그녀가 말했다.

"나는 그 반대인데. 모두들 나를 찬양하는 눈치던걸!"

"짓궂기는……"

"그런 건 신경 쓰지 마. 어떤 메뉴가 있는지 보자. 무엇을 먹을까, 그게 중요한 거지. 전채 요리로 로크포르 치즈 샐러드 아니면 오늘의 특선 수프는 어떨까? 생각할 것은 그것뿐이야."

분명 마르퀴스의 대처 방법이 옳았다. 그렇지만 그녀는 마음이 편하지 않았다. 어째서 자신이 이렇게 과격하게 반응하는지 이해할 수 없는 일이었다. 모든 것이 감정의 근원에 연관되어 있다는 것을 깨달으려면 아마도 시간이 필요할 터였다. 그녀는 현기증이 일 만큼 요동치는 자신의 감정을 공격성으로 바꾸어놓은 것이다. 그 공격성은 모두를, 그리고 특히 샤를 향하고 있었다.

"있잖아, 생각하면 할수록 사장의 반응이 낯부끄러워."

"내 생각에는 그 사람이 당신을 사랑하는 것, 그뿐이야."

"그게 자기하고 그 우스운 짓을 한 이유는 될 수 없어."

"진정해, 별거 아니잖아."

"진정할 수 없어. 마음이 가라앉지 않는다고……"

나탈리는 점심식사 후에 샤를 찾아가 영화 좀 그만 찍으라고 말하겠다고 했다. 마르퀴스는 그녀의 결심을 말리지 않는 게 좋겠다고 생각했다. 그가 잠시 침묵하고 있자 그녀가 한 발 물러서며 침묵을 깼다.

"미안, 내가 흥분했어……"

"괜찮아. 그리고 알다시피 사람들 관심사는 빠르게 변해…… 이틀만 지나면 우리 이야기는 안 할 거야…… 얼마 전에 새 여

비서가 들어왔는데 베르티에가 마음에 들어 하는 눈치야······
그러니 이제 곧······"

"그게 특종은 안 될 거야. 베르티에 씨는 치마만 둘렀다 하면
달려들잖아."

"그래, 맞아. 하지만 다른 점이 있어. 그가 얼마 전에 경리 직
원이랑 결혼했다는 사실을 기억해봐····· 그러면 시시한 연속극
같지는 않을걸."

"나는 그냥 내가 길을 잃고 헤매고 있는 것 같아."

느닷없이 그녀가 이런 말을 내뱉었다. 밑도 끝도 없는 이야기
였다. 본능적으로 마르퀴스는 빵을 집어들고 손 안에서 잘게 조
각내기 시작했다.

"뭐 하는 거야?" 나탈리가 물었다.

"샤를 페로의 「엄지동자」에 나온 이야기를 따라 하는 거야. 길
을 잃었다 싶으면 걸어가면서 뒤에다 빵 부스러기를 떨어뜨려
봐. 그러면 다시 길을 찾아올 수 있을 거야."

"그 길을 따라오면 여기····· 자기한테 올 수 있다는 말이지?"

"응. 내가 배고프지만 않는다면, 그래서 당신을 기다리다가 그
빵 부스러기를 다 먹어치우지만 않는다면."

97

마르퀴스와의 점심식사 때
나탈리가 전채 요리로 고른 음식

오늘의 특선 수프*

98

샤를은 이제 더이상 마르퀴스와 함께 밤을 지새웠던 그 남자
가 아니었다. 오전 중에 그는 술이 깼고, 자신이 한 짓을 후회했
다. 그 스웨덴인에 대해 알아가면서 왜 그렇게 자신이 어쩔 줄
모르고 흔들렸는지 여전히 의문이었다. 아무래도 유쾌한 기분도
아니었고 여러 가지 고민거리로 심경이 복잡하긴 했지만, 그게
그런 식으로 행동할 동기가 될 수는 없었다. 특히 제삼자 앞에서
그랬다는 것이 문제였다. 수치스러웠다. 이 수치심이 그를 점점
난폭하게 만들고 있었다. 만족스러운 잠자리를 치르지 못한 애

---

* 이 수프의 정확한 속성에 대한 세부 정보를 얻는 데는 실패했다.(원주)

인이 공격적으로 변하는 것과 같은 이치였다. 샤를은 속에서 전투태세를 갖춘 미립자들이 솟아오르는 것을 느꼈다. 그는 팔굽혀펴기를 하기 시작했고, 바로 그 순간에 나탈리가 사무실로 들어왔다. 그는 몸을 일으키며 냉랭하게 말했다.

"노크 정도는 할 줄 알 텐데."

그녀가 그에게로 다가갔다. 마르퀴스에게 키스하기 위해 다가가던 모습과 흡사했다. 하지만 이번에는 뺨을 올려붙이기 위해서였다.

"자, 이제 됐어요."

"이게 뭐 하는 짓이야! 이러면 당신을 해고할 수도 있어!"

샤를은 얼굴을 만졌다. 그러고는 부르르 떨면서 위협하듯 해고라는 말을 다시 입에 올렸다.

"그렇다면 저는 사장님을 성희롱으로 고발할 거예요. 제가 받은 메일들을 다시 보여드려요?"

"대체 나에게 왜 그런 식으로 말하는 거지? 나는 항상 당신의 삶을 존중했는데."

"네, 그렇게 말씀하실 줄 알았어요. 그 말이 사장님의 단골 멘트죠. 사장님은 그저 나와 자고 싶었던 것뿐이라고요."

"정말이지 무슨 말을 하는 건지 모르겠군."

"저도 사장님이 무슨 생각으로 마르퀴스를 만난 건지 모르겠네요."

"난 내 직원과 저녁식사를 할 권리가 있어."

"예, 그만두세요, 지겹다고요! 아시겠어요?" 그녀가 소리쳤다.

나탈리는 사장에게 그렇게 퍼붓고 나니 속이 한결 후련해졌다. 그럼에도 격분이 아직 완전히 가라앉지는 않았다. 자못 극단적인 반응이었다. 이런 식으로 그녀는 자신과 마르퀴스의 영토를 방어하면서 자신의 혼란스러운 심경을 드러냈다. 말로는 도저히 정의할 수 없었던 혼란이었다. 라루스 사전도 감정에 관한 부분에 있어서는 별 도움이 되지 않는다. 나탈리가 회사에 복귀했을 때 샤를이 사전 읽는 일을 그만두었던 것도 바로 그 이유에서였을 것이다. 할 말은 없었다. 원초적 반응에서 말이 우러나도록 내버려두기만 하면 되었다.

그녀가 사무실에서 나가려는 순간 샤를이 말했다.

"마르퀴스와 저녁식사를 한 이유는 그를 알고 싶었기 때문이야…… 당신이 어떻게 그처럼 못생기고 하찮은 녀석을 고를 수 있었는지 알고 싶어서라고. 당신이 나를 퇴짜 놓은 것은 납득할 수 있어. 하지만 그를 선택했다는 사실은, 알겠지만, 결코 납득할 수 없을 거야……"

"입 닥쳐요!"

"내가 그냥 두고 보고만 있을 거라고는 생각하지 않겠지. 얼마
전 유상증자를 마쳤어. 머잖아 당신의 그 사랑스러운 마르퀴스
는 아주 중요한 제안을 받게 될 거야. 그 제안을 거절하는 건 자
살행위나 다름없지. 한 가지 안 좋은 점이 있다면 스톡홀름에서
근무해야 한다는 거야. 하지만 받게 될 수당을 감안하면 그가 망
설이는 것도 잠시일 거야."

"애처롭군요. 나는 무슨 일이 있어도 사표를 내고 그를 따라갈
테니 더더욱 안됐어요."

"그럴 순 없어! 그렇게는 못 해!"

"참 골치 아프게 하시네요. 정말로……"

"프랑수아를 생각해서라도 그래서는 안 되지!"

나탈리는 샤를을 쏘아보았다. 샤를은 곧장 사과하고 싶었다.
너무 지나친 말이었다. 그러나 그는 이제 꼼짝도 할 수 없었다.
그녀도 마찬가지였다. 그의 마지막 말이 두 사람을 얼어붙게 만
든 것이다. 결국 그녀는 한마디 말도 없이, 천천히 샤를의 사무
실에서 나갔다. 샤를은 그녀의 마음이 자신에게서 완전히 떠났
다는 확신만을 간직한 채 사무실에 덩그러니 혼자 남아 있었다.
그는 유리창으로 다가가 창밖을 멍하니 바라보았다. 어떤 강렬

한 유혹이 솟구쳤다.

99

사무실로 돌아와 책상 앞에 앉은 나탈리는 수첩을 열었다. 클로에에게 전화를 걸어 자신이 참석하기로 예정된 모든 미팅을 취소해달라고 부탁했다.

"그럴 순 없어요! 한 시간 후에 있을 회의를 주재하셔야 하잖아요."

"그래, 알아요." 나탈리가 말을 끊었다. "좋아요, 나중에 다시 전화할게요."

그녀는 전화를 끊었다. 어찌해야 할지 머릿속이 멍했다. 그것은 중요한 회의였고, 그녀가 오랜 시간 동안 준비해온 일이었다. 그렇지만 분명한 점은, 조금 전 그런 일을 겪고도 이 회사에서 계속 근무할 수는 없다는 것이었다. 그녀는 이 건물에 처음 출근했던 날을 떠올려보았다. 아직은 젊은 풋내기일 때였다. 신입사원 시절 프랑수아가 해줬던 조언들을 다시 떠올려보았다. 두 사람 사이의 대화가 너무도 갑작스럽게 끊겨버리고 서로 상대방의 생활에 대해 이야기하고 조언해주던 순간들이 소멸해버린 것,

아마도 이것이 프랑수아의 빈자리에서 가장 견디기 힘든 부분이었을 것이다. 그녀는 다시금 절벽 끝에 서 있는 것 같았다. 나약함이 스며드는 게 느껴졌다. 그녀는 자신이 지난 3년 동안 가장 애처로운 연극을 해왔음을 인식했다. 그리고 마음속 깊이 단 한 번도 살고 싶다는 생각을 해본 적이 없었음을 자각했다. 남편을 잃은 그 일요일을 다시 떠올릴 때면 그녀는 아직도 엄청난 죄책감에, 그릇된 죄책감에 시달렸다. 그를 붙잡아서 조깅하러 나가지 못하도록 말렸어야 했다. 그런 게 아내의 역할 아닌가? 남자들의 달리기를 멈추게 하는 것. 그를 붙들고, 그에게 키스하고, 그와 사랑을 나누었어야 했다. 읽고 있던 책을 덮어 독서를 중단하고는 그의 삶이 산산조각 나는 것을 막았어야 했다.

솟구쳤던 화가 이제 가라앉았다. 그녀는 또 한 번 자신의 책상을 잠시 바라보다가, 몇 가지 소지품을 가방에 챙겨 넣었다. 컴퓨터 전원을 끄고, 서랍을 정리하고, 사무실을 떠났다. 누구와도 마주치지 않았고, 아무 말도 하지 않아도 되는 상황이 기뻤다. 그녀는 조용히 떠나야 했다. 택시를 잡아타고 생라자르 역으로 가서 기차표를 끊었다. 열차가 출발하는 순간 그녀의 눈에서 눈물이 흐르기 시작했다.

100

나탈리가 탑승한 파리 리지외 간 열차 운행 시간표

16시 33분 파리 생라자르 역 출발

18시 02분 리지외 도착

101

나탈리가 증발하자 회사 전체의 업무가 곧바로 마비되어버렸다. 그녀는 분기 내 가장 중요한 회의를 주재할 예정이었다. 그런 그녀가 최소한의 지침도 남겨놓지 않고, 누구에게도 알리지 않은 채 떠나버린 것이다. 몇몇 사람들이 복도에 모여 불평을 쏟아내며 프로답지 못하다고 그녀를 비난했다. 불과 잠깐 사이에 그녀의 신용은 바닥으로 곤두박질쳤다. 몇 년 동안 쌓아올린 명성이 현재의 상황에 굴복하고 만 것이다. 그녀가 마르퀴스와 사귄다는 사실은 모두가 아는 터였으므로, 사람들은 그를 찾아가 "나탈리 팀장이 있을 만한 곳을 알아?"라고 끊임없이 물어댔다. 그는 모른다고 해야 했다. 그리고 그 대답은 "아니, 나는 팀장님과 특별한 관계가 아니야. 자신이 어디 가서 헤맬 것인지 털어놓을 만한 사이가 아니라고"라는 말과 크게 다를 바 없었다. 이런 식으로 변명해야 하다니 괴로웠다. 이 새로운 사건을 계기로 그는 전날부터 쌓아올린 위신을 잃게 될 참이었다. 그가 실은 그다지 중요한 인물이 아니라는 사실을 한순간에 상기시키는 꼴이었다. 심지어 사람들은 비록 잠시 동안일망정 그가 나탈리 포트만과 절친한 사이일 수도 있다는 말을 어떻게 믿을 수 있었는지 의아해하기까지 했다.

그는 그녀에게 수차례 연락해보았다. 그러나 모두 허사였다. 전화기가 꺼진 상태였다. 그는 일이 손에 잡히지 않았다. 사무실 안을 빙빙 돌기만 했다. 사무실이 좁은 탓에 한 바퀴가 금방이었다. 어떡하면 좋을까? 요 며칠간의 자신감이 급속도로 무너져 내렸다. 머릿속으로 그날 점심식사 때 나눴던 대화를 끊임없이 재생해보았다. "중요한 것은 전채 요리로 무엇을 먹을지 결정하는 일이지." 이런 따위의 말을 했던 기억이 났다. 어떻게 그런 식으로 말해버릴 수 있었을까? 그렇게 맞서듯이 말하지 말아야 했다. 그가 그럴 위치에 있는 것도 아니었다. 하지만 그녀는 자신이 길을 잃었다고 말했고, 그 말에 대해 그는 강 건너 불 구경하듯 그녀에게 몇 마디 가벼운 말이나 던져줄 수 있을 뿐이었다. '엄지동자' 같은! 하지만 그는 어떤 세계에 살고 있었던가? 분명 여자들이 달아나기 전 그에게 주소를 남겨주는 세계는 아니었다. 모든 게 결국 그의 잘못이었다. 그가 여자들을 달아나게 만든 것이다. 어쩌면 나탈리는 수녀가 되려는 건지도 몰랐다. 또 어쩌면 그가 호흡하는 공기를 함께 마시지 않으려고 기차를 타고 비행기를 타고 떠나버린 것인지도. 마르퀴스는 괴로웠다. 자신의 행동이 적절하지 못했다는 생각에 괴로웠다. 사랑의 감정이란 원래 죄책감을 가장 생생하게 불러일으키는 감정이다. 그래서 상대방의 모든 상처는 자신 때문이라고 생각한다. 열에 들떠서 거의 조물주라도 되는 양 자신은 상대방의 마음 한가운데에 있다고 생각한다. 또한 삶이란 심장판막으로 밀폐된 공간 속에 담기는 것이라고 생각한다. 마르퀴스의 세계는 나탈리의 세계였다. 온전하고 포괄적인 하나의 세계였다. 그 세계에서 그는 모든 것에 책임이 있으면서 동시에 어떤 것에도 책임이 없었다.

단순한 세계 역시 그의 앞에 다시금 모습을 드러냈다. 느리게나마 그는 정신을 가다듬을 수 있었다. 한쪽으로 치우치지 않도록 균형을 잡았다. 두 사람이 함께 보냈던 달콤했던 순간순간들이 속속 떠올랐다. 이런 식으로 지워질 수는 없는 아주 생생한 행복이었다. 나탈리를 잃을지도 모른다는 두려움이 그를 혼란에 빠뜨렸다. 이런 불안증이 그의 약점이었는데, 바로 이 약점이 그의 매력이기도 했다. 이런 식으로 약점들을 이어놓으면 장점이 되는 법이다. 마르퀴스는 무엇을 해야 좋을지 몰랐다. 일을 하고 싶은 마음도 없었다. 그날 하루의 일을 이성적으로 생각할 수도 없었다. 그는 이대로 정신을 놓고 싶었다. 그 또한 달아나고 싶었다. 택시를 잡아타고 가장 먼저 도착하는 열차에 올라타고 싶었다.

102

그때 인사 관리자가 그를 불렀다. 정말이지 너 나 할 것 없이 모두들 그를 보고 싶어 했다. 그는 인사과로 향하면서도 걱정스러운 마음은 조금도 들지 않았다. 권위에 대한 두려움은 걷어치워버린 뒤였다. 며칠 전부터 모든 것이 술책으로밖에 보이지 않았다. 보니뱅 씨는 얼굴 가득 미소를 띠고 그를 맞았다. 마르퀴스는 곧바로 이렇게 생각했다. '이 미소는 내 목을 자르겠다는 의미로군.' 인사 관리자라는 직책의 핵심 조건은 마치 자신의 인생인 양 직원의 경력에 관심을 보이는 능력이다. 마르퀴스의 눈에 이 보니뱅이라는 양반은 그 자리를 차지할 만한 자질이 충분한 것 같았다.

"아, 룬델 씨…… 만나서 반갑습니다. 아시겠지만 얼마 전부터 룬델 씨의 경력에 관심을 가지게 되었답니다……"

"아, 그렇습니까?" 마르퀴스가 대꾸했다. 눈앞의 이 남자가 두말할 것 없이 조금 전에야 자신의 존재를 알았을 것이라고 확신하며.

"네, 그래요…… 경력 하나하나가 제게는 중요하니까요…… 제가 룬델 씨에게 각별한 애정이 있다는 말씀을 드려야겠군요. 전혀 무리 없고 소란스럽지 않은 당신의 일처리 방식에 말이지요. 말이야 쉽지, 제가 조금이나마 성실하지 않았더라면 우리 회사 중심에 있는 룬델 씨의 존재를 모르고 지나쳤을 수도 있었을 겁니다."

"아하……"

"룬델 씨는 고용주라면 누구나 채용하고 싶어 할 만한 직원입니다."

"칭찬 고맙습니다. 그런데 저를 왜 보자고 하셨는지요?"

"아, 당신답군요, 바로 그거죠! 효율성, 효율성! 시간 낭비를 하지 않겠다는 거죠! 그저 모든 직원이 룬델 씨 같기만 하다면!

"그건 그렇고, 무슨 일로?"

"좋습니다…… 상황을 명료하게 말씀드리죠. 경영진은 룬델 씨에게 팀장 자리를 제안하는 바입니다. 물론 파격적인 봉급 인상이 따르겠지요. 당신은 우리 회사의 인력을 전략적으로 재배치하는 데 핵심 역할을 하게 됩니다…… 룬델 씨의 승진이 저로서는 기쁘지 않을 수 없군요…… 한동안 제가 적극적으로 추천했거든요."

"고맙습니다…… 뭐라 말씀드려야 할지 모르겠습니다."

"그렇다면, 당연한 말이지만, 전근에 필요한 모든 행정 절차는 저희가 편의를 봐드리지요."

"전근이라고요?"

"네, 근무지는 스톡홀름입니다. 룬델 씨의 고국 말입니다!"

"하지만 스웨덴으로 돌아가는 것은 말도 안 됩니다. 스웨덴으로 돌아가느니 차라리 고용노동청에 구직신청을 하겠어요."

"하지만……"

"하지만이란 있을 수 없습니다."

"있을 수 있어요. 당신한테는 선택의 여지가 없을 텐데요."

마르퀴스는 대답하는 수고를 아꼈다. 그러고는 인사 한마디 건네지 않고 사무실을 떠났다.

패러독스 클럽

　패러독스 클럽은 인사관리자협회에 가입하지 않은 기업 인사 담당 실무자들에게 인관협*을 알리기 위한 목적으로 2003년 말에 구성된 토론기구이다. 인사 관리자들은 한 달에 한 번 협회 청사에서 회합을 갖고 기업 내 갈등의 한복판에 자리 잡은 인사 관리자들이 의향을 표방할 수 있는 어떤 문제에 대해 토론을 벌인다. 이 월례 회합은 전통의 파괴를 지혜롭게 추구한다. 민감한 주제를, 전문적이지만 자유분방하고 일탈적인 방식으로 다루는 것이다. 유머는 환영이지만, 정치색을 띤 상투적 선전구호들은 사양한다!**

---

　* 국립 인사관리자협회.(원주)

　** 2009년 1월 13일 화요일의 토론 주제 : '위기 시의 인적자원관리, 개인이 우선인가, 집단이 우선인가?' 파리 8구 미로메닐 가 91번지, 인사관리자협회 주최, 18시 30분~20시 30분.(원주)

104

마르퀴스는 여느 때처럼 복도에서 생각에 잠겼다. 그는 늘 이렇게 돌아다니는 것을 휴식으로 여겨왔다. 다른 사람들이 담배를 피우러 밖으로 나갈 때처럼 자리에서 일어나 "굳은 다리나 풀어야겠군" 하고 말할 수 있었다. 하지만 이 순간, 그의 무사태평한 여유는 끝나버렸다. 그는 빠른 걸음으로 돌진해갔다. 그가 이런 식으로 마치 분노에 치받친 듯이 걸어가는 모습을 목격하는 일은 흔치 않았다. 그는 불량 엔진을 장착한 디젤 자동차 같았다. 그의 내부의 어떤 것이 불량해졌다. 누군가 그의 예민한 선, 심장에 곧바로 이어진 신경선을 건드린 것이다.

그는 사장의 집무실로 들이닥쳤다. 사장은 부하 직원을 마주하자마자 본능적으로 손을 올려 자신의 뺨을 감쌌다. 마르퀴스는 치미는 화를 가다듬으며 사무실 한가운데 못 박힌 듯 서 있었다. 샤를이 입을 열었다.

"어디 있는지 알아냈나?"

"아뇨, 모릅니다. 나탈리가 어디 있는지 그만 물어보십시오. 저는 모릅니다."

"조금 전 고객들의 항의 전화를 받았네. 다들 잔뜩 화가 나 있어. 나탈리 팀장이 우리에게 이런 짓을 하다니 믿을 수 없어!"

"저는 그녀를 백 프로 이해합니다."

"내게 원하는 게 뭔가?"

"두 가지 말씀을 드리러 왔습니다."

"빨리 말하게, 바쁘니까."

"첫째, 제게 하신 제안을 거절합니다. 사장님은 치졸한 짓을 하신 겁니다. 사장님이 앞으로 어떻게 거울을 들여다보실 수 있을지 모르겠습니다."

"내가 거울을 본다고 누가 그러던가?"

"그렇다면 사장님이 거울을 들여다보시든 말든 상관 않기로 하죠."

"그거 말고 다른 용건은?

"사표를 내겠습니다."

샤를은 이 남자의 반응이 이렇게 신속한 것에 놀라서 잠시 멍해졌다. 이자는 한순간도 망설이지 않은 것이다. 그는 제안을 거절하고 회사를 떠나려 한다. 어떻게 이렇게까지 상황을 악화시킬 수 있단 말인가? 그런데, 아니다. 혹시 이런 상황을 원했던 걸까? 절절한 사연을 안고 두 사람이 함께 도망치는 상황을 바랐나. 샤를은 계속해서 마르퀴스를 살폈지만 그의 얼굴에서 아무것도 읽어내지 못했다. 사실 마르퀴스의 얼굴에는 머리털을 쭈

뻣하게 만드는 분노가 드러나 있었다. 얼굴로 표현할 수 있는 모든 표정을 묻어버리는 분노였다. 마르퀴스가 천천히, 엄청나게 침착한 태도로 샤를을 향해 걸음을 옮기기 시작했다. 알 수 없는 어떤 힘에 실려 오는 것 같았다. 그러니 샤를은 겁먹지 않을 수 없었다. 그는 정말로 겁을 먹었다.

"이제 당신은 나를 고용한 사람도 아니니까…… 내가……"

마르퀴스는 말을 채 끝내지 않고, 주먹이 말을 대신해 상황을 정리하도록 했다. 그가 누군가를 때린 것은 이때가 처음이었다. 그러고 나서 좀더 일찍 행동에 옮기지 않은 것을 후회했다. 그동안 상황을 말로 해결하느라 애쓴 게 후회스러웠다.

"이럴 수가! 미쳤군!" 샤를이 소리쳤다.

마르퀴스는 또다시 샤를에게 다가가 주먹을 날릴 자세를 취해 보였다. 샤를은 겁에 질려 뒷걸음질 쳤다. 그는 사무실 한쪽 구석에 털썩 주저앉았다. 그러고는 마르퀴스가 방을 나간 후에도 한참 동안 그 자리에서 맥이 풀려 있었다.

105

무함마드 알리의 생애에서 1960년 10월 29일

루이빌에서 열린 프로 복싱 데뷔전에서
터니 헌세이커를 상대로 판정승을 거두었다.

106

리지외 역에 도착한 나탈리는 자동차를 렌트했다. 아주 오랜만에 하는 운전이었다. 그녀는 운전 감각을 찾지 못하면 어쩌나 걱정스러웠다. 일기예보는 전혀 도움이 되지 않았다. 빗방울이 떨어지기 시작했다. 하지만 지독한 피로를 느끼는 탓에 그 순간 어떤 일에도 경각심이 생기지 않았다. 그녀는 좁은 도로 위에서 속도를 점점 더 올리며 '슬픔이여 안녕' 하고 중얼거렸다. 빗줄기가 시야를 가렸다. 한순간 앞이 전혀 보이지 않을 때도 있었다.

바로 그때 뭔가 일이 일어났다. 도로를 달리는 중에 아주 잠깐 번쩍이는 섬광이 보였다. 눈앞에 마르퀴스와의 키스 장면이 다시 떠오른 것이다. 그 장면이 머릿속에 떠올랐을 때 그를 생각하고 있었던 건 아니었다. 오히려 다른 생각을 하던 중이었다. 영상은 불쑥 다가왔다. 그렇게 그와 함께했던 순간들이 되살아났다. 운전을 하는 내내 그녀는 그에게 한마디 말도 없이 떠나온 것을 후회했다. 어째서 그 생각을 못 했는지 모를 일이었다. 그녀는 순식간에 달아나버렸던 것이다. 이런 식으로 회사에서 증발한 것은 이번이 처음이었다. 그녀는 자신이 사무실로 돌아가는 일은 결코 없으리라는 것을, 인생의 한 장이 이제 막을 내렸다는 것을 알고 있었다. 또한 이제 떠나야 할 시간이라는 것을 알고 있었다. 그런데 그녀는 주유소에 멈춰 섰다. 차에서 내려 주위를 둘러보았다. 계속 낯선 풍경만이 이어졌다. 아무래도 길을 잘못 든 것 같았다. 사방이 어두워져갔고, 주위에는 인적조차 없었다. 그리고 빗줄기가 쏟아지며 절망이라는 영상을 보여주는 고전적인 삼막극이 완성되었다. 그녀는 마르퀴스에게 문자메시지를 보냈다. 그저 자신이 어디 있는지를 알렸다. 잠시 후 답장이 왔다. "리지외 행 첫 열차를 탈 거야. 당신이 여전히 거기 있다면 다행이고." 곧이어 도착한 두번째 문자메시지에는 이렇게 쓰여 있었다. "게다가 마침 갈 데도 없는데 잘됐네."

107

기 드 모파상의 단편소설 「입맞춤」의 한 구절

우리의 진정한 힘이 어디서 나오는지 아시는가?
입맞춤에서, 오로지 입맞춤에서 나오는 것이다!
(…)
하지만 입맞춤은 서문에 불과하다.

108

마르퀴스는 열차에서 내렸다. 그 역시 아무에게도 알리지 않고 떠나왔다. 이제 그들은 두 명의 도망자가 되어 조우할 참이었다. 기차역 대합실 맞은편 끝에 멈춰 서 있는 그녀의 모습이 보였다. 그는 그녀를 향해 천천히, 영화의 한 장면을 흉내 내듯 걸음을 옮겼다. 그 순간에 깔려야 할 배경음악도 쉽게 떠올릴 수 있었다. 아니면 아예 배경음악이 없을 수도 있다. 그래, 주위가 고요한 편이 좋겠다. 서로의 숨소리만 들리는 편이 좋을 것 같다. 그래서 그 우중충한 무대에 대해서는 잊어버리는 것이다. 살바도르 달리였다면 지금 이 리지외 역에서는 절대로 영감을 얻지 못했을 것이다. 사방이 휑하게 비어 있고 냉기가 도는 장소였다. '테레즈 드 리지외 기념박물관'이라 쓰인 표지판이 마르퀴스의 눈에 흘깃 들어왔다. 나탈리를 향해 걸어가면서 그는 생각했다. '어, 이거 묘한걸, 나는 나탈리의 성이 리지외라고 늘 생각했는데……' 그렇다, 그는 정말로 그렇게 생각했다. 그리고 이제 나탈리가 거기, 아주 가까이 있었다. 입맞춤을 위한 입술을 하고 있었다. 그러나 얼굴은 잔뜩 굳어 있었다. 그녀의 얼굴은 한마디로 리지외 역이었다.

그들은 자동차로 향했다. 나탈리가 운전석에 앉고 마르퀴스는 조수석에 올라탔다. 그녀가 차에 시동을 걸고 출발했다. 그들은 여전히 말 한마디 나누지 않고 있었다. 첫 데이트에서 서로 무슨 이야기를 해야 할지 모르는 청소년들 같았다. 마르퀴스는 자신이 어디 와 있는지 이제 어디로 가게 될 것인지 전혀 알지 못했다. 그저 나탈리를 따라가고 있다는 사실만으로 충분했다. 잠시 후 그가 침묵을 견디지 못해 라디오를 켜고는 음악 전문 방송에 주파수를 맞추었다. 알랭 수숑의 〈도망치는 사랑〉이 차 안에 울려 퍼졌다.

"오! 이럴 수가!" 나탈리가 말했다.

"왜?"

"이 노래 말이야. 세상에. 이건 내 노래야. 이걸…… 이 노래를…… 이렇게 듣다니."

마르퀴스는 고마운 심정으로 라디오를 바라보았다. 이 기계 덕분에 나탈리와 다시 말문을 틀 수 있었던 것이다. 그녀는 이 노래가 흘러나온 것이 얼마나 기이하고 놀라운 일인지에 대해 계속 말을 이어나갔다. 이건 어떤 징조야, 그녀가 말했다. 무슨 징조라는 걸까? 그 점에 대해 마르퀴스는 알 도리가 없었다. 그는 자신의 연인이 이 노래를 들으며 보여주는 반응에 놀랄 뿐이었다. 하지만 그는 살면서 마주치는 기묘한 상황, 예기치 못한 일, 우연한 일치에 대해 잘 알고 있었다. 이런 것들을 증거로 삼아 합리성에 의문을 제기하는 것이다. 노래가 끝날 즈음 그녀는 라디오를 꺼달라고 했다. 이 노래를 너무 좋아했기에 한동안 여운을 느끼고 싶어 했다. 이 노래를 처음 듣게 된 것은 그 영화, '앙투안 두아넬 시리즈'*의 마지막 작품에서였다. 영화 속 그 시절에 그녀가 태어났다. 하나로 규정하기 어려운 복합적인 느낌이 들긴 했다. 하지만 그녀는 자신이 그 순간의 산물이라고 느꼈다. 그 멜로디의 결실이랄까. 그녀의 온화한 성격, 때때로 찾아오는 우울, 경쾌함, 이 모든 것이 완벽하게 1978년을 이루고 있었다. 그 노래는 그녀의 노래이자 그녀의 인생이었다. 그런 우연

---

* 프랑수아 트뤼포 감독이 앙투안 두아넬이라는 인물을 주인공으로 하여 만든 일련의 영화. 〈도망치는 사랑〉이 이 시리즈의 마지막 작품이다.

에 그녀는 깜짝 놀랐다.

그녀는 도로변에 차를 멈췄다. 사방이 어두운 탓에 마르퀴스
는 자신들이 어디에 와 있는지 분간할 수 없었다. 두 사람은 자
동차에서 내렸다. 그러자 커다란 철문이 그의 눈에 들어왔다. 어
느 공동묘지 출입문이었다. 커다란 정도가 아니라 실로 거대했
다. 감옥 앞에서나 볼 수 있을 법한 문이었다. 망자들 역시 분명
일종의 종신형을 선고받은 사람들일 테지만, 그래도 그들이 탈
주를 시도하리라고는 상상하기 어려웠다. 드디어 나탈리가 입을
열었다.

"프랑수아가 여기 묻혀 있어. 그 사람이 이 마을에서 자랐거든."

"……"

"물론 그이는 내게 아무 말도 남기지 않았어. 자신이 그렇게
죽을 거라고는 생각지 못했겠지…… 그렇지만 나는 그가 여기
있고 싶어 했다는 걸 알아…… 그의 고향과 가까운 이곳에 말이
야."

"이해할 수 있어." 마르퀴스가 나직이 말했다.

"있잖아, 그런데 신기하게도 나 역시 이곳에서 자랐거든. 프
랑수아와 처음 만났을 때 우리는 그게 엄청난 우연의 일치라
고 생각했어. 청소년기를 보내는 동안 수백 번이나 마주쳤을지

도 모르지. 그러면서도 서로를 보지는 못했던 거야. 우리는 파리에 와서야 만났어. 그건 마치 뭐랄까…… 누군가를 만날 운명일때……"

나탈리는 말을 맺지 못하고 입을 다물었다. 그러나 그녀의 마지막 말은 마르퀴스의 머릿속에서 계속 이어졌다. 누구에 대해 한 말이었을까? 물론 프랑수아였다. 어쩌면 마르퀴스를 가리킨 것일 수도 있지 않을까? 이렇듯 말에 대한 두 가지 해석으로 인해 이 상황의 상징성이 두드러졌다. 그것은 보기 드물게 강렬한 것이었다. 두 사람은 그곳, 프랑수아의 무덤에서 몇 걸음 떨어진 자리에 함께 나란히 서 있는 것이다. 도무지 끝날 줄 모르는 과거로부터 몇 걸음 떨어진 자리에. 빗줄기가 나탈리의 얼굴을 따라 흘러 눈물인지 빗물인지 구분할 수 없었다. 그러나 마르퀴스에게는 그녀의 눈물이 보였다. 그는 눈물을 읽을 줄 알았으니까. 나탈리의 눈물이라면 더더욱. 그는 나탈리에게로 다가가 그녀를 가슴에 끌어안았다. 마치 그 고통을 꽁꽁 묶으려는 듯이.

109

마르퀴스와 나탈리가 자동차 안에서 들은

알랭 수숑의 노래 〈도망치는 사랑〉의 2절 가사

우리, 우리, 우리는 견딜 수 없었어.
부, 부, 네 뺨 위로 눈물이 흐르고
우리는 헤어져 각자의 길로 떠나네, 아무런 설명도 없이.
그것은 도망치는 사랑,
달아나는 사랑.

나는 잠들었어, 한 아이가 레이스 이불 속으로 들어왔지.
떠나고, 돌아오고, 움직이고, 이건 제비들의 놀이야.
겨우 둥지를 틀자마자 나는 그 좁은 아파트를 떠나네.
콜레트, 앙투안, 사빈, 그 어떤 이름이어도 좋아.

나의 모든 삶이란 달아나는 것들을 뒤쫓아 가는 일이지.
향기로운 두 아가씨, 눈물 다발, 장미꽃송이.
어머니가 귓불 뒤에 한 방울 뿌리시던
그 무언가에서도 비슷한 향기가 났었지.

110

그들은 다시 도로로 나왔다. 마르퀴스는 계속 이어지는 커브 길에 놀라고 말았다. 스웨덴의 도로들은 직선이다. 그곳의 도로는 눈앞에 보이는 목적지를 향해 뻗어 있다. 그는 어디로 가고 있는지 물어볼 엄두도 내지 못한 채 현기증에 몸을 내맡겼다. 어디로 가는지가 정말로 중요한 문제인가? 진부한 말이긴 하지만 그는 그녀를 따라서라면 세상 끝까지라도 갈 준비가 되어 있었다. 적어도 그녀는 자신이 어디로 가고 있는지 알고 있었을까? 아마 그저 밤의 어둠 속으로 빠져들고 싶었을 것이다. 실컷 달려서 세상에서 잊히고픈 심정이었을 것이다.

마침내 그녀가 차를 세웠다. 이번에는 작은 철문 앞이었다. 이것이 두 사람의 방황의 주제였던가? 각양각색의 철문들이? 그녀가 차에서 내려 철문을 열어놓고 다시 차에 올랐다. 마르퀴스가 보기에 그녀의 움직임 하나하나가 의미심장했고 또렷하게 두드러졌다. 개인적 신화의 세부 요소는 이렇게 드러나는 법이다. 자동차는 좁은 길을 따라가더니 어느 집 앞에 멈추었다.

"마들렌 할머니 댁이야. 할아버지가 돌아가신 후 혼자 살고 계셔."

"좋아. 할머니를 뵙게 되다니 기쁜데." 마르퀴스는 예의 바르게 대답했다.

나탈리가 문을 두드렸다. 한 번, 두 번, 이어서 조금 더 세게 두드렸다. 여전히 아무 기척이 없었다. "할머니는 귀가 조금 어두우셔. 집을 한 바퀴 둘러보는 게 좋겠어. 분명 거실에 계실 테니, 창문 너머로 우리가 보일 거야."

집 주위를 돌아보려면 빗물로 온통 진흙탕이 된 길을 걸어야 했다. 마르퀴스는 나탈리를 꼭 붙들었다. 특별히 눈에 띄는 것은 없었다. 나탈리가 방향을 잘못 잡은 게 아닐까? 잎사귀가 빽빽이 우거진 나무딸기 덤불과 집 건물 사이에는 사실상 지나다닐 수 있는 공간이 없었다. 바로 그때 나탈리가 미끄러졌고, 그 바람에 마르퀴스까지 함께 넘어졌다. 두 사람은 온통 진흙투성이에다 빗물에 흠뻑 젖은 채였다. 정말 멋진 탐험대의 모습이었다. 다만 좀 우스꽝스러울 뿐. 나탈리가 말했다.

"최선의 방법은 네 발로 기어가는 거야."

"당신을 따라오길 잘했지." 마르퀴스가 맞장구쳤다.

마침내 반대편에 도착하자 벽난로 앞에 앉아 있는 할머니의 모습이 두 사람의 눈에 들어왔다. 할머니는 아무것도 하지 않고 있었다. 마르퀴스는 그 모습에 깊은 인상을 받았다. 거의 자기 자신까지도 잊은 채 무언가를 기다리는 듯한 그 존재 방식이 진정 그의 마음을 사로잡았다. 나탈리가 창문을 두드렸고, 이번에는 할머니가 그 소리를 들었다. 할머니는 안색이 금세 밝아지더니 서둘러 달려와 창문을 열었다.

"오, 얘야…… 여기서 뭐 하는 게냐? 이런 놀라운 일이!"

"할머니가 보고 싶었거든요…… 그래서 돌아서 왔어요."

"그래, 알겠다, 미안하구나, 처음 있는 일은 아니지! 들어오렴, 문을 열어줄게."

"아뇨, 창문을 넘어 들어갈게요. 그편이 낫겠어요."

두 사람은 창문을 타 넘어 마침내 안으로 들어갔다.

나탈리가 할머니에게 마르퀴스를 소개했다. 할머니는 손으로 마르퀴스의 얼굴을 쓰다듬고는 손녀를 돌아보며 말했다. "착한 사람 같구나." 그러자 마르퀴스는 네, 맞아요, 저는 착해요, 라고 장담이라도 하듯 함박웃음을 지어 보였다. 마들렌 할머니가 말을 이었다.

"오래전에 내가 아는 사람 중에도 마르퀴스라는 사람이 있었던 것 같은데…… 혹시 폴뤼스였나…… 샤를뤼스였나…… 하여간 '위스'로 끝나는 이름이었는데…… 기억이 잘 안 나네……"

어색한 침묵이 찾아왔다. 할머니는 무슨 의미로 '내가 아는 사

람 중에'라는 말을 했던 걸까? 나탈리는 웃으면서 할머니를 끌어
안았다. 두 사람을 바라보며 마르퀴스는 나탈리의 어린 소녀 시
절 모습을 상상할 수 있었다. 80년대가 거기, 그들과 함께 있었
다. 잠시 후 그가 물었다.

"손을 씻고 싶은데 어디로 가면 되지?"

"아 그래, 같이 가자."

그녀는 마르퀴스의 진흙투성이 손을 잡았다. 그러고는 생기
있는 걸음걸이로 그를 욕실로 데려갔다.

그렇다, 마르퀴스가 떠올린 어린 소녀 시절 모습은 바로 그것
이었다. 깡충깡충 뛰듯이 걷는 그 모습. 다가올 순간을 현재 쪽
으로 끌어당겨 살아가는 방식, 절제되지 않은 모습. 지금 두 사
람은 나란히 붙은 두 개의 세면대 앞에 서 있었다. 손을 씻으면
서 그들은 천치 같아 보일 정도로 서로를 향해 웃었다. 손에서
비누거품이 가득히 피어올랐다. 하지만 그것은 노스탤지어를 불
러일으키는 비눗방울들은 아니었다. 마르퀴스는 생각했다. 지금
이 순간은 내 일생에서 가장 아름다웠던 손 씻기로 남을 거야.

두 사람은 옷을 갈아입어야만 했다. 나탈리에게는 간단한 문
제였다. 자신의 방에 가면 소지품과 옷가지가 있었으니까. 마들
렌 할머니가 마르퀴스에게 물었다.

"갈아입을 옷은 있우?"

"아뇨, 그냥 이대로 떠나왔거든요."

"그냥 덜컥?"

"예, 그냥 덜컥, 그렇게요."

나탈리는 그들 두 사람이 이 '덜컥'이라는 표현을 쓴 것에 즐거워하고 있음을 알았다. 그들은 예정에 없이 어딘가로 불쑥 떠났다는 생각에 흥분한 것 같았다. 할머니는 마르퀴스에게 할아버지의 옷장에서 입을 옷을 골라보자고 했다. 그를 데리고 복도를 통과한 후 그가 마음에 드는 옷을 고르도록 혼자 내버려두었다. 잠시 후 그는 베이지색인지 무슨 색인지 도통 알 수 없는 색상의 옷을 입고 나타났다. 셔츠의 깃이 너무 넓어서 목이 잠겨 들어가는 것 같았다. 뜬금없고 우스꽝스러운 복장이었지만, 그 때문에 기분 나쁠 일은 전혀 아니었다. 이런 옷을 입고 있다는 게 유쾌한 듯했다. 옷 속에서 헤엄을 쳐도 되겠어, 하지만 기분이 좋은걸, 하고 생각하기도 했다. 나탈리는 폭소를 터뜨렸고, 너무 웃어대는 바람에 눈물까지 글썽거렸다. 이제 겨우 고통의 눈물이 가신 두 뺨 위로 웃음의 눈물이 흘러내렸다. 마들렌 할머니는 마르퀴스에게로 다가갔다. 하지만 옷을 입은 사람을 향해서가 아니라 그 옷 자체를 향해 다가간 것을 느낄 수 있었다. 옷의 주름 하나하나마다 누군가의 인생의 추억이 담겨 있었다. 할머니는 무언가에 홀린 듯 잠시 가만히 마르퀴스 가까이에 서 있었다.

111

아마도 전쟁을 겪었기 때문일까. 할머니들은 항상 손녀들을 먹일 음식을 준비해둔다. 한밤중에 스웨덴 남자를 데리고 들이 닥치는 손녀라 할지라도.

"보아하니 뭘 먹고 온 것 같지는 않은데. 수프가 좀 있어."

"아, 그래요? 무슨 수프인데요?" 마르퀴스가 물었다.

"금요일 수프야. 뭐라 설명을 해야 하나. 마침 금요일이고, 그래서 금요일 수프지."

"넥타이를 매지 않은 수프겠군요." 마르퀴스가 대답했다.

그러자 나탈리가 그에게 다가왔다.

"할머니, 이 사람은 엉뚱한 말을 할 때가 있어요. 그렇지만 걱정하실 것 없어요."

"오 나는, 알잖니, 1945년 이후로 걱정이라는 걸 해본 적이 없단다. 그러니 걱정 마라. 어서들 앉아요."

마들렌 할머니는 활기가 넘쳤다. 이 노부인이 저녁식사를 준비하며 보여준 활력과 벽난로 앞에 앉아 있던 첫인상 사이에는 엄청난 간극이 있었다. 손녀의 방문으로 할머니는 몸을 움직일 욕구를 느꼈다. 할머니는 옆에서 음식 준비를 도와드리겠다는 것도 굳이 마다했다. 나탈리와 마르퀴스는 생쥐처럼 자그마한 이 노부인의 들뜬 모습을 보며 마음이 애잔해졌다. 이제 모든 것, 파리, 회사, 결재서류 같은 것들이 너무도 멀게 느껴졌다. 시간 역시 멀어진 것 같았다. 사무실에 있었던 이른 오후 시간의 일도 이제 흑백사진 속 추억처럼 멀어져 있었다. '금요일'이라는 수프의 이름만이 하루의 현실을 어느 정도 의식할 수 있게 해주었다.

소박한 저녁식사였다. 침묵이 이어졌다. 집으로 찾아온 손자 손녀를 보며 조부모들이 느끼는 행복감에 장광설이 따라붙어야 할 필요는 없는 법이다. 서로의 안부를 묻고, 그러고 나면 함께 있다는 단순한 기쁨에 곧바로 편안해지는 것이다. 저녁식사 후 나탈리는 할머니를 도와 설거지를 했다. 그녀는 자문해보았다. 이곳에 오면 이토록 편안하다는 걸 까맣게 잊고 지내다니, 대체 왜 그랬을까? 마치 건망증에 걸린 것처럼 최근에 그녀가 맛봤던 모든 행복이 떠오르지 않았다. 그녀는 이제 자신에게 지금의 이 행복을 붙잡을 힘이 생겼다는 사실을 깨달았다.

거실에서 마르퀴스는 시가를 피웠다. 필터담배의 연기조차 잘 못 견디는 그였지만 할머니를 기쁘게 해주고 싶었다. "할머니는 남자들이 식사 후에 시가 피우는 것을 좋아하셔. 이유를 알려고 하지는 마. 자기가 할머니를 기쁘게 해드려. 그러면 돼." 자신에게 담배를 권하는 할머니에게 대답하려던 순간 나탈리가 그에게 속삭여준 말이었다. 그래서 마르퀴스는 시가가 무척 피우고 싶다고 대답했다. 시가에 열광하는 척하는 그의 연기는 어설펐지만, 할머니에게는 그저 담뱃불만 보일 뿐이었다. 이렇게 해서 마르퀴스는 노르망디의 한 가정에서 주인 행세를 하게 되었다. 한 가지 놀라운 일이 벌어졌다. 그가 두통을 느끼지 않은 것이다. 더 나쁜 것은 그가 시가의 맛을 음미하기 시작했다는 점이었다. 자신에게서 남자다움을 발견하고 놀라는 찰나 그것은 벌써 든든히 자리 잡아가고 있었다. 자신이 피워 올리는 덧없는 연기를 보면서 그는 역설적으로 삶과 격렬하게 부대끼고 싶은 기분이었다. 이 시가를 피우는 동안 그는 '멋진 남자' 마르퀴스였다.

마들렌 할머니는 미소를 짓고 있는 손녀의 모습에 기뻤다. 프랑수아가 죽었을 때 할머니는 많은 눈물을 흘렸다. 단 하루도 프랑수아의 죽음을 생각하지 않은 날이 없었다. 살아오면서 수많은 곡절을 겪어왔지만 그 일은 가장 가혹한 슬픔이었다. 할머니는 그래도 앞으로 나아가야만 한다는 것을, 삶이란 무엇보다도 계속 살아가는 일이라는 것을 알고 있었다. 그래서 이 순간 할머니는 큰 위안을 얻었다. 금상첨화로 이 스웨덴 남자에게 직감적으로 호감을 느꼈다.

"심성이 고운 사람이구나."

"어머, 어떻게 그걸 아세요?"

"느낌이라는 게 있지. 직감으로 아는 거야. 저 사람은 심성이 참으로 훌륭해."

나탈리는 할머니를 한 번 더 안았다. 잠자리에 들어야 할 시간이었다. 마르퀴스는 시가를 끄며 마들렌 할머니에게 말했다. "잠이란 내일의 수프로 인도해주는 길이죠."

마들렌 할머니는 아래층에서 잠을 자곤 했다. 계단을 올라가는 것이 힘들어진 탓이었다. 나머지 침실들은 2층에 있었다. 나탈리가 마르퀴스를 바라보며 말했다. "그러니까 할머니 눈치는 보지 않아도 돼." 이 한마디는 섹스에 대한 암시, 아니면 내일 아침나절까지 할머니의 기척에 신경 쓰지 않고 편안히 잘 수 있을 거라는 단순한 정보 전달, 그 어느 쪽으로도 해석할 수 있었다. 마르퀴스는 깊게 생각하고 싶지 않았다. 나탈리와 함께 잘 것인가 말 것인가? 그는 물론 함께 자고 싶었다. 하지만 그는 이 문제에 대해 아무 생각도 하지 말고 계단을 올라가야 한다는 것을 깨달았다. 계단을 끝까지 올라가자 또다른 난관에 맞닥뜨렸다. 자동차로 달려온 도로와 집 주위를 돌아가는 길에 이어 통로가 좁게 느껴진 것이 이번이 세번째였다. 눈앞의 이 심상찮은 복도에는 문이 방 개수만큼 여러 개 나 있었다. 나탈리가 아무 말 없이 잠시 왔다 갔다 했다. 2층에는 전기가 들어오지 않았다. 그녀는 작은 테이블 위에 놓인 양초 두 개에 불을 붙였다. 촛불에 비친 그녀의 얼굴이 오렌지색으로 물들어 있었다. 석양빛이라기보다는 동틀 때의 태양처럼 발그레했다. 그녀 역시 망설이고 있었다. 정말로 망설이고 있었다. 결정을 내릴 사람은 자신이었다. 그녀는 그의 눈 속에 비친 불꽃을 바라보았다. 그리고 방문 하나를 열었다.

112

샤를은 다시 문을 닫았다. 그는 이미 정신이 반쯤 나가 있었고, 어쩌면 그다음 단계인 유체이탈 상태로까지 치달을지 몰랐다. 그만큼 자신의 육체로부터 멀리 떨어져 있는 느낌이었다. 오전에 따귀 맞은 얼굴이 아직도 얼얼했다. 그는 자신의 행동이 한

심했다는 것을 알고 있었다. 개인적인 이유로 직원 한 명을 전근시키려 했었다는 사실이 스웨덴 고위층에 알려질지도 몰랐다. 하지만 그렇게 될 가능성은 적었다. 그는 두 사람을 다시 볼 일은 없을 거라고 생각했다. 그들이 도주한 것은 끝장을 내겠다는 심산일 테니까. 바로 그 점에서 그는 가장 큰 상처를 입었다. 이제 더이상 나탈리를 볼 수 없게 된 것이다. 모든 게 그 자신의 잘못이었다. 어리석은 행동을 했고, 그랬던 만큼 자신을 책망했다. 한순간만이라도 그녀를 보고 싶었다. 그녀에게 용서를 구하고 싶었다. 이 비극에서 빠져나오고 싶었다. 사전을 펴놓고 열심히 찾아 헤맸던 그 단어들을 마침내 발견하고 싶었다. 나탈리의 사랑을 얻을 기회가 여전히 남아 있는 세계에서 살고 싶었다. 감정적 건망증의 세계, 그래서 그녀와의 첫 만남의 가능성이 여전히 남아 있는 세계에서 살고 싶었다.

이제 샤를은 거실로 발걸음을 옮겼다. 이어서 변함없는 장면 그대로, 소파 위의 아내를 앞에 두고 섰다. 저녁마다 반복되는 이 장면은 단 한 점의 그림만 걸려 있는 미술관이었다.

"괜찮아?" 그가 나직이 말을 건넸다.

"응, 괜찮아. 당신은?"

"걱정 안 했어?"

"뭘?"

"어젯밤 말이야."

"아니…… 어젯밤에 무슨 일이 있었는데?"

로랑스는 남편을 향해 거의 고개도 돌리지 않았다. 샤를은 아내의 목에 대고 말을 하고 있었다. 그는 아내가 지난밤 자신이 집에 들어오지 않았던 것조차 모른다는 사실을 지금 막 알아차렸다. 그녀에게 그의 존재는 무의미와 다를 바 없다는 걸 알게 된 것이다. 심오한 이야기였다. 그는 그녀에게 한 대 날리고 싶었다. 자신이 그날 하루에 받은 펀치의 손익을 맞추고 싶었다. 맞은 만큼 때려서 균형을 맞추고 싶었지만 그의 손은 한순간 허공에 떠서 멈췄다. 그는 아내를 찬찬히 훑어보기 시작했다. 그의 손은 거기, 공중에 매달린 채 외톨이가 되어 있었다. 불현듯 그는 사랑 없는 결혼생활을 더이상 견딜 수 없다는 사실을 깨달았다. 메마른 세계에서 살아가느라 숨이 막힌다는 사실을 깨달았다. 아무도 그를 품에 안아주지 않았다. 아무도 그에게 사소한 애정 표현조차 건네지 않았다. 어째서 이 지경이 되었는가? 그는 다정한 감정의 존재를 잊어버리고 지내왔다. 삶의 델리카테스에서 소외당한 것이다.

샤를의 손이 다시 천천히 내려왔다. 그는 그 손을 아내의 머리

위에 올려놓았다. 갑자기 감동이 밀려왔다. 이유를 알 수는 없었지만 정말로 감동이 북받쳤다. 아내의 머릿결이 좋아서라고 속으로 중얼거렸다. 아마도 그 때문일 것이다. 그는 손을 다시 아래로 내려 아내의 목을 어루만졌다. 아내의 살갗에 난 울긋불긋한 자국에서 그는 며칠 전 키스의 흔적을 느낄 수 있었다. 자신을 달아오르게 했던 열정의 기념물이었다. 아내의 목덜미를 시작으로 그녀의 육체를 다시 정복하고 싶었다. 그는 소파를 돌아 아내 앞쪽으로 왔다. 무릎을 꿇고 앉아 그녀에게 키스를 하려 했다.

"뭐 하는 거야?" 그녀가 탁한 목소리로 물었다.

"당신을 원해."

"지금?"

"응, 지금."

"불시 기습이네."

"그래서 싫어? 당신한테 키스하려면 데이트 요청부터 해야 하는 건가?"

"그 말이 아니고…… 바보 같기는."

"그리고 이 소식 아나? 들으면 좋아할걸."

"뭔데?"

"베네치아로 떠나는 거야. 그래, 내가 여행 준비를 할게…… 이번 주말에 단둘이 떠나자고…… 즐거운 여행이 될 거야……"

"……내가 뱃멀미를 하는 거 알잖아."

"그래? 그건 상관없어…… 베네치아에는 비행기로 갈 거니까."

"곤돌라 때문에 그러는 거지. 곤돌라를 타지 못한다면 속상하니까. 안 그래?"

113

폴란드 철학자의 잠언 두번째

침상의 촛불들만이 임종의 비밀을 안다.

114

나탈리는 자신이 침실로 사용하던 방으로 들어갔다. 희미한 촛불에 의지한 채였다. 하지만 아무리 깜깜해도 발걸음을 옮기는 데 아무 문제 없을 만큼 그녀는 그 방을 구석구석 잘 알고 있었다. 그녀가 마르퀴스를 이끌었다. 그는 그녀의 허리에 팔을 두

르고 따라 들어갔다. 그의 인생에서 가장 찬란한 어둠이었다. 행복이 너무 강렬해서 혹시 자신을 불능으로 만드는 게 아닐까 겁이 났다. 지나친 흥분이 마비상태로 이어지는 경우가 드물지 않으니까. 그러나 그런 생각을 할 필요는 없었다. 단지 매 순간에 자신을 내맡기기만 하면 됐다. 호흡 하나하나가 완전한 세계인 것처럼. 나탈리가 침대 머리맡 테이블에 촛불을 내려놓았다. 두 사람은 어둠의 감동적인 물결에 휩싸인 채 서로를 마주 보았다.

그녀가 그의 어깨에 머리를 기댔다. 그는 그녀의 머리카락을 어루만졌다. 두 사람은 그렇게 한참을 가만히 있을 수도 있었다. 그들은 서서 잠이 든다는 이야기를 체험하는 중이었다. 하지만 날이 추웠다. 비어 있던 방이어서 냉기가 느껴지는 것이기도 했다. 아무도 쓰지 않는 방이었으니까. 그 방은 기억에 기억을 더해서 다시 되찾아야 할 곳인 것 같았다. 두 사람은 자리에 누워 이불을 덮었다. 마르퀴스는 나탈리의 머리카락을 계속해서 어루만지고 있었다. 그는 그녀의 머리카락이 더없이 사랑스러웠다. 한 올 한 올 속속들이 알아가고 싶었다. 한 올 한 올에 담긴 사연과 저마다의 생각을 알고 싶었다. 그녀의 머리카락 속으로 여행을 떠나고 싶었다. 나탈리는 이 상황에서 거칠게 달려들지 않는 이 남자의 델리카테스가 감미롭게 느껴졌다. 하지만 그는 적극적이기도 했다. 이제 그는 그녀의 옷을 벗기고 있었고, 그의 심장은 설명할 수 없을 만큼 세차게 요동치고 있었다.

이제 그녀는 벗은 몸으로 그와 밀착해 있었다. 너무나 강렬한 감동에 휩싸인 나머지 그의 움직임이 느려졌다. 이대로 그만 물러서려는 건 아닐까 싶을 정도로 느린 움직임이었다. 그는 엄청난 두려움에 몸을 내맡긴 채 혼란에 빠져 있었다. 그녀는 그가 서툴러하며 머뭇거리는 그 순간들을 사랑했다. 그녀가 원했던 것은 바로 이런 것, 여자에 익숙하지 않은 한 남자를 통해 남자들을 재발견하는 것이었다. 그러면 두 사람이 함께 사랑의 사용법을 알아갈 수 있을 테니. 마르퀴스와 함께 있다고 생각하면 왠지 모르게 마음이 아주 편안해졌다. 어쩌면 오만하거나 피상적인 속단일지도 모르지만 나탈리가 보기에 그 역시 자신과 함께 있으면 늘 행복해할 것 같았다. 그녀는 자신들이 결코 흔들림 없는 커플이 될 거라고 생각했다. 둘 사이에 아무 일도 일어나지 않을 거라고, 자신들의 육체가 만들어내는 방정식은 죽음의 해독제가 될 거라고 생각했다. 이 모든 것은 단편적으로 어렴풋하게 그녀의 머릿속을 스쳐지나갔다. 지금이 바로 그 순간임을, 이런 상황에서 무언가를 결정하는 것은 육체임을 그녀는 알고 있었다. 이제 그가 그녀 위에 있었다. 그녀는 그를 꼭 껴안았다.

관자놀이를 타고 눈물이 흘러내렸다. 그가 그녀의 눈물에 입을 맞추었다.

그의 키스로부터 또 다른 눈물이 흘러내렸다. 이번에는 그의 눈물이었다.

115

이 소설 도입부에서 나탈리가 읽은
훌리오 코르타사르의 『팔방놀이』 7장 첫머리

나는 너의 입술을 어루만진다. 손가락 하나로 네 입술의 윤곽을 따라가본다. 마치 내 손가락 끝에서 태어나 처음으로 열리기나 한 듯이, 나는 손끝으로 너의 입을 그려본다. 그리고 나는 눈을 감아 모든 것을 지우고 처음부터 다시 너를 그리며 이렇게 내가 갈망하는 입을 언제든 만들어낸다. 나의 손이 선택한, 그리하여 네 얼굴 위에 그려지는 입, 다른 모든 입 가운데 내가 나의 손으로 너의 얼굴에 그려 넣기 위해 가장 자유롭게 선택한 입. 그 입은 내가 굳이 이해하려 들지 않는 우연으로, 너의 입과 정확하게 일치한다. 그래서 너의 입은 내 손가락이 그려내는 입 아래서 미소 짓는다.

116

벌써 새벽이 밝아오고 있었다. 밤이 너무 짧아서 과연 있었던가 싶을 정도였다. 마르퀴스와 나탈리는 깨었다가 얼핏 잠이 들기를 반복했고, 그렇게 꿈과 현실의 경계선을 뒤섞곤 했다.

"정원으로 내려갔으면 좋겠어." 나탈리가 말했다.

"지금?"

"응, 나가보면 알 거야. 어릴 적에 매일 아침마다 정원에 나가곤 했어. 새벽에 가보면 분위기가 색다르거든."

두 사람은 재빨리 몸을 일으켜 천천히 옷을 입었다.* 차가운 불빛 아래 서로를 바라보고, 서로를 발견했다. 다음 일은 간단했다. 그들은 할머니를 깨우지 않으려고 소리를 죽여 계단을 내려갔다. 부질없는 노력이었다. 할머니는 집에 손님이 오면 거의 잠을 자지 않았기 때문이다. 그러나 할머니는 두 사람을 방해하지 않을 생각이었다. 그녀는 나탈리가 정원에서 고요하게 아침을

---

* 어쩌면 그 반대였을 수도 있다.(원주)

맞이하기를 좋아한다는 것을(각자의 습관이 있는 법이다) 알고
있었다. 언제든 이곳에 올 때마다 아침에 눈을 뜨면 곧바로 정원
벤치에 가서 앉곤 했으니까. 나탈리와 마르퀴스는 바깥으로 나
왔다. 나탈리는 발을 멈추고 주위 사소한 사물을 하나하나 유심
히 바라보았다. 삶이란 앞으로 나아갈 수도, 모든 것을 망가뜨릴
수도 있는 것이었다. 하지만 이 정원에서는 아무것도 움직이지
않고 있었다. 변함없는 것들의 세계였다.

두 사람은 자리를 잡고 앉았다. 그들 사이에는 육체적인 기쁨
에서 비롯된 생생한 경이감이 자리하고 있었다. 동화가 마침내
완성된 순간 느끼는 극도의 황홀경이랄까. 경험하는 동시에 기
억에 새겨지는 순간들 같은. 그런 순간들이 노스탤지어가 되어
먼 훗날 우리를 찾아오는 것이다. "행복해." 나탈리가 나직이 속
삭였다. 그 말에 마르퀴스는 정말로 행복했다. 그녀가 몸을 일으
켰다. 그는 그녀가 꽃들과 나무들을 배경으로 걸어다니는 모습
을 바라보았다. 그녀는 달콤한 몽상에 잠긴 듯 정원을 몇 번쯤
느린 걸음으로 왕복하면서 손에 닿는 모든 것을 감촉했다. 이 정
원의 자연에서 더없는 아늑함이 느껴졌다. 그러다 그녀가 발걸
음을 멈추더니 나무 한 그루에 등을 딱 붙이고는 말했다.
"사촌들과 숨바꼭질 놀이를 할 때면 이 나무에 등을 딱 붙이고

숫자를 셌어. 긴 시간이었지. 117까지 세곤 했어."

"어째서 117까지인데?

"모르겠어! 그냥 어쩌다 보니 그 숫자로 정해졌더라고."

"지금 우리 숨바꼭질할까?" 마르퀴스가 제안했다.

나탈리가 그를 향해 미소 지었다. 그가 자신에게 숨바꼭질하
자고 말할 수 있는 사람인 것이 정말 좋았다. 그녀는 나무에 등
을 붙이고는 눈을 감고 숫자를 세기 시작했다. 마르퀴스는 숨기
좋은 곳을 물색했다. 그러나 헛된 욕심이었다. 그 정원은 나탈리
의 영역이었으니. 숨기 가장 좋은 장소들은 그녀가 알고 있을 게
뻔했다. 그는 이곳저곳을 기웃거리면서 그녀가 이미 숨어보았음
직한 곳이 어디일지 생각했다. 그러면서 나탈리가 지나온 순간
을 따라 걸었다. 일곱 살 적에는 나무 뒤에 숨었겠지. 열두 살 때
는 저기 보이는 덤불로 들어가 몸을 웅크렸을 테고. 사춘기 소녀
가 되자 그녀는 어릴 적에 하던 놀이들은 그만두고, 입술을 비쭉
내밀면서 나무딸기 덤불 앞을 지나쳐갔을 것이다. 그러고는 여
름마다 그녀는 꿈꾸는 시인이 되어, 낭만적인 소망을 품은 여인
이 되어 벤치에 앉아 있곤 했을 것이다. 그 시절 그녀의 삶은 정
원 여기저기에 흔적을 남겨놓았다. 이 꽃송이들 너머에서도 사
랑을 나누었을까? 프랑수아가 그녀를 뒤따라와서 그녀의 조부
모가 깨지 않게 소리를 죽이고 그녀의 잠옷을 벗기려 했겠지. 정

원을 가로지르는 뜨겁고 소리 없는 경주의 흔적들. 결국 프랑수
아는 그녀를 붙들었다. 그녀는 벗어나려고 발버둥질했지만 그저
시늉뿐이었다. 그녀는 고개를 돌렸지만, 그러면서도 그와의 키
스를 꿈꾸었다. 두 사람은 하나가 되어 뒹굴었다. 그런 다음 정
신을 차려보니 그녀는 혼자였다. 그는 어디로 갔을까? 어딘가 숨
어서 숨바꼭질을 하고 있는 걸까? 그는 이제 그녀 곁에 없었다.
앞으로도 없을 것이다. 이 자리에는 이제 몸을 누일 풀밭이 없었
다. 감정이 북받친 나탈리가 풀을 모조리 뽑아버린 것이다. 그녀
는 진이 빠진 채 이 자리에 몇 시간이나 머물곤 했다. 할머니가
그녀를 안으로 들어오게 하려고 애썼지만 그녀는 꼼짝도 하지
않았다. 바로 그 자리를 마르퀴스가 걷고 있었다. 그녀의 고통
위로 한 걸음씩 내딛고 있었다. 그녀의 사랑이 흘린 눈물을 가로
지르고 있었다. 숨을 곳을 찾아 계속 이곳저곳 기웃거리면서 마
르퀴스는 앞으로 나탈리가 지나갈 자리 위로도 발자국을 새길
수 있을 터였다. 정원 여기저기에서 나이 든 그녀를 상상해보는
것은 감동적인 일이었다.

이렇게 해서 마르퀴스는 어린 소녀부터 지금의 나탈리에 이르
기까지, 그 모든 나탈리의 마음에서 자신이 들어가 숨을 장소를
찾아냈다. 최대한 조그맣게 몸을 웅크렸다. 요 근래 그 어느 때

보다도 자신이 성장했다고 느꼈음을 고려한다면 묘한 일이었다. 그의 몸 이곳저곳에서 무한한 공간에 대한 충동이 눈을 뜨고 있었다. 어느 한 곳을 찾아 몸을 숨기자, 그는 웃음이 나왔다. 그녀를 기다리는 일이 행복했다. 그녀가 자신을 찾아내기를 기다리는 일이 몹시도 행복했다.

117

여기까지 세고 나서 나탈리는 눈을 떴다.

행복을 위한 사랑 사용법

    젊고 아름다운 여성이 사랑에 빠진다. 사랑하는 남자와 함께
하는 삶은 낭만적 연애의 자연스러운 전개를 따라 결혼에 이르
고, 그 결혼생활은 무척 행복하다.

    어느 날, 남편이 조깅하러 나간 뒤 한 통의 전화가 걸려와 불
행한 사고 소식을 알린다. 거실 소파에 나른하게 누워 휴일의 졸
음과 독서를 즐기던 그녀는 남편에게로 다급히 달려가기 전, 펼
쳐들고 있던 소설책을 덮는다. 그런데 그냥 덮는 게 아니라 읽기
를 멈춘 그 페이지에 무의식적으로 책갈피를 끼워놓는다.

    책갈피, 이 중단된 독서의 표식을 경계로 이제 그녀의 삶은 둘
로 나뉜다. 책갈피 이전은 사랑하는 사람과 함께하는 삶이었고,
책갈피 이후는 그가 없는 삶이다. 그녀는 혼자 남겨졌다. 물론

인생이라는 게 대체로 그렇듯이 그녀도 계속 살아갈 것이다. 계속되는 그 삶. 책갈피 이후의 삶은 어떤 모습을 하게 될까? 문제는 이것이다. 사랑하는 사람을 잃어버린 젊은 여자는 어떻게 다시 행복해질 수 있을까? 잠시 갈피 끼워진 행복은 어떻게 다시 이어질 수 있을까?

작가 다비드 포앙키노스는 한 인터뷰에서 클로드 를루슈 감독의 영화 〈남과 여〉(1966)의 스웨덴 버전을 쓰고 싶다는 생각으로 이 소설을 쓰기 시작했다고 말했다. 사랑하는 사람을 먼저 떠나보낸 후 다음 사랑을 맞이하는 것에 죄책감을 느낄 때, 그럼에도 사랑이 시작되는 느낌과 맞닥뜨렸을 때, 어쩔 수 없는 머뭇거림을, 어쩔 수 없이 찾아오는 설렘을 그리고 싶었다는 말일까? 아픔 위에서 다시 시작되는 사랑, 영원히 곁에 있을 것 같지만 결국은 도망치고 또 새로 찾아오는 사랑을 말이다. 사실 이런 사랑 이야기는 분명 가슴 한구석을 두드리지만, 또한 오래전부터 여기저기서 수없이 반복된 것이기도 하다. 즉 이 소설은 익숙한 이야기를 하고 있고, 그런 만큼 자칫 진부할 수도 있다.

하지만 작가는 이 익숙한 이야기를 자신만의 특별한 방식으로 풀어나간다. 사랑하는 남자를 잃은 여자가 등장하는 비극인데도, 이를 다루는 작가의 방식은 조금도 비극적이지 않다. 이 작

품의 원제는 프랑스어 형용사 '델리카délicat'의 명사형인 '델리
카테스La délicatesse'인데, 이 제목대로 작가는 삶의 '델리카테
스'에 이야기의 초점을 맞춘다. 슬픔과 기쁨, 즐거움과 고통, 인
생의 상실과 충만을 언급하는 대신, 삶의 곳곳에 흩어져 있는,
혹은 버티고 있는 델리카테스를 향해 시선을 모아가는 것이다.
작가가 독자를 설득하기 위해 사용하는 작전은 '델리카'한 것으
로, 이 형용사는 섬세한 것, 세련되고 우아한 것에 붙이는 말이
면서 또한 허약하고 쉽게 망가지는, 그래서 다루기 어렵고 위태
로운 것을 가리키기도 한다. 따라서 이 단어가 붙는 것들은 가까
이 다가가서 만지작거리기가 쉽지 않다. 곁에 둘 경우 간수하기
도 어려울뿐더러 분명 까탈지다고 슬그머니 원망을 해보거나 투
정을 부려보고 싶은 마음이 들 만한 것들이다. 마주칠 때마다 왜
그리 까다롭냐고, 위태롭게 굴지 말고 그만 투항하라고 하소연
하고 싶어지는 그런 것들이다. 그리고 그 말이 바로 우리가 삶에
게 하고 싶은 이야기일 것이다. 그만 버티고 나의 것이 되어줘,
라고. 우리에게 삶이란 쉽지 않은 것, 망가지지 않도록 조심스레
다루어야 할 것, 끊임없이 흔들리고 망설이며, 섬세하게 살아나
가야 하는 것이다. 삶이란 대체로 그렇다.

그녀, 이 소설의 여주인공 나탈리는 사랑하는 사람을 잃은 고

통을 잊기 위해 스스로를 무미건조한 쳇바퀴 생활에 가둔다. 더 이상은 사랑에 빠질 수 없을 거라 예감하고 엄격하게 금욕적인 생활을 한다. 혹은 그런 예감을 스스로 빚어낸다. 그러고는 일에만 몰두한다.

그런 나탈리 앞에 두 남자가 있다. 한 사람은 그녀가 다니는 회사의 사장인 샤를, 자신을 설득하는 일에 서툰 남자다. 다른 한 사람은 회사 부하 직원인 마르퀴스, 조금만 뛰어도 얼굴이 신생아처럼 빨개지는 문제성 체질을 지닌, 그리 호감을 주는 외모도 아니고 뛰어난 능력도 없으며 물론 권력과도 거리가 먼 남자다. 긴 다리를 간수하느라 종종 고달픈 그는 자신의 위치를 정하는 일에 서툴다.

이처럼 두 남자는 서툴다는 공통점이 있다. 서툰 것을 사랑하는 나탈리이고 보면, 두 남자는 각자 기회를 부여받은 셈이다. 그러나 샤를의 경우, 그의 서투름은 나탈리 앞에서 빛을 발하지 못한다. 그가 델리카하지 못하기 때문이다. 설령 델리카하더라도 그는 자신의 사회적 지위를 의식하며 그것을 감춘다. 샤를의 델리카테스는, 그의 권위의식 탓에 나탈리에게 매력적으로 전달될 통로가 막혀 있다.

사실 '델리카테스'를 정의하기란 그야말로 델리카하다. '델리카'한 인물, 행동, 성격, 상황들의 유사성을 찾아 하나로 묶는 작업이니 미묘하고 까다로울 수밖에. 무언가를 정의하는 일은 정교함이 필요한, 또 아무리 정교하게 하더라도 위험성이 제거되지 않는 작업이다. 그런데 역설적이게도, '델리카테스'의 진짜 의미는 오히려 정의하고 규명하는 그 번거로운 작업 바깥에 있다. 델리카테스는 규정과 정의의 경계선 밖에서, 경계선을 타고 미끄러지며, 그윽하게, 위태롭게 흔들리는 무엇이기 때문이다. 규정하고 정의하는 태도의 토대가 확신이라면, 확신의 반대편 끝인 주저와 망설임이 바로 '델리카테스'이다. 그러므로 델리카테스에 대해 이야기하려면 그 반대되는 지점을 가리켜 보이는 편이 차라리 쉽다. 그 반대편이란 자기만족, 오만과 독선, 자신감에서 비롯된 행동들, 온갖 종류의 규정과 갖가지 정의, 그리고 그렇게 해서 빚어낸, 혹은 조작해낸 의미를 타인에게 '부과하는' 것이다. 요구하고, 때로 강요하는 것이다. '델리카테스'의 반대편은 그래서 무겁다.

그러고 보면 샤를의 서투름이 나탈리에게 호소력을 발휘하지 못하는 이유는 델리카할 것도 없이 지극히 자명하다. 그가 자신에게 쉽게 만족하기 때문이다. 자신에게 아주 많은 의미를 부여하기 때문이다. 샤를은 무거운 남자다.

반면 마르퀴스는 사랑하는 여자의 "머리카락 속으로 여행을 떠나고 싶"어 하는 남자다. 사랑을 나누려 함께 누워서도 "거칠게 달려들지 않는 이 남자의 델리카테스"가 나탈리를 감미로움에 취하게 한다. 거칠지 않게, 조심스럽게, 그렇지만 세차게 요동치는 심장, 이런 것이 바로 마르퀴스의 '델리카테스'이다. 그의 '델리카'한 모습은 매력적이며 나탈리를 감동시킨다. 사랑을 나누면서 그는 "서툴러하며 머뭇거리"지만, 나탈리는 그런 그의 움직임을, 그 순간들을 사랑한다. 그 주저함과 망설임이 있기에 마르퀴스는 무겁기는커녕 지극히 가볍다. 그의 실수와 서투름은 늘 그 자신의 마음속 떨림을 수반하며 그것을 통해 상대에게 잊혔던 감정의 사용법을 일깨워준다. 여자에게 익숙하지 않은 남자이기에, 익숙한 척하며 자신만만하게 구는 남자가 아니기에, 그는 나탈리로 하여금 감정의 지하실에 묻어버린 것들, 즉 '사랑할 남자'라는 개념을 재발견하게 해준다. '델리카테스'란 이 두 사람에게 행복을 위한 사랑 사용법이다.

이처럼 마르퀴스의 서투름이 나탈리에게 다시 사랑을 일깨울 수 있었던 것은 그것이 바로 델리카테스와 이어져 있기 때문이다. 그것은 미리 정의된 것이 아니기에 새롭게 찾아 나서도록 해준다. 의미의 재발견을 가능하게 해준다. 소설 속 한 구절처럼 사랑의 감정은 라루스 사전의 활약이 멈춘 곳에서 시작되는 것이다. 대상을 정의해서 고정된 틀 안에 집어넣는 일은 삶의 기쁨인 사랑과 양립하지 못한다. 사랑은 정의하기를 그만둘 때 찾아온다. 행복은 '델리카테스'들, 삶의 정의되지 않는 것들, 델리카한 것들에 눈 돌릴 때, 그런 것들을 소중히 다루고 품에 안을 때 얻어진다. 즉 델리카테스란 행복한 삶의 열쇠다, 라고 이 소설은 말하는 듯도 하지만, 이렇게 기어이 주제를 적시하려는 것도 그리 델리카하지 못한 태도일 터이니, 뒤돌아 다시 원점으로……

이 소설이 지닌 또 하나의 매력은 '사랑만이 내 세상'인 여성에서 능력 있는 '워킹우먼'에 이르기까지 여성의 다채로운 초상을, 거기에 담긴 미묘한 심리를 포착해내는 솜씨이다. 또한 여기에 작가 특유의 재치 있는 문체가 보태짐으로써, 익숙한 사랑 이야기임에도 진부한 로맨스에 빠지지 않게 막는 안전선이 구축된다. 예를 들어 마르퀴스가 싹트는 사랑의 감정 앞에서 불안감에 사로잡힌 나머지 이제 나탈리를 보지 않겠다고 고집을 부리는 장면은 프랑스 낭만주의 문학에서 사랑의 장면에 자주 등장하는 "내 눈은 결코 사랑하는 사람을 보지 않으리라"라는 주제와 겹쳐지면서 연애 심리의 미묘한 메커니즘을 유쾌하게 되살려낸다. 작가의 펜 끝에서 빚어지는 이미지는, 그것이 단순한 참조이든 패러디이든, 대개 앞뒤로 연결되는 의미의 고리를 달고 있다. 작품 속 이미지의 그런 복합적인 울림 덕분에 독자는 그것이 익숙한 것이라는 느낌을 잊게 된다. 지루할 틈을 주지 않는 것이다.

이 소설은 그리 두껍지 않은데도 117개의 장으로 이루어져 있다. 마치 크고 작은 문장 뭉치를 첩첩이 모아놓은 것 같다. 그 뭉치에는 파리에서 모스크바까지의 거리, 마르퀴스의 아파트 출입문 비밀번호, 문학 작품들, 음악, 정치와 시사 문제에 이르기까지 무수한 인용과 단편적 정보들이 담겨 있다. 마치 사랑 이야기라는 큰 줄기에서 군데군데 뻗어나온 잔가지들 같다. 혹은 읽다가 잠시 눈길을 돌려 바깥을 내다볼 수 있는 작은 창문들 같다. 그런데 창문이 나 있다고 꼭 눈을 돌려야 할 필요는 없다. 창문 너머 무엇이 있는지 꼭 확인할 필요는 없다. 의미를 궁리하지 않아도 상관없다는 뜻이다. 예를 들어 작가는 나탈리가 좋아하는 소설이라면서 알베르 코엔의 『군주의 연인』, 마르그리트 뒤라스의 『연인』, 단 프랑크의 『이별』, 이 세 편을 나열하고 있는데, 그래서 뭐가 어떻다는 말인가. 작가도 그저 언급만 했을 뿐 뒤끝 없이 지나갔듯이, 읽는 사람 역시 여기서 의미심장한 기호를 찾으려 할 필요는 없다. 그러는 대신 독자도 작가를 따라 마음 내키는 대로 그냥 어슬렁거리거나 지나가면 된다. 의미를 찾아내야 한다는 억압이 없는 것이다.

작가는 이렇듯 독자가 지루하지 않게, 지치지 않게 자유롭게 배회할 골목길을 작품 여기저기에 내놓았다. 프랑스 프로축구 1부 리그 전적, 에밀 시오랑의 아포리즘, 존 레넌, 현대미술, 모차렐라 밀수 사건 기사, 아스파라거스 리소토 레시피 등등. 덕분에 읽는 사람들은 어느 길로 빠져볼까 궁리하느라 매 순간 설렌다. 골목길이 많아서 잠시 주춤거리는 일도 이 작품을 읽는 재미다. 이 소설은 이렇게 예기치 않은 비상구, 어슬렁거릴 공터, 엇길로 빠져나갈 틈새가 많은 작품이다. 큰길 하나만 따라가야 한다면 늘 보던 풍경에 식상할 수 있지만, 이 소설은 그렇지 않다.

바로 이런 점에서 이 작가의 특징이 선명히 드러난다. '가볍다, 그래서 억압하지 않는다'는 특징. 그러고 보면 나탈리는 삶에 책갈피가 끼워지기 직전 프랑수아가 조깅하러 나가면서 자신의 귓가에 속삭여준 말을 기억하지 못한다. 게다가 그 점을 한두 번 아쉬워할 뿐 기어이 기억을 되찾으려 매달리지도 않는다. 소설 역시 그렇다. 여주인공 나탈리가 그 말을 기억하지 못한다는 것에 매달리지 않는다. 그 말이 무엇이었는지 마침내 밝히기는커녕 어딘가에 슬쩍 묻어버리고 모른 척한다. 그 말이 밝혀졌을 때 부과되리라 예상되는 무게를 얼렁뚱땅 치워버린다. 읽는 사람들에게 그 무게를 떠넘길 생각도 애초에 없다. 다만 그 말 주변을 어슬렁거리는 독자의 상상과 추억의 반향만을 기다릴 뿐이다. 소설이 그 말을 밝히지 않는 만큼 독자는 내키는 대로 상상할 수 있다. 상상은 수고로운 작업이다. 상상하느라 더 배고파질 수도 있다. 그래서 이 작품을 읽다 보면 수시로 배고파질지도 모른다.

배고픈 사람에게 당장 포만감을 주는 소설을 좋아할 수도 있을 것이다. 관념, 가치관, 기억들, 생활의 무게, 현실의 질곡들을 다루는 소설들을. 그런데 그런 문학들은 대개 고통을 길게 펼쳐놓고 독자들로 하여금 읽기의 의무를 짊어지게 한다. 지금 그것이 좋은 문학이냐 나쁜 문학이냐 판단하는 것은 문제가 아니다. 무게를 과시하고 그 무게로 충족감을 줄 수도 있지만, 때로 그것이 부담스러울 때도 있다는 말이다. 그리고 그런 소설의 반대편에 다비드 포앙키노스의 작품이 있다. 바로 이런 점이 포앙키노스 소설의 '델리카테스'이다. 치밀함과는 다른 의미의 섬세함, 경박함과는 다른 의미의 가벼움이다. 작가의 이 '델리카테스'는 읽는 사람을 모종의 무게로 억압하는 대신 마음껏 자유로움을 누리게 해준다. 작품 속 사랑 이야기가 사실은 익숙한 것인데도 그 익숙함을 지적하는 수고가 작품을 읽어가는 내내 미루어지는 이유는 바로 독서에서 누리는 이 자유로움 덕분일 것이다. 익숙한 이야기의 관습화된 의미는 무겁지만, 그 의미를 강요받는 대신 여러 방향으로 난 샛길을 배회할 수 있다면, 무수한 작은 창 너머를 건너다볼 수 있다면 눈에 들어오는 풍경은 늘 새롭다. 그래서 이 이야기는 익숙함에 앞서 새롭다. 게다가 작품을 읽어나가다 보면, 사랑과 행복이란 삶의 델리카테스들을 씨실과 날실로 삼아 우리 자신이 직접 짜나가야 할 직물 같은 것이라는 생각이,

작가가 시침 뚝 떼고 건네오는 선물처럼 문득 떠오르기도 한다.

이 소설은 발표된 이래 프랑스 내에서 많은 독자들의 사랑을 받아왔고, 10개의 문학상을 수상하기도 했다. 또한 2011년에는 작가가 직접 연출에 참여하여 영화로 완성되었는데, 이 영화는 곧 우리나라 관객들에게도 선보일 예정이다.

문학, 예술, 스포츠 방송에 이르기까지 프랑스 문화의 다채로운 조각들을 모자이크처럼 품고 있는 이 소설은 그 조각들을 동시대 프랑스인의 삶의 맥락에 맞춰 끼울 때에야 본래의 매력을 발산할 텐데, 옮긴이로서 그 무수한 조각들을 제대로 맞춰놓지 못한 것 같아 아쉽다. 우리말로 옮기는 작업 중에도 많은 흠과 구멍이 눈에 들어오곤 했지만, 매번 그렇듯 문학동네 편집부는 옮긴이가 남겨놓은 실수투성이 빈 구멍을 정성스럽게 메워주고, 잔 실밥들은 솜씨 좋게 정돈해주었다. 이 번역 원고를 맡아 수고해준 문학동네 편집부에 고마움을 전한다.

2012년 3월
임미경

지은이 **다비드 포앙키노스**
1974년 파리에서 태어났다. 소르본 대학교에서 문학을 전공하고 별도로 음악 공부도
했다. 2001년 『백치의 반전—두 폴란드인의 영향을 받아서 씀』이라는 소설로 프랑수아
모리아크상을 수상하며 가능성을 주목받아 작가로 데뷔했다. 『내 아내의 에로틱한 잠
재력』으로 로제 니미에상(2004)을, 『누가 다비드 포앙키노스를 기억하는가?』로 장 지오
노상(2007)을 수상했다.

옮긴이 **임미경**
서울대학교 불어불문학과를 졸업하고 동 대학원에서 박사학위를 받았다. 2004년 『세계
의 문학』에 단편소설을 발표하며 등단했다. 장편소설 『미고, 내 거울 속의 지옥』을 발
표했으며, 옮긴 책으로 『여성과 성스러움』 『포르노그라피아』 『뽀뽀상자』 『영혼의 기억』
『나무 인간』 『오시리스의 신비』 『롤리타』 『이집트 문명』 『앨라배마 송』 등이 있다.

문학동네 세계문학
시작은 키스

1판 1쇄 2012년 4월 10일 | 1판 2쇄 2012년 7월 31일

지은이 다비드 포앙키노스 | 옮긴이 임미경 | 펴낸이 강병선
책임편집 이은현 | 편집 김미혜 김이선 | 독자모니터 전혜진
디자인 엄혜리 이원경 강혜림 | 저작권 한문숙 박혜연 김지영
마케팅 정민호 김도윤 박보람 | 온라인마케팅 이상혁 장선아
제작 안정숙 서동관 임현식 | 제작처 영신사(인쇄) 신안제책사(제본)

펴낸곳 (주)문학동네
출판등록 1993년 10월 22일 제406-2003-000045호
주소 413-756 경기도 파주시 문발동 파주출판도시 513-8
전자우편 editor@munhak.com | 대표전화 031) 955-8888 | 팩스 031) 955-8855
문의전화 031) 955-3576(마케팅) 031) 955-7972(편집)
문학동네카페 http://cafe.naver.com/mhdn

ISBN 978-89-546-1785-7 03860

www.munhak.com